《我们深圳》文丛

首部全面记录深圳人文的非虚构图文丛书

《我们深圳》丛书，

因“我们”而起，为“深圳”而生。

这是一套“故园家底”丛书。

这是一套“城市英雄”丛书。

这是一套“蓝天绿地”丛书。

这是一套“都市精灵”丛书。

《我们深圳》，是你的！

街巷志

王国华 / 著

一朵云来

我们深圳

WANDERING IN SHENZHEN

深圳报业集团出版社

掌刀者若手握着甜，街巷就柔和了

万花丛中，有一只会笑的眼睛

借我双翅，融入波浪；
海岸嶙峋，天地荡漾

搭起棚子，光亮就聚拢起来

发呆即凝视

038

总序

《我们深圳》?

是的。我们，而且深圳。

所谓“我们”，就是深圳人：长居深圳的人，暂居深圳的人，曾经在深圳生活的人，准备来深圳闯荡的人；是所有关注、关心、关爱深圳的人。

所谓“深圳”，就是我们脚下、眼前、心中的城市：是深圳市，也是深圳经济特区；是撤关以前的关内外，也是撤关以后的大特区；是1978年以来的改革热土，也是特区建立之前的南国边陲；是现实的深圳，也是过去的深圳、未来的深圳。

《我们深圳》丛书，因“我们”而起，为“深圳”而生。

这是一套“故园家底”丛书，它会告诉我们：深圳从哪里来，到哪里去，路边有何独特风景，地下有何文化遗存。我们曾经唱过什么歌，跳过什么舞，点过什么灯，吃过什么饭，住过什么房，做过什么梦……

这是一套“城市英雄”丛书，它将一一呈现：在深圳，为深圳，谁曾经披荆斩棘，谁曾经独立潮头，谁曾经大刀阔斧，谁曾经侠胆柔情，谁曾经出生入死，谁曾经隐姓埋名……

这是一套“蓝天绿地”丛书，它将带领我们遨游深圳天空，观测南来北往的鸟，领略聚散不定的云，呼叫千姿百态的花与树，触碰神出鬼没的兽与虫。当然，还要去海底寻珊瑚，去古村采异草，去离岛逗灵猴，去深巷听传奇……

这是一套“都市精灵”丛书，它会把美好引来，把未来引来。科技的、设计的、建筑的、文化的、创意的、艺术的……这座城市，已经并且正在创造如此之多的奇迹与快乐，我们将召唤它们，吟诵它们，编织它们，期待它们次第登场，一一重现。

这套书，是都市的，是时代的。

是注重图文的，是讲究品质的。

是故事的，是好读的，是可爱的，是美妙的。

是用来激活记忆的，是拿来珍藏岁月的。

《我们深圳》，是你的！

胡洪侠

2016年9月4日

自序

和我一起追云彩

《街巷志：一朵云来》是“街巷志”系列的第四部（请记住前三部的名字：《街巷志：行走与书写》《街巷志：深圳已然是故乡》《街巷志：深圳体温》）。接下来，还会有第五部、第六部……我给自己定下的目标是十部。能不能写完，什么时候写完，既需自己的坚持，又听命于时运的安排，看谁更有力量吧。

我的写作逻辑是这样的。第一部，写的是“别人的深圳”，第二、第三、第四部，写的是“我的深圳”，接下来，应该先是“你们的深圳”，再是“我们的都市”，最终落定于“城愁”。亦即，我先作为一个怯生生的闯入者，旁观自己生活的这座城市；置身其中，成为当中一员，慢慢地不见外了，触摸它，享受它，爱它，甚或改变它；再是抽身出来，看那些人在“我”的地盘上吃喝拉撒，喜怒哀乐，上演一幕幕长短剧。我在他们头顶俯视，既参与之，又疏离之；与此同时，这个“城市”在扩大、延展，不仅仅是深圳，也是广州，也是上海，也是北京，也是苏州、唐山、哈尔滨……都市的共性与特性逐渐凸显出来，都市的闲愁生发、凝结、固定，与源自广袤大地上的“乡愁”遥遥相望，彼此呼应。

但这只能是一个笼统的想法，并非单一的、明晰的线条。每一个或大或小的感触，都以文字的形式呈现出来，而每一篇文字里，一定是既有他，又有我，还有你。若干篇文字，几本书，不一定让人看清此逻辑，目前它更多的是存在于我的想象中。不过我在努力，前几本的书名，有强烈的介入感，这一本起名为《一朵云来》，就是有意识地跳脱一下。

《街巷志：一朵云来》是“街巷志”链条上的一部分，它的内容、表达方式、散发的情绪，都是前有来者，后有影踪。所谓有迹可循。它不孤立。它是我的见识、格局、表达能力的走向，也是这个城市发展、转型、激奋、彷徨的走向，书、我、城，三者并向而行。所以，即使我真的写完了这十本书，也不用担心它们一个腔调。说来我还挺佩服那些几十年都一个调调的作家，不断重复自己而不厌倦，这是何等的耐力。

这最新的一本和已经出版的三本《街巷志》差不多，名为《街巷志》，实为深圳这座城市的一切，凡有生命处，皆街巷。书中涉猎十分宽泛，内容的庞杂带来更多可能性。从写作手法上讲，有各种尝试，这个，读者能体会到，不用自己强调了。在写作目的上，并不是为了写而写，不少篇目是要解决自己一些问题，关于命运，关于生死，关于从哪里来到哪里去，等等。自己笔下的每个事物里都有一个神，我能从中看到神，和神对话，和它贴在一起。这也不是想贴就能贴上的，要有一个进入状态。古代的方士都闭着眼念念有词，当然是一种表演，但写作时确实要有一个沉静的，抛开身边一切，然后在亮光中进入主体的过程。进入还不行，还要看贴合的程度，要不断调适，与其身心合一。

我在另一本书的序言中有这样几句话，可明心迹："当我的身影在街巷里晃动时，此处的每一块砖，每一道墙，楼上的每一扇玻璃窗，窗后面每一个倏忽消失的人影，都带上了光环，延伸着事物本身，连接起了天和地。行走其间的我，同样披挂光环。我们互相观望和打量，内心里都有着说不出的欣喜。它们不仅仅是铁硬的建筑，我不仅仅是个头儿不高，脸色发黑，精神头儿十足的中年男。我见青山多妩媚，料青山见我应如是。我回到家把所遇所感记录下来，形成一篇一篇作品。等下次再走回头路，那些事物上面的光环消失了，恢复了俗气，消失了神性。吾亦然。外人所见，平庸的王国华混杂在人流中，在平庸的街道上匆匆而过。岂不知，彼此已有过灵魂的互换。”

假期中，看了两部电影，都很冷静、唯美。我却是耐着性子看完的，其间，屡次克服拿起手机翻看微信朋友圈和短视频的冲动。经典大片尚且如此，一本满是文字的图书有谁会耐心读完？我投身于写作，下定了抱残守缺的决心，其实还是希望更多人读到它。第四部，前不着村后不着店，铿然砸在这里，我唯一有信心的是它保持了自己一贯的文笔，对得起一本书钱。已经有一些年轻学子与其结缘，追着读了一本又一本，他们会一路读下去吗？

愿他们跟着我，跟着这座城市，一起走远，一起追一片云彩。

2022年5月4日

目录

CONTENTS

几十米道路变得与众不同。人类享受了这些香气，却莫名其妙。看见看不见的众生，个个
方时居住的一个小区。就这，随便拎出一个，在深圳的小区规模排名亦中等偏
户陆续搬走，居民换了一茬又一茬，仍有一些石头一样沉在水底。一对夫妻，也算本地高官了，无有子女，经常
远处是富盈门小区，亦曾租住过。楼面刷了白漆，显得单薄，据说质量稍逊。我租住的
货啃得豁牙露齿。很难想象它们吃掉辣椒时的样子，就不怕便秘？遂买灭蟑专用粘贴数副，置于厨房灶台旁，颇
命运何其乖张。小区院内有几株紫薇花，每
百万倒给我。该晚讲价三小时，双方妥协，签订合同。他盖上笔帽开心
其事。人家的财富是真金白银，我和许多只有一套房的人一样，财富仅及纸面。房子是大数
涨到一万五，深圳均价跟涨。陆续涨，陆续涨，一直到每平方米五六万的
也不见得舒服，稍微倾斜一下，向阳光示个弱，和谐社会。小区广场多袖
越来越多，除了跳广场舞、带孩子，做义工的也不
根本，后继有人，城市便得以存续。小区中间有一露天泳池，每年
突然像意识到了什么，抬头见枝头吊着一个个美妙的芒果，
在鼻子下面闻，一股清甜之气。身边若有同伴，便情不自禁地拿到他们鼻子
。存了三百元，两年没用完。我穿着拖鞋，
却是。该村为城中村，房屋低矮、密集，巷子狭窄，夹在天骄世家、富盈门、
估计他也卖。在北方，这样买东西怕要起冲突。南方天热，
的“我SZ”字样，意为“我
元。疫情
步至此，见一室门口挂着某某办公室的标牌，进去
一神秘社区，院墙高耸，可见一座座整齐的别墅，已露
更森严些。有一年春节乘保安不备，还是混进去了。
高大，地上茎直立，雌花序粗大
天空布满宏大叙事。花开时我去拍照，角度不好找，周围的农民房，
而
，黑色的宋
路途。行人闪转腾挪，穿插而过。行人以女性居多
总复：“月薪六千，比我多啊。我要去。”复他：“一分一秒都
人，他和此岸的人穿同样
小吃。摊主面目模糊。从未买过那些小吃，
宁可白白准备，也不能到时措手
，在半空中横过来，整块浇下。台风
塘旧村与“流塘市场”重叠
我之最爱也，兴冲冲带两个朋友去，米粉细，口
来，不小心都得卡住。早晨和傍晚，不
蚂蚁一样进入嘴中。
一句，或可代表部分深圳人的心态。凄
村综合整治所赐。深圳地少，为了盖房，拆
经很挤了，走掉就走掉。其实深圳真不能自满。高学历是人才，
使之焕然一新。设置网格员，
全部是当下最流行的消费形式，出租屋改为各式
，烟火气渐少，与外界的勾连越来越多，面目仍有异，内
。三、我伸出手，抓到一把
小产权”），一楼是个市场。肉食、面食、青菜为多，居然
浸其间，以为此场景将天荒地老。不知道哪一年，好像一夜之间，喧嚣沉寂。
生活依然方便，超市、药店、面包房、银行、水果
放几片肉就是瘦肉粥，放半只鸡就是鸡粥，另有鸽子、甲鱼、青虾等种
直到天蒙蒙亮，有人进来点早餐，我们才撤。事后讲起，五
胡椒粉，口感稍辣，坐定，第一道菜，喝几口发发汗，开胃）、酿豆腐（把猪肉
半天。旁边一个名为“野生鱼”的饭店，去吃过两次，铁锅
甘蔗汁。岭南冬日，甘蔗季，一捆捆，
点甘蔗汁。有图有真相，视之恶心。一夜之间，摊贩销声匿
榴莲、西瓜、南瓜、大枣、核桃、山药等，偶尔分立锦花路两侧。逢年过节
心事重，顾不过来。两家“人人乐”也关门了。前者位于建安路与流
一下，感受里面红彤彤的节日氛围，二楼入门处，五颜六色一大片壮观的糖果，令我
垫制成蹦蹦床，滑梯等，一进门就被尖锐的童音覆盖。周围店铺店员没事就津津有味
块钱，走人。自父亲逝世后，我就开始掉头发，自己能明显
院。哦，不是一家，是两家。同一个地方的
业主就能？包场看过一个动画片（满场只有夫妻两人），
其中的痛和无奈。当然，也可能很超然。子非鱼，焉知鱼之悲喜。而
和新安四路交会处，曾有两块几乎挨着的空地，搭着脚手架。而现在，两个商业
，去晚了找不到平面车位，只好停在立体停车位上。有点畏惧立体停
22年，想象十年前，没有手机支付，没有朋友圈。是
”。两个店铺中，其中一家生意特别好，午饭和晚饭，进进出出都是人，翻桌率
。天黑后，里面人头攒动，同样是超市，它和倒闭的超市有什么不同
德大曲”。德惠乃吉林省会长春下辖的一个县级市。吾居长春十八载，知道此酒市场
截铁地说，主要在广州和深圳销售。东北人大量南迁，为北方产品创
院总该放些特别的电影，看排片，皆大路货。好在选择日多。我和妻子算了一下，方圆一两公里内，步行十五分

第一章

让街巷再拥挤一些

第二章

它的具体，我的丰满

第三章

深圳可容身与心

第四章

随流水，向天空

一辈子的使命。吃饱喝足总要做点什么。它不是特立独行，是其他动物派出的代表，每日抛洒香气，让这几十米道路变得与众不同。人类享受了这些香气，却莫名其妙。看见看不见的众生，个个都有嫌疑。无
样的香味，忽觉寡淡。流塘路贯穿着工厂、旅店、报社、店铺等，其中三个商业小区，地盘相加不抵在北方时居住的一个小区。就这，随便拎出一个，在深圳的小区规模排名亦中等偏上。宝安新村。深圳市前
如此名头，皆因其为最早的公务员小区。二三十年过去，墙体灰白斑驳，透着一股古旧的沉稳之气。老住户陆续搬走，居民换了一茬又一茬，仍有一些石头一样沉在水底。一对夫妻，也算本地高官了，无有子
声吵醒。向窗外看，树木森然，阳光穿过缝隙跌在地面，黑白分明。石凳上坐着两个老人，轻声聊天。不远处是富盈门小区，亦曾租住过。楼面刷了白漆，显得单薄，据说质量稍逊。我租住的时候，半夜客厅
蛙底追逐，得手少，失手多。它们饿极了什么都吃。我买的新鲜辣椒，巨辣巨辣的那种红辣椒，居然被这货啃得豁牙露齿。很难想象它们吃掉辣椒时的样子，就不怕便秘？遂买灭蟑专用粘贴数副，置于厨房灶
，敏捷地左顾右盼。虽吓一跳，转念想，这是益虫，要保护。于是温柔地看它走远。不料今日被我误伤，命运何其乖张。小区院内有几株紫薇花，每年五六月的时候，开得烂漫，映衬着天空的蓝，以至我留下
，自然让人羡慕。最早买在这里的，非富即贵。卖我房的那个前业主，花四十多万买来，住了十年，加二百万倒给我。该晚讲价三小时，双方妥协，签订合同。他盖上笔帽开心地说，朋友们都提醒我，房价已
子已涨到一千万。他笑道，祝贺。问他，你现在住哪里？答，好几套房呢，想住哪儿住儿哪。怪不得若无其事。人家的财富是真金白银，我和许多只有一套房的人一样，财富仅及纸面。房子是无数深圳人的痒
圳房产的均价。2011年，准备在附近买房，深圳均价每平方米一万三千元，此处房价一万三；后此处房价涨到一万五，深圳均价跟涨。陆续涨，陆续涨，一直到每平方米五六万的时候，开始乱套了。2021年初
圈楼，即，近半圆形，非四四方方。如此，房间很少正南正北朝向，而是四面开花。天气炎热，正南正北也不见得舒服，稍微倾斜一下，向阳光示个弱，和谐社会。小区广场多袖珍，或无，多把第一层架空，
事，不能光靠自觉和道德约束，悬一把法律的达摩克利斯之剑，大家都方便。近年跟着儿女来深的老年人越来越多，除了跳广场舞、带孩子，做义工的也不少，各种大场面的活动中常见其穿着马甲的身影。一
岁的半大小子，尖叫声不断。吾对此持正面看法：他们长大后要工作、要消费、要创造，人是城市壮大之根本，后继有人，城市便得以存续。小区中间有一露天泳池，每年过了五一，放水营业。凭窗而望，人
树、紫薇混在一起。不开花的时候，长相都差不多。一开花结果，就有了区别。某个周末在小区里散步，突然像意识到了什么，抬头见枝头吊着一个个美妙的芒果，青绿，接近黄，随风荡漾。又过些天，下班
末到八月初，花开不断，黄白相间的鸡蛋花掉下来，还是完整而结实的。我只捡拾落在绿化带上的花，凑在鼻子下面闻，一股清甜之气。身边若有同伴，便情不自禁地拿到他们鼻子下面，逼着人家闻。他们一
，口感极好。鸡蛋花树旁边摆放着硕大的饮水机。隔几天我就下楼打一次水。矿泉水，平均每次一两块钱。存了三百元，两年没用完。我穿着拖鞋，大背心，大裤衩，慵懒地迈着步，就像在自己的卧室或客厅
巷子里人声鼎沸 深圳无荒芜处，哪怕最偏僻的一个巷子，走进去，也会被忽然迸发的人声淹没。庄边村如是。该村为城中村，房屋低矮、密集，巷子狭窄，夹在天骄世家、富盈门、君成雍和园和丽景城等几
一把葱（两根或三根），还用胶带小心地缠上。一块钱一根黄瓜。五毛钱买两头蒜，暗想，若是按瓣儿买，估计他也卖。在北方，这样买东西怕要起冲突。南方天热，瓜菜都放不住，一两天便腐烂，冰箱亦不是
长阶段，土著们纷纷抢盖，一楼在手，坐吃山不空。深南大道上有一打卡地标，汉京中心大厦，上书巨大的“我SZ”字样，意为“我爱深圳”，一度被年轻人调侃为“我爱收租”。有些“二房东”，承包下整栋
老头傲娇地说，不能讲价哦，这个很抢手的。十年间，眼睁睁看着单房价格从月租三四百元一路涨到两千元。疫情期间，大量工厂倒闭，深圳走了很多人，再到城中村中去，几个二房东站在路边热切地看我，
早回迁”，“地块拆迁有期限，真情服务无止境”，“搬迁是您的奉献，安置是您的享受”……均无落款。散步至此，见一室门口挂着某某办公室的标牌，进去瞎问。一男一女，男老女少，貌似接待员。什么时候
好心提醒道，先别买，到底能不能拆成，还没准儿呢。伊们此前似乎没少接见此类人。隔着前进路，有一神秘社区，院墙高耸，可见一座座整齐的别墅，已露旧态。细瞧，门口写着“庄边金庄园”，并不显眼
想谎答“我们住这儿”，但不会说粤语啊，再者，被识破多尴尬。讪讪退回。与周围各个小区物业比，这里更森严些。有一年春节乘保安不备，还是混进去了。行走其间，座座大门紧闭，二三楼里隐隐人影晃动
一个“布心”，周边城市亦有。布心实为“莆心”，莆即蒲草，长在水边或沼泽地的多年生草本植物，植株高大，地上茎直立，雌花序粗大，俗称蒲棒，莆心即蒲棒。可知当年此处水域众，水草丰茂。深圳地名
木。深圳季节之间无边界，此物乃区分春夏的浮索。五一前后开放，树叶羽状，单花似飞凤，一夜变红，天空布满宏大叙事。花开时我去拍照，角度不好找，周围的农民房，窗户上摆着的物品，凌乱停放的单
湖公园、皇岗公园、洪湖公园、笔架山公园都是赏花好去处。而城中村的凤凰花，是水泥里的跳跃，因少而尤美、扎眼。村中一庞大建筑，名布心大厦，似为本村集体资产，其实就是几层筒子楼，一个挨一
房过渡。他们交的房租，成了本地村民的分红。有一段时间，布心二村主街上的招牌全部统一起来，黄底，黑色的宋体字，不美。此风一度全国蔓延，新闻中报道沪上曾有一路，统一招牌，黑底白字，像是
还能改回五彩缤纷的日子吗？村中租住者多为出租车司机和工厂工人。傍晚时分，横七竖八的出租车塞满路途。行人闪转腾挪，穿插而过。行人以女性居多，穿不同的制服，此所谓“厂妹”。电子工厂夹杂在农
工启事，基本对学历没要求，年龄要求也很宽松，可见招人不易。拍下来发到朋友圈里。东北一位媒体老总复：“月薪六千，比我多啊。我要去。”复他：“一分一秒都被机器精确控制着，你受不了的。”夜八点
要上白班。”吾夫妇刚好路过，妻小声嘀咕：“这是一句废话”，我却仿佛看到彼端有一个想加班多得钱的人，他和此岸的人穿同样的工装，因细微的阶层差异而有了巨大的鸿沟，乃至对立。这个城市里，不乏
闲逛，常有会被绊倒的担心。黯淡的灯光下，一长溜摊位，廉价的拖鞋、背心、充电器，各种不明来历的小吃。摊主面目模糊。从未买过那些小吃，恐惧“地沟油”。写过一文，名字就叫《路过七十三区夜市》
的台风有关。沿海地区常年刮台风，“山竹”是极大的一次。是时，深圳市里给出的指令非常严厉，大致是宁可白白准备，也不能到时措手不及。室外作业全部叫停，船舶全部停运、入港。体育场馆里铺好被褥
。不意第二日清晨起，风越刮越烈，像野兽在叫。眼看着大树断裂，砸瘪停在下面的汽车。雨水粘在一起，在半空中横过来，整块浇下。台风过后，街道像经历了一场战争。垃圾桶和广告牌东倒西歪。两千多
吾左右奔忙，以电锯切割之。流塘村也是城中村。被建安路隔开，西面是流塘新村，东面是流塘旧村。流塘旧村与“流塘市场”重叠，进去，一层几乎全是店铺。烤鱼店、拉面馆、水果店、小超市……店名皆
着彼此的二氧化碳。某次，看到一美食公众号上介绍一家螺蛳粉店，看地址，就在流塘市场内。此臭物，我之最爱也，兴冲冲带两个朋友去，米粉细，口感不爽，亦不筋道。后来想，也许自己恍惚了，再去印
流塘新村几同旧村，均“握手楼”。楼间距小于一米，打开窗，各自伸手可触碰，故谓握手。阳光渗漏下来，不小心都得卡住。早晨和傍晚，不太热的时候，有人坐在楼门口发呆，一发呆就像个老城了。转折
地狱情境：阴暗、土黄色的天地之间，张开的一个大嘴。数不清的孱弱之人，衣衫褴褛，相互推挤着，如蚂蚁一样进入嘴中。不知他们是自愿还是被迫。其实，人死后，哪有什么天堂和地狱，只有阴间。有罪
已深入我的大脑。我将其视为某种暗示，将来的阴间，可能就是这个样子。”此乃吾之作品“点滴录”中的一句，或可代表部分深圳人的心态。凄风苦雨与蓬勃绿色中生成的价值观和世界观，有大不同。巷中行
花坛，内植粉红的簕杜鹃。隔花看人，人都变得漂亮许多。地面干干净净，再无污水横流，这应该拜城中村综合整治所赐。深圳地少，为了盖房，拆掉城中村矮房，垒起高楼，此所谓城市更新，原有居民由此
清洁工、厨师、保安栖身于此。把他们逼走，这个城市的塔基就没了。或曰，深圳弹丸之地两千万人，已经很挤了，走掉就走掉。其实深圳真不能自满。高学历是人才，低学历、无学历的人，只要靠自己汗水
。城市综合整治阶段，相关部门把城中村的水电煤气等基本配套做好，清理垃圾，种上花草，美化墙体，使之焕然一新。设置网格员，维持治安。“湿地”由此得以保留。村旁有一“北帝庙”，只一间小平房，
前行二百米，有一规模较大的综合体，原先开了很多面目模糊的饭馆，没什么特色。忽一日，重新包装，全部是当下最流行的消费形式，出租屋改为各式公寓，饭馆改为“木屋烧烤”“豆记匠品”“爱上吹牛的
轻人天下，源源不断地涌来，消费自然向他们倾斜。有点残酷，也有点欣慰。如今的城市生活舒适度渐高，烟火气渐少，与外界的勾连越来越多，面目仍有异，内核却趋同。干净、整洁、秩序，属于当下的共
“不同”，若天时地利人和，力度大到一定地步，乃至翻天覆地，直接百花齐放。此亦一颠扑不破的规律。三、我伸出手，抓到一把空气 在一个地方，看那些事物萌发、成长、存在又消失，就像看一个人的生
区与庄边村之间，拐角处一座建筑，名“宝雅苑”（名为“某某居”“某某苑”的，多为原住民盖的所谓“小产权”），一楼是个市场。肉食、面食、青菜为多，居然可以买到哈尔滨红肠。街道像一条滚烫河流，
，或是无奈，或是自发市场聚拢人气，大家都有生意做，一加一大于二。同行之间无需赤裸裸的仇恨。沉浸其间，以为此场景将天荒地老。不知道哪一年，好像一夜之间，喧嚣沉寂。街道变得跟他处一样，干
，摊贩无立足之地，问题自行解决。人气易散不易聚。重走老路，我无法跟人说，这里有一个市场。人们生活依然方便，超市、药店、面包房、银行、水果店、照相馆，一个挨着一个，方圆几百米内可解决基
第一顿饭。仿佛在我身体里做了记号，此后外地朋友来，都带到这里吃。典型粤式食物，主打的砂锅粥，放几片肉就是瘦肉粥，放半只鸡就是鸡粥，另有鸽子、甲鱼、青虾等种类。所有配料都讲究个“鲜”。
品砂锅粥”吃宵夜，边吃边“斗地主”，其中两人因为发牌问题差点动手，举起了烟灰缸被拉架的抢下。直到天蒙蒙亮，有人进来点早餐，我们才撤。事后讲起，五人都觉得好笑。2020年春天，疫情蔓延，周
过些时日，同一地点开了一个客家菜连锁店。深圳客家饭馆颇多，特色菜有猪肉汤（瘦肉切块煮汤，放了胡椒粉，口感稍辣，坐定，第一道菜，喝几口发发汗，开胃）、酿豆腐（把猪肉放在豆腐块里面煮熟，
寺。庄边路上，一排平房，全是饭店。“河南人家”生意最好，牛大骨很棒，一盘端上来，一人一根，啃半天。旁边一个名为“野生鱼”的饭店，去吃过两次，铁锅里现炖着鱼，随点随吃，味道不错，价格高
部扒掉，圈起来，准备盖一个巨大的居民小区。土地平整了好几年，还没什么动静。消失的路边摊，首数甘蔗汁。岭南冬日，甘蔗季，一捆捆，一车车，黑皮青叶，滑润坚实，摊主替削皮。即便如此，咬来仍
之清甜。持续数年，生意均不坏。忽一日，新闻爆出压榨机下实为一塑料桶，内装沟边舀出的脏水，兑一点甘蔗汁。有图有真相，视之恶心。一夜之间，摊贩销声匿迹，再没出现。或者，榨汁机发明时就没安
狡，猴子一般。人类千万不要比赛谁更聪明，结果往往是把自己逼得返祖。季节性、一次性的瓜果摊，有榴莲、西瓜、南瓜、大枣、核桃、山药等，偶尔分立锦花路两侧。逢年过节或下雨时，我都要多买一点，
将倒闭。零零星星几个店员，目光呆滞，看我们进去，视若无睹。深圳的服务口碑极佳，如此态度，说明心事重，顾不过来。两家“人人乐”也关门了。前者位于建安路与流塘路交会处，改换门庭日久，能记
家具城”，常常被人理解为一个叫“松宝”的大家具城）；后者位于锦花路，离我家近。逢年过节一定去逛一下，感受里面红彤彤的节日氛围，二楼入门处，五颜六色一大片壮观的糖果，令我求糖果而不得的童
年从那里换一条。不贵，年年都系新的。还有好大一块场地租给一个儿童游乐场，为安全计，全部由充气垫制成蹦蹦床，滑梯等，一进门就被尖锐的童音覆盖。周围店铺店员没事就津津有味地看孩子们游乐。
元。后来头发越来越少，想，简单剪一下得了。兄弟二人手艺好，用喷壶稍微喷点水，嚓吃咔嚓，十几块钱，走人。自父亲逝世后，我就开始掉头发，自己能明显感觉出来。幼时一直以头发乌黑浓密而自豪
眼，有的浅淡。最后，人就被这一个个事件消化了。如今，这个“人人乐”已成往事。还倒闭了一家影院。哦，不是一家，是两家。同一个地方的两家。最先叫“17.5影院”，从我家下楼，步行约三百米，进
约一年后，影院易主，更名为“万豪巨幕影城”，里面的配置没什么变化。暗自疑惑，前业主干不好，后业主就能？包场看过一个动画片（满场只有夫妻两人），名字忘了。那次票价三十五块钱，又加买了一瓶
发时的计划内。但如同人的生老病死，谁又能逃脱这个结果。当事人比我这个旁观者更失落，更能感受到其中的痛和无奈。当然，也可能很超然。子非鱼，焉知鱼之悲喜。而在我一个人的世界里，每一个小事
力旺盛，感觉他们一辈子都不会死，如今说死就死了。我伸出手，空空抓到一把空气。此消彼生。前进路和新安四路交会处，曾有两块几乎挨着的空地，搭着脚手架。而现在，两个商业综合体完整地立在那里。
宝立方”。2008年北京奥运会刚结束，“水立方”三字如日中天。暗笑，这热度蹭的。宝立方里面生意不错，去晚了找不到平面车位，只好停在立体停车位上。有点畏惧立体停车，太窄，把车开上去需小心翼翼，
并非一定前行，一个突如其来的事件，可能就倒退。无需三十年五十年，只需十年，都受不了。当下是2022年，想象十年前，没有手机支付，没有朋友圈。是什么境况？流塘路上的饭店也是开了关，关了开。
一是“老孙家”。吃过一次，河南风味，客人和服务员说话都是“中不中”“中”，还听到有人笑骂“龟孙”。两个店铺中，其中一家生意特别好，午饭和晚饭，进进出出都是人，翻桌率高。另一家相对惨淡些，
市陆续关掉的同时，小超市开起来。七十三区把头处开了个超市，又是俗气的名字——美家福，只有一楼。天黑后，里面人头攒动，同样是超市，它和倒闭的超市有什么不同呢？想来，一是地点，相距几百米，
超市里无太贵的东西，很多杂牌啤酒，价格低，还经常搞打折营销。我夹在人流中，找到了货架上的“德惠大曲”。德惠乃吉林省会长春下辖的一个县级市。吾居长春十八载，知道此酒市场份额不大，后发现在
人转演员孙小宝聊天，问他，你录制的碟片在哪里卖得最好？本以为答案是沈阳哈尔滨之类，谁知他斩钉截铁地说，主要在广州和深圳销售。东北人大量南迁，为北方产品创造了南方市场。世间并无绝对的割
文艺装修风格，隔音效果不佳，貌似只有一个放映室，因屋子不大，空气不怎么好。初以为这么个性的影院总该放些特别的电影，看排片，皆大路货。好在选择日多。我和妻子算了一下，方圆一两公里内，步行
哥、外卖员，可以理解为售货员的变身。以前在柜台后面守株待兔，现在是主动凑过去，送货上门。有的改成功了，有的越改越糟。若干商家相信换手如换刀，换名亦如此。前进路上一家饭店，隔一年半载

吾之地盘，以流塘为原点，随着我的脚步一次次踩踏，**越来越坚实。**或有一天，在深圳地图上轰然一闪，大写加粗，**再不褪色。**

第一章

让街巷再拥挤一些

流　塘

——深圳日常生活素描

流塘是个地理概念，原为一自然村，后改为社区，隶属于西乡街道。深圳市宝安区老城区由新安和西乡两个街道组成。名为街道，实有别于内地一般街道。两个街道管辖人口一百多万，堪比中等城市。流塘路周边，常住人口亦有十数万。

吾居流塘日久，已将其作为生活概念，活动范围大大外扩，西至107国道，东到公园路，北接西乡大道，南达上川路。今人买房安居，必看周边配套。其实一个人的生活半径，不过周围一两公里，亦即，步行十几分钟可至。若超过此距离，需驾车前往，便不属于自家地盘。一走一驾，咫尺天涯。吾之地盘，以流塘为原点，随着我的脚步一次次踩踏，越来越坚实。或有一天，在深圳地图上轰然一闪，大写加粗，再不褪色。

窗外有雨，击打在棕榈叶上

下班沿流塘路步行几百米，暗香扑鼻，毛孔舒泰，四季不断。遂作一文《香如瀑》，曰：“我愿以无知换取更多想象，比如，香气是藏在树上的某些虫子、小鸟发送的。低矮的灌木里，跑过一只灰色老鼠。生活在南方的老鼠有福，食物永远充足，它们的洞穴不冷。这只老鼠，拎着一个香囊跑来跑去。那是它一辈子的使命。吃饱喝足总要做点什么。它不是特立独行，是其他动物派出的代表，每日抛洒香气，让这几十米道路变得与众不同。人类享受了这些香气，却莫名其妙。看见看不见的众生，个个都有嫌疑。无论香气指认了谁，我都不会吃惊。”七八年无解，七八年如有神赐。终于某年得到确切答案，香味来自路边院墙内的高大桂花树。再经过时，同样的香味，忽觉寡淡。

流塘路贯穿着工厂、旅店、报社、店铺等，其中三个商业小区，地盘相加不抵在北方时居住的一个小区。就这，随便拎出一个，在深圳的小区规模排名亦中等偏上。

宝安新村。深圳市前身乃宝安县，县属深圳镇及周边村庄被划成特区，其他外围地方，分为若干区。后几经变迁、切割，“宝安”二字坚强地保留下来。一个小区挂如此名头，只因其为宝安较早的公务员小区。二三十年过去，墙体灰白斑驳，透着一股古旧的沉稳之气。老住户陆续搬走，居民换了一茬又一茬，仍有一些石头一样沉在水底。一对夫妻，也算本地高官了，无子女，经常牵着手在附近散步，很恩爱的样子，成为小区一景。楼不高，无电梯，路阔。刚来时曾在那里租住半年，每天早晨被叽叽喳喳的鸟鸣声吵醒。向窗外看，树木森然，阳光穿过缝隙跌在地面，黑白分明。石凳上坐着两个老人，轻声聊天。

不远处是富盈门小区，亦曾租住过。楼面刷了白漆，显得单薄，据说质量稍逊。我租住的时候，半夜客厅里的墙皮脱落，发出哗啦一声响，以为闹地震。太困，惊醒后马上睡过去。翌日晨，惊见天花板秃了一大片。屋里蟑螂颇多，会飞，持旧书、拖鞋追逐，得手少，失手多。它们饿极了什么都吃。我买的新鲜辣椒，巨辣巨辣的那种红辣椒，居然被这货啃得豁牙露齿。很难想象它们吃掉辣椒时的样子，就不怕便秘？遂买灭蟑专用粘贴数副，置于厨房灶台旁，颇有斩获，另杀苍蝇数枚。还有触目惊心的一只壁虎，皮肤惨白，像得了白癜风，已离世，状貌凄然。该壁虎此前见过，嘴里叼着一只蟑螂，敏捷地左顾右盼。虽吓一跳，转念想，这是益虫，要保护。于是温柔地看它走远。不料今日被我误伤，命运何其乖张。

小区院内有几株紫薇花，每年五六月的时候，开得烂漫，映衬着天空的蓝，以至于给我留下了刻板印象：富盈门是紫色的。

紧挨着的天骄世家，号称21世纪初宝安的“四大豪宅”之一。在一片农田中站起来的电梯房，盖得高，物业好，自然让人羡慕。最早买在这里的，非富即贵。卖房给我的那个前业主，花四十多万元买来，住了十年，加二百万元倒给我。那晚讲价三小时，双方妥协，签订合同。他盖上笔帽开心地说，朋友们都提醒我，房价已见顶，速抛。言外之意，你王国华是接盘侠。我耸耸肩，无所谓，反正自己住。八年后，再见那位广东小老板，对其笑言，老兄，你卖我的房子已涨到一千万元。他笑道，祝贺。问他，你现在住哪里？答，好几套房呢，想住哪儿住哪儿。怪不得若无其事。人家的财富是真金白银，我和许多只有一套房的人一样，财富仅及纸面。房子是无数深圳人的痒痒肉，饭桌上，茶馆里，无论什么话题，聊来聊去，跟相声《成语接龙》一样，最后一定落到房价上，满室沸腾。

为最大化利用土地，本地楼盘常盖转圈楼，即，近半圆形，非四四方方。如此，房间很少正南正北朝向，而是四面开花。天气炎热，正南正北也不见得舒服，稍微倾斜一下，向阳光示个弱，和谐社会。小区广场多袖珍，或无，多把第一层架空，成为居民活动场所。一是广场舞大妈的地盘。这几年大妈们的伴奏音乐声音明显降低了，据说管理部门对分贝做了明确规定，偶尔抽查。这种扰民事，不能光靠自觉和道德约束，悬一把法律的达摩克利斯之剑，大家都方便。近年跟着儿女来深的老年人越来越多，除了跳广场舞、带孩子，做义工的也不少，各种大场面的活动中常见其穿着红马甲的身影。一些微薄的补贴，让这些义工组织有了可持续性。二是遛娃之地。一早一晚，数不清的孩子在架空层跑跑跳跳，互相追逐。从蹒跚学步者到十来岁的半大小子，尖叫声不断。吾对此持正面看法：他们长大后要工作、要消费、要创造，人是城市壮大之根本，后继有人，城市便得以存续。

小区中间有一露天泳池，每年过了“五一”，放水营业。凭窗而望，人影晃动，赋诗咏之：

春天的泳池是干燥的
俯视下去像个空盆
这个四季不分的城市啊
空盆周围　每天都盛开着鲜花

背对着我们的人，转过头来便是熟人

小区里长着几株芒果树，和榕树、紫薇混在一起。不开花的时候，长相都差不多。一开花结果，就有了区别。某个周末在小区里散步，突然像意识到了什么，抬头见枝头吊着一个个美妙的芒果，青绿，接近黄，随风荡漾。又过些天，下班回家，门把手上面吊一塑料袋，内装两个圆滚滚的芒果。到业主群里询问，原来是小区物业摘下来分给大家的。

还有一棵鸡蛋花树，每年四月末到八月初，花开不断，黄白相间的鸡蛋花掉下来，还是完整而结实的。我只捡拾落在绿化带上的花，凑在鼻子下面闻，一股清甜之气。身边若有同伴，便情不自禁地拿到他们鼻子下面，逼着人家闻。他们一边躲，一边问，能闻吗？能吃吗？有毒吗？吾答，泰国人是以此做菜的。拿回家简单冲洗，扔进杯子里，冷泡矿泉水。一小时后，水味儿变薄，口感极好。

鸡蛋花树旁边摆放着硕大的饮水机。隔几天我就下楼打一次水。矿泉水，平均每次一两块钱。存了三百元，两年没用完。我穿着拖鞋，大背心，大裤衩，慵懒地迈着步，就像在自己的卧室或客厅里。每一缕风都那么妥帖。

这里是我的家。夜深时，窗外有雨，击打在棕榈树叶上，泠泠有声。关掉空调，拥被侧卧，心静如水。

偏僻的巷子里人声鼎沸

深圳无荒芜处，哪怕最偏僻的一个巷子，走进去，也会被忽然迸发的人声淹没。

庄边村如是。该村为城中村，房屋低矮、密集，巷子狭窄，夹在天骄世家、富盈门、君成雍和园和丽景城等几个小区中间。村中店铺林立，理发店、五金店、旧货店、网吧等等，卖菜摊位尤其多。孤身一人时，吃腻单位食堂，就自己买菜做饭。两毛钱一把葱（两根或三根），还用胶带小心地缠上。一块钱一根黄瓜。五毛钱买两头蒜，暗想，若是按瓣儿买，估计他也卖。在北方，这样买东西怕要起冲突。南方天热，瓜菜都放不住，一两天便腐烂，冰箱亦不是万能的。人心换人心，零趸可也。若干菜名有别北方，黄瓜不叫黄瓜，叫青瓜；茄子叫茄瓜；青椒称圆椒。

所有城中村的房子都不愁租。野蛮生长阶段，土著们纷纷抢盖，一楼在手，坐吃山不空。深南大道上曾有一“打卡”地标——汉京中心大厦，上书巨大的“我♥SZ”字样，意为“我爱深圳”，一度被年轻人调侃为“我爱收租”。有些“二房东”，承包下整栋楼，改造一下，起个文艺范儿的名字，号称“公寓”，加价出租，亦发家致富。一次，帮租住在庄边村的同事搬家，顺便问问房东价格，该秃顶老头傲娇地说，不能讲价哦，这个很抢手的。十年间，眼睁睁看着单房价格从月租三四百元一路涨到两千元。疫情期间，大量工厂倒闭，深圳走了很多人，再到城中村中去，几个二房东站在路边热切地看我，甚至追过来问：“老板租房吗？带空调，价格可以商量。”

最近一两年，庄边村里挂了许多标语，都与拆迁有关：“早拆完，早开工，早建设，早回迁”，“地块拆迁有期限，真情服务无止境”，“搬迁是您的奉献，安置是您的享受”……均无落款。散步至此，见一室门口挂着某某办公室的标牌，进去瞎问。一男一女，男老女少，貌似接待员。什么时候拆迁？有什么政策？是哪个地产公司主导的？两人懵懵懂懂，语焉不详。看上去不像假装，是真不知道。且想当然地断定我是来炒房找便宜的，好心提醒道，先别买，到底能不能拆成，还没准儿呢。

似乎伊们此前没少接见此类人。

隔着前进路，有一神秘社区，院墙高耸，可见一座座整齐的别墅，已露旧态。细瞧，门口写着“庄边金庄园”，并不显眼。据名判断，这才是庄边村土著真正住处，对面的“庄边村”只为出租挣钱。与妻子并肩往里走，被保安拦住，以粤语质询，请问您找谁？本想谎答“我们住这儿”，但不会说粤语啊，再者，被识破多尴尬。讪讪退回。与周围各个小区物业比，这里更森严些。有一年春节乘保安不备，还是混进去了。行走其间，座座大门紧闭，二三楼里隐隐人影晃动，我这个早已以深圳人自居者，竟不自信起来。脚步绵软轻飘，踩不踏实。

终究是别人的土地。

附近另一个城中村，名布心村。深圳市内不止一个“布心”，周边城市亦有。布心实为“莆心”，莆即蒲草，长在水边或沼泽地的多年生草本植物，植株高大，地上茎直立，雌花序粗大，俗称蒲棒，莆心即蒲棒。可知当年此处水域众，水草丰茂。深圳地名多来自广府或客家土话，通过普通话和汉字转来转去，逐渐失去了原意。

该村隔着流塘路分为布心一村和布心二村。布心二村里面有两株凤凰木。“五一”前后开放，树叶羽状，单花似飞凤，一夜变红，天空布满宏大叙事。花开时我去拍照，角度不好找，周围的农民房，窗户上摆着的物品，路边凌乱停放的单车，常常闯进镜头。我有时歪着脖子，有时候下蹲仰头。身边会有不认识的人同一时间跟我同样的姿势。凤凰木乃本城最常见树木之一种，东湖公园、皇岗公园、洪湖公园、笔架山公园都是赏花好去处。而城中村的凤凰花，是水泥里的跳跃，因少而尤美、扎眼。

村中一庞大建筑，名布心大厦，似为本村集体资产，其实就是几层筒子楼，一个挨一个的小房间，每处不会超过三十平方米。关门是自己的世界，开门是一个望不到边的大世界。租价低，住户多。三四友人买房前，皆在此处租房过渡。他们交的房租，成了本地村民的分红。

有一段时间，布心二村主街上的招牌全部统一起来，黄底，黑色的宋体字，不美。此风一度全国蔓延，新闻中报道另一城市曾有一路，统一招牌，黑底白字，像是灵堂，瘆人。忍不住问一个理发店主。他说有人因安全缘故提过建议，倒无强令统一，商家自己选的。这就怪了。什么审美造成了这么整齐的局面？还能回到五彩缤纷的日子吗？

村中租住者多为出租车司机和工厂工人。傍晚时分，横七竖八的出租车塞满路途。行人闪转腾挪，穿插而过。行人以女性居多，穿不同的制服，此所谓“厂妹”。电子工厂夹杂在农民房中，在路上边走边打量，根本分不清谁是谁。下班时如洪流般涌出的人群好像盖了一个章：这个楼，工厂也。路边的布告栏里贴了好多招工启事，基本对学历没要求，年龄要求也很宽松，可见招人不易。拍下来发到微信朋友圈里。一位东北媒体老总复：“月薪六千元，比我多啊。我要去。”复他：“一分一秒都被机器精确控制着，你受不了的。”

夜八点，一个戴工帽的中年妇女，高而胖，脸上淌着汗，穿着深黄套服，站在布告栏旁对着电话大声嚷：“要是上白班就不要上夜班，要是上夜班就不要上白班。”吾夫妇刚好路过，妻小声嘀咕：“这是一句废话。”我却仿佛看到彼端有一个想加班多得钱的人，他和此岸的人穿同样的工装，因细微的阶层差异而有了巨大的鸿沟，乃至对立。这个城市里，不乏一跃飞天者，更多情况是，一个小小上升空间足够一个人爬行一辈子。

对面的布心一村给我的印象总是漆黑的，该处有个规模不小的夜市，多次闲逛，常有会被绊倒的担心。黯淡的灯光下，一长溜摊位，廉价的拖鞋、背心、充电器，各种不明来历的小吃。摊主面目模糊。从未买过那些小吃，恐惧“地沟

千里马常有，带字母的路标不常有

油”。写过一文，名字就叫《路过七十三区夜市》（收录于《街巷志：行走与书写》一书）。宝安曾以数字划分地块，此处旧称七十三区。

夜市两侧的树也砍掉了很多，或跟2018年名为“山竹”的台风有关。沿海地区常年刮台风，“山竹”是极大的一次。是时，深圳市里给出的指令非常严厉，大致是宁可白白准备，也不能到时措手不及。室外作业全部叫停，船舶全部停运、入港。体育场馆里铺好被褥，住满临时安置的民工和无家可归者，发放面包和矿泉水等。第一天刮了点小风，下了点小雨，人们开始笑谈台风登陆又失败（此前常有的事）。不意第二日清晨起，风越刮越烈，像野兽在叫。眼看着大树断裂，砸瘪停在树下的汽车。雨水黏在一起，在半空中横过来，整块浇下。台风过后，街道像经历了一场战争。垃圾桶和广告牌东倒西歪。夜市那条街上的树倒了一半，高大的榕树横在路边，根须带出触目惊心的一大坨新鲜泥土。工人前后左右奔忙，以电锯切割之。所幸，两千多万人的城市，无一人伤亡。

流塘村也是城中村。被建安路隔开，西面是流塘新村，东面是流塘旧村。流塘旧村与“流塘市场”重叠，进去，一层几乎全是店铺。烤鱼店、拉面馆、水果店、小超市……店名皆透着浓浓的山寨味儿。一天到晚人气哄哄，气球飘在脑瓜顶上也掉不下来，状类香港电影中的庙街。楼间距很小，把人们的生活也拉近了，呼吸着彼此呼出的二氧化碳。某次，看到一美食微信公众号上介绍一家螺蛳粉店，看地址，就在流塘市场内。此臭物，我之最爱也，兴冲冲带两个朋友去，米粉细，口感不爽，亦不筋道。后来想，也许自己恍惚了，再去印证下。吃完第二次，确定就是不好吃。所谓的“网红”，不见得真红。在这种地方做生意，这个打法不灵，还得沉住气，老老实实等待回头客。

流塘新村几同旧村，均为“握手楼”。楼间距小于一米，打开窗，各自伸手可触碰，故谓“握手”。阳光渗漏下来，不小心都得卡住。早晨和傍晚，不太热的时候，有人坐在楼门口发呆，一发呆就像个老城了。但是，这种老小区尚不能给深圳抹上怀旧基调。目前的深圳，相当比例的人仍在向前看，向高处看，远方还有无限可能。“一个画家画出的地狱情境：阴暗、土黄色的天地之间，张开的一个大嘴。数不清的孱弱之人，衣衫褴褛，相互推挤着，如蚂蚁一样进入嘴中。不知他们是自愿还是被迫。其实，人死后，哪有什么天堂和地狱，只有阴间。有罪的和无罪的，生在同一个地方，死在同一个地方。我经常在深圳的蓝天白云下面行走，在花丛中、河岸上行走，那些清晰的线条，明亮的画面已深入我的大脑。我将其视为某种暗示，将来的阴间，可能就是这个样子。”此乃吾之作品《点滴录》中的一段，或可代表部分深圳人的心态。凄风苦雨与蓬勃绿色中生成的价值观和世界观，大有不同。

在巷中行，抬头可见住户晾在窗户上的衣服。这里真是省衣服。晚上洗了，第二天穿，不耽误上班。几件薄衣换着穿，一年够用了。路中间有几个木质花坛，内植粉红的簕杜鹃。隔花看人，人都变得漂亮许多。地面干干净净，再无污水横流，这应该是城中村综合整治的结果。深圳地少，为了盖房，拆掉城中村矮房，垒起高楼。原先租住在里面的人，搬至他处，生活成本骤增。顶不住的，只好打道回乡。城中村乃城市湿地，大量的快递小哥、清洁工、厨师、保安栖身于此。把他们逼走，这个城市的塔基就没了。或曰，深圳弹丸之地两千万人，已经很挤了，走掉就走掉。其实深圳真不能自满。高学历是

黑压压的人群让我心里踏实。只要有人，便有交换。交换日久，秩序渐成

人才，低学历、无学历的人，只要靠自己汗水挣钱，不偷不抢，都是为这个城市做贡献，也是人才。深圳有个口号“来了就是深圳人”，每个人见到这七个字或有不同感受，但起码起意良善。城市综合整治阶段，相关部门把城中村的水电煤气等基本配套做好，清理垃圾，种上花草，美化墙体，使之焕然一新。设置网格员，维持治安。“湿地”由此得以

保留。

村旁有一“北帝庙”，只一间小平房，夹杂在高楼大厦之间，里面卖些香烛之类，不知供的什么神。能保留至今，且香火不断，可理解为信仰的力量和城市的温情。

沿流塘新村同一侧前行二百米，有一规模较大的综合体，原先开了很多面目模糊的饭馆，没什么特色。忽一日，重新包装，全部是当下最流行的消费形式，出租屋改为各式公寓，饭馆改为“豆记匠品”“爱上吹牛的蛙”“椰林印象”“宴遇烤肉”之类。还有一个保利万和影城影院、仟悦城超市。以前的消费者变老了，疏离了，就重新开始一轮。深圳依然是年轻人的天下，年轻人源源不断地涌来，消费自然向他们倾斜。有点残酷，也有点欣慰。

如今的城市生活舒适度渐高，烟火气渐少，与外界的勾连越来越多，面目仍有异，内核却趋同。干净、整洁、秩序，属于当下的共同价值，被同化既是整个城市的必然，又是租户的必需。对于这种被称为现代化的东西，倒也用不着特别警惕。“大一统”之后，一定会渐渐生发“不同”，若天时地利人和，力度大到一定地步，乃至翻天覆地，直接百花齐放。此亦一颠扑不破的规律。

我伸出手，抓到一把空气

在一个地方，看那些事物萌发、成长、存在又消失，就像看一个人的生生死死。他是他。我是他。世界像一坨黏液，悄悄蒸发吧，干巴巴了还是有一些痕迹。

初到深圳宝安，朋友领我走进一条街道，位于富盈门小区与庄边村之间，拐角处一座建筑，名“宝雅苑”（名为“某某居”“某某苑”的，多为原住民盖的所谓“小产权房”），一楼是个市场。售卖肉食、面食、青菜为主，居然还可在此买到哈尔滨红肠。街道像一条滚烫河流，卖菜的、卖花的、卖杂货的，拥挤在一起。

有点小疑惑，路边摊位与后面店铺卖的生活用品几无差异，店铺老板似乎不是特别反感前面的小贩，或是无奈，或

闹市中的小庙。得意失意皆收拾

是自发市场聚拢人气，大家都有生意做，一加一大于二。同行之间无需赤裸裸地仇恨。沉浸其间，以为此场景将天荒地老。不知道哪一年，好像一夜之间，喧嚣沉寂。街道变得跟他处一样，干干净净，整整齐齐。办法也简单，在道路中间加一条隔离带，两个车道顿时明显了。在路上摆摊会挡车，退往人行道则碍人。没有了模糊地带，摊贩无立足之地，问题自行解决。

人气易散不易聚。重走老路，我无法跟人说这里曾有一个市场。人们生活依然方便，超市、药店、面包房、银行、水果店、照相馆，一个挨着一个，方圆几百米内可解决基本生活需求。有时候也会突然冒出个念头：那些卖菜为生的人去哪儿了？

“上品砂锅粥”倒闭后，很多人都吃惊。初抵此地时，朋友请我在这里吃的第一顿饭。仿佛在我身体里做了记号，此后外地朋友来，都带到这里吃。典型粤式食物，主打的砂锅粥，放几片肉就是瘦肉粥，放半只鸡就是鸡粥，另有鸽子、甲鱼、青虾等种类。所有配料都讲究个“鲜”。判断青虾之鲜尤其简单，看锅中虾是否弯曲。弓腰越深越鲜活。若软而直，说明下锅前已死去多时。一周末，我们五个老友抽风一样在“上品砂锅粥”吃宵夜，边吃边“斗地主”，其中两人因为发牌问题差点儿动手，举起了烟灰缸被拉架的抢下。直到天蒙蒙亮，有人进来点早餐，我们才撤。事后讲起，五人都觉得好笑。2020年春天，因疫情原因，周围店铺关了好几家，我把该店转让经营的照片发到微信朋友圈，引来唏嘘一片。虽不是客似云来，但总有生意做。十年老店都挺不住，着实严重。过些时日，同一地点开了一家客家菜连锁店。深圳客家饭馆颇多，特色菜有猪肉汤（瘦肉切块煮汤，放了胡椒粉，口感稍辣。坐定，第一道菜，喝几口发发汗，开胃）、酿豆腐（把猪肉放在豆腐块里面，有时读作“让豆腐”）、油炸小河虾（寸把长，通红，鲜嫩，有时会放

闭门。新常态之一种

几根韭菜在里面，似画蛇添足，适合下酒）。此代彼，可长命乎？拭目以待。

庄边路上，一排平房，全是饭店。“河南人家”生意最好，牛大骨很棒，一盘端上来，一人一根，啃半天。旁边一家名为“野生鱼”的饭店，去吃过两次，铁锅里现炖着鱼，随点随吃，味道不错，价格高，客人极少。这样的客流量如何保证利润？一友人悄悄告诉我，老板是做大生意的，开这个饭店纯粹是玩，主要招待自己的客户。如今平房已全部被推掉，圈起来，准备盖一个巨大的居民小区。土地平整了好几年，还没什么动静。

消失的路边摊，首数甘蔗汁。岭南冬日，甘蔗季，一捆捆，一车车，黑皮青叶，滑润坚实，摊主替削皮。即便如此，咬来仍费牙。贪其甜，不得不买。当年曾有鲜榨甘蔗汁者，一台简单的压榨机，置入整根甘蔗，青色汁水自管中淌出，灌一小瓶，不过五六块钱，饮之清甜。持续数年，生意均不坏。忽一日，新闻爆出压榨机下实为一塑料桶，内装沟边舀出的脏水，兑一点甘蔗汁。有图有真相，视之恶心。一夜之间，摊贩销声匿迹，再没出现。或者，压榨机发明时就没安好心，配备作弊细节。本一好好的生意，贵点又何妨，每瓶卖至十元，保证利润，消费者亦可食安。如今，摊贩无生意做，食客只能笨拙地啃咬，猴子一般。人类千万不要比赛谁更聪明，结果往往是把自己逼得返祖。

季节性、流动性的瓜果摊，有榴莲、西瓜、南瓜、大枣、核桃、山药等，偶尔分立锦花路两侧。逢年过节或下雨时，我都要多买一点，不需要也买，这样摊主们可以早点回家。

消失的店铺更多。商业过剩，早有迹象。十多年前某一天，走进紧靠西乡大道的一家超市，朋友言其将倒闭。零零星星几个店员，目光呆滞，看我们进去，视若无睹。深圳的服务口碑甚佳，如此态度，说明心事重，顾不过来。

两家“人人乐”也关门了。该超市乃深圳本土品牌（不知为何，本土品牌名字多土气，有一种香烟叫“好日子”，有个家具城叫“松宝大”。“松宝大家具城”，常常被人理解为一个叫“松宝”的大型家具城）。前者位于建安路与流塘路交会处，改换门庭日久，能记起它的人已经不多；后者位于锦花路，离我家近。逢年过节一定去逛一下，感受里面红彤彤的节日氛围。二楼入门处，五颜六色一大片缤纷的糖果，令我求糖果而不得的童年阴影凸显。磨痂般痒。一楼则租给了一些零售商，上二楼超市需在一楼绕过一个个覆盖着商品的玻璃罩。溜边儿有一卖皮带的，我差不多每年从那里换一条。不贵，年年都系新的。还有好大一块场地租给一个儿童游乐场，为安全计，全部由充气垫制成蹦蹦床、滑梯等，一进门就被尖锐的童音覆盖。周围店铺店员没事就津津有味地看孩子们游乐。疫情期间倒闭。空旷的地盘上只有兄弟两人开了个剪头摊位。以前我常去美发店，按头、敷面膜、揉肩、敲背等附加服务，全套下来，一两百元。后来头发越来越少，想，简单剪一下得了。兄弟二人手艺好，用喷壶稍微喷点水，嘁吃咔嚓，十几块钱，走人。

自父亲逝世后，我就开始掉头发，自己能明显感觉出来。幼时一直以头发乌黑浓密而自豪，到深圳后，曾一人独居一年半，妻子孩子还在东北。那时起，头发陆续变白。人这一辈子会经历很多事，每个事件在身上留一点痕迹，有的显眼，有的浅淡。最后，人就被这一个个事件消化了。

如今，这个“人人乐”已成往事。

还倒闭了一家影院。哦，不是一家，是两家。同一个地方的两家。最先叫“17.5影院”，从我家下楼，步行约三百米，进影院，买票，加上等电梯的时间不会超过五分钟。于此曾首观《西游降魔篇》。妻子非常满意，每次散步走到门前，都会轻声感慨，多方便啊。约一年后，影院易主，更名为“万豪巨幕影城”，里面的配置没什么变化。暗自疑惑，前业主干不好，后业主就能？“包场”看过一个动画片（满场只有吾夫妻两人），名字忘了。那次票价三十五块钱，又加买了一瓶水，一向反对我在影院里吃喝的老婆都没吱声。这纯属道义支持，担心它挺不住。但后来，它还是没挺住。

这样的结果，一定不在那些事物萌发时的计划内。但如同人的生老病死，谁又能逃脱这个结果？当事人比我这个旁

三五公里内，如此规模的商业综合体至少六个

观者更失落，更能感受到其中的痛和无奈。当然，也可能很超然。子非鱼，焉知鱼之悲喜？

而在我一个人的世界里，每一个小事物的结束都有一种时代结束之凄惨、之伤感。一度以为自己还年轻，现在却眼看着他们一个个离去，无能为力。当初打交道的一些人，强悍、生命力旺盛，感觉他们一辈子都不会离开，如今却不断地告别。我伸出手，空空抓到一把空气。

此消彼生。

前进路和新安四路交会处，曾有两块几乎挨着的空地，搭着脚手架。而现在，商业综合体完整地立在那里。一个叫流塘阳光大厦，一个正常的中等商业综合体，无奇。另一个叫“宝立方”，修成元宝样式，建设时还打了个标语，“北有水立方，南有宝立方”。2008年北京奥运会刚结束，“水立方”三字如日中天。暗笑，这热度蹭得。宝立方里面生意不错，去晚了找不到平面车位，只好停在立体停车位上。有点畏惧立体停车，太窄，把车开上去需小心翼翼，开车下来时也很麻烦。但我隐隐预感将来一定有提高效率的办法。只要社会安定，经济稳定，技术就会逐渐改进，此乃大势。

流塘路上的饭店也是开了关，关了开。就像一闪一闪的镜头，黑白不断播放，最近两年突然定格，凑近一看，两家均为“羊汤烩面”。四个字前面有小小的标识做区分，一是“郝记”，一是“老孙家”。吃过一次，河南风味，客人和服务员说话都是“中不中”“中”，还听到有人笑骂“龟孙”。两个店铺中，其中一家生意特别好，午饭和晚饭，进进出出都是人，翻桌率高。另一家相对惨淡些，在这边等得不耐烦的人，有时也到那边去点菜。我暗疑两家饭店是否一个老板。貌似给了你选择的机会，但无论选哪个，都是庄家赢。

大超市陆续关掉的同时，小超市开起来。七十三区把头处开了个超市，又是俗气的名字——美家福，只有一楼。天黑后，里面人头攒动，同样是超市，它和倒闭的超市有什么不同呢？想来，一是地点，相距几百米，人气便不一样。二是商品定位，看着细微，其实天壤。如定价，如品质，低了不行，高了也不行，需恰好挠到附近消费者的痒痒肉上。这个超市里无太贵的东西，很多杂牌啤酒，价格低，还经常搞打折营销。我夹在人流中，找到了货架上的“德惠大曲”。德惠乃吉林省会长春下辖的一个县级市。吾居长春十八载，知道此酒市场份额不大，后发现在深圳却卖得很好，几乎成为东北酒的代表。买了几瓶，典型的东北味儿，可稍微抚慰一下已形成多年的口味。想起一件事，在长春时，有一次和二人转演员孙小宝聊天，问他，你录制的碟片在哪里卖得最好？本以为答案是沈阳、哈尔滨之类，谁知他斩钉截铁地说，主要在广州和深圳销售。东北人大量南迁，为北方产品创造了南方市场。世间并无绝对的割裂。血筋拉着骨头走，皆不过“此一时也彼一时也”。

还有新开张的影院，最近的一家位于锦花路和新安四路交会处，紧挨盒马鲜生宝安店，文艺装修风格，隔音效果不佳，貌似只有一个放映室，因屋子不大，空气不怎么好。初以为这么个性的影院总该放些特别的电影，看排片，皆大路货。好在选择日多。我和妻子算了一下，方圆一两公里内，步行十五分钟，现有七家影院，各自定位不同，大小不同，给我提供了足够的选项。

深圳这么多人，总是要消费的，一个个在路上飞奔的快递小哥、外卖员，可以理解为售货员的变身。以前在柜台后面守株待兔，现在是主动凑过去，送货上门。有的改成功了，有的越改越糟。若干商家相信换手如换刀，换名亦如此。前进路上一家饭店，隔一年半载就换一次名，甚至连主打都换了，鄂菜变粤菜，粤菜变东北菜。进去一看，老板还是那个胖乎乎的中年男子。

后来终于彻底消失了。

貌似坚硬的事物，请再坐一会儿

另一些事物，似乎永远在那里，和我一样长了皱纹，就是不走。它们显得比我年轻些。

宝安新村小区门口有一水果店，我专门写过一首诗来描述它：

优鲜果园。深圳著名水果销售连锁店
的山寨版。
漂泊的我，每天下班从门口经过。
买过一次香蕉
再路过时，店主小夫妻同时打招呼：
大哥，下班了？

或者，大哥，去上班？
或者，大哥，吃饭了？
下一次，买山竹，闲聊三分钟。
女店主说她爱好文学，向我借书。
我拣出《打工文学》合订本赠她。
小夫妻要送我水果，我拒绝了。
某一天，见女店主坐在塑料凳子上
读那本厚厚的书。

在附近小区买房以后
再没买过他们家水果。
偶尔全家散步到宝安公园
水果店是必经之路
店主还是打招呼，像朋友一样
这是你家小妹吧？好漂亮。
下一次感叹
你家小妹长高了！

清晨凉风拂面
小夫妻骑电单车进货
人潮之中迎面看见
立即停下向我问好。

箱子挂在后座上，颤颤巍巍。

昨日出外办事，途经优鲜果园
忽然想去买些水果，却见大门紧闭。
黄纸上兴高采烈地写着："回家过年"
无缘无故笑了
脱口说了一句：新年快乐。

2017年1月21日

后来，妻子看到一个新闻，说流塘路上一个水果店店主把摊位摆到外面，城管制止，小伙子跟城管动粗，拿出了刀子，被拘留几天。按地址和内容核对，猜测主人公即是那个店主。我们都有点吃惊，小伙子文质彬彬，跟客人说话慢声细语的。或许对管理者天生抵触吧。为缓解饭店占道经营的问题，管理者就在晚饭时段把饭店门口非人行道部分的空地划给饭店使用，并用花盆之类的隔开，饭店扩大了临时经营面积，也不影响行人。再严格执法时，请一些女执法队员，站在饭店门口，不说话，相当于柔性阻挡。小伙或是碰上了一个说话比较冲的主儿，言语不和，冲动而为吧。

还有一个名为"小锅小灶"的常德钵子菜，旁边的店铺前后换了好几茬，它如水中石头，被时间遗忘在那里。其名字和标识实在不显眼，天天从那里过，从没注意到。一天下午，忽然打了个雷，啪嚓一下子，吓得我一痉挛。猛然抬头，见到“小锅小灶”，想，它怎么还在？为什么总是人头攒动，有什么经营诀窍？对其无爱无恨无感，却多了几眼打量。十多年间，只去吃过一次，点了石锅鱼、腊肉炒野芹菜、雪里蕻。深圳的湘菜馆极多，这一家到底有多好，我是外行，说不出。几年间，它悄悄扩大了规模，兼并了周围店铺。

宝安公园西门门口，两棵大榕树下，有一客家擂茶饭馆，也是看惯身边“变换大王旗”。广东本地的汉族人一般分三大民系：广府、潮汕和客家。广府人主要分布在广州、佛山、中山以及粤西南。潮汕人主要分布在汕头、潮州、揭阳等地。饮食上，潮汕人最具个性，他领你去吃饭，几乎一律到潮州菜馆，捧场意识强烈。潮汕人开茶叶店，刚开始也全是做同乡生意。同乡购买服务，不要求打折，只要求货真质高。卖方也没有白送的概念，谁来都得付钱，除非“我请客”。潮汕人做生意成功，一半原因是同乡捧起来的。客家人主要分布在梅州、河源、惠州等地。这家来自揭西的客家擂茶饭馆主打的擂茶饭，直接点说就是汤泡饭。一碗绿色的汁水（擂茶），一碗米饭，冲泡，可稀可稠；黄豆拌小虾、几乎切碎的豆角、萝卜干、花生各一小碟，据自己需要加入。可再点一份“粄”，类蒸饺，米浆做皮，白，近乎透明，素馅为主，可以看到里面的白菜、萝卜、韭菜等。客家人祖上皆在中原，粄乃因地制宜之一例。炎热夏日，两人对坐于树下，一份擂茶饭、一份粄、一支冰啤酒，怎一个“爽”字了得。有朋自北方来，必带其来品尝一番。

天骄世家小区楼下，有一家“大秦岭老碗面”，专营陕西面。吾去陕西出差两次，打车时，司机都说现在西安那几家游客众多的店并不正宗，想吃正宗的可以去小巷子里找。

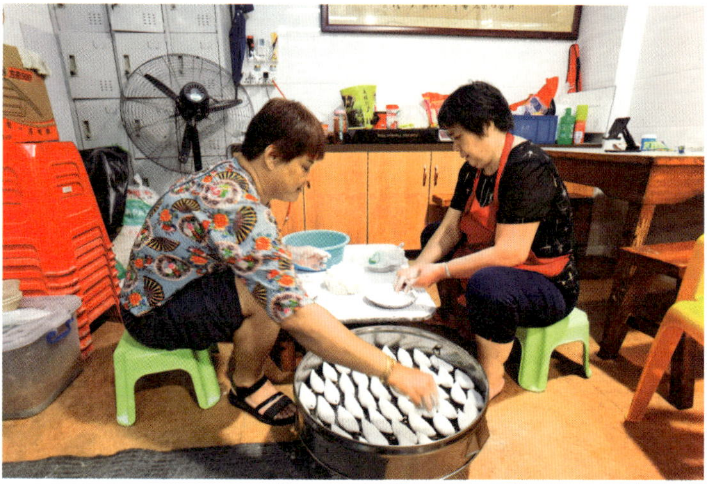

客家餐馆店员正制作一种类似北方蒸饺的食物，菜单上名为“粄”。但在客家人语境中，“粄”乃一种糅合的食品材料，并非一种食物，绝大多数用米粉或米浆制成，可煎可炒可煮，有咸甜干湿之分，命名方式也各不相同

他们还告诉我简餐标配：一个肉夹馍，一碗凉皮，一罐“冰峰汽水”。最后一个最不可或缺。口感不错，橘子味。友人晋东南，与我同住一个小区，一日，他发微信朋友圈称，“大秦岭老碗面”的红豆粥深圳最好，没有之一。晋东南乃山西人，偏执的面食爱好者，走遍深圳大街小巷，寻找、品评面食，若发现一处“宝地”，即呼朋唤友前去饕餮。吾对此略持怀疑。两个绝对的判断：其一，深圳的饮食种类最多；其二，全不正宗。因为聚集全国各地外来人口，故无所不有；因为要适应此处更多人的口味，故作媚俗调整。比如这家陕西饭馆，刚开始做的肉夹馍，脆、香、筋道，后来居然做成酥皮。屡次见它食客多多少少，摇摇欲坠，却一直挺到今天。

“永和豆浆”也是神奇的存在。点早餐，油条配一小碟酱。在北方，一般是小咸菜，换成酱属于典型的瞎吃，却是降低配料角色地位，更能衬出油条本味。北方小菜，尤其北京切成细丝的小咸菜，太好吃，无意间喧宾夺主了。另有番茄牛肉面，红彤彤的汤汁里，一大块真诚的牛肉。去台湾旅游，在街头吃的牛肉面也是四四方方、厚厚实实一大块。朋友看到我拍的照片，说，我在某某地吃的牛肉面，肉比纸薄，略等于没有。

暗想，就凭这实在劲儿，生意也能长久做下去。

早茶店也很坚实。周围几家大酒店和商业综合体里面都有。常去的是御景国际酒店五楼，离得最近。逢年过节或者周末，从早晨七八点到下午一两点，几十张桌子来来去去食客不断。名为早茶，实乃早饭和午饭的综合体，上百个品种可供选择。主打小吃为虾饺、红枣糕、腐皮干蒸、凤爪、蛋挞、椰丝球、豆沙酥等等，至于包子、油条、豆浆等，更不在话下。假日与友人坐在桌前等着上菜，他感慨地说，当下之早茶，茶点都是半成品配送来，加热上桌，很少店内现做了，去哪个店吃都是同一味道，再没有“哪个店的茶点好吃”一说，只有品种多少和服务优劣之分。不同厨师现做真的有差别，可我们实际吃的都是流水线机器做的同一种产品。食物的体温越来越少了。

以上，提到的饮食居多，一个人和地方的连接，很多时候还真是靠一个袋状的胃。性可产生爱憎，食物亦可产生爱憎。价值观建设中，有它一份。胃对地域的敏感，犹如嘴唇和皮肤。

流塘路宝安新村门口有一彩票店。有几个人好像住在那里一样，天天见。只要有一个人抽烟，屋子里就乌烟瘴气，所以每次进去都被呛一下。没人大声嚷嚷，也很少互相说话，大家自己玩自己的。我经常从那里买彩票。一买就是十五期，守株待兔。跟我一样的人不少。平均每天两三元，一年七八百块钱，就当买个希望。最多一次中了二百元，平时偶尔中五元十元。以前说中五百万元买一套房，放现在也只是交个首付而已。一个小姑娘问我，我们没钱，你比我们强多了，怎么也买？我没回答。我知道每个人都有一颗悬着的心。这么多年，彩票店一动不动地坚守在那里，为多少迷茫的人提供一个暂栖地。

大家都在路上。一路走，一路汗水。这些貌似坚硬的事物，不一定多么坚硬。我的文章写完不久，它们其中一个也许就发生变故了。这变故不可以简单的“好”与“坏”论断，一万个方向有一万种情绪。

每一个事物上都沾着一片记忆。或许是这个人的，或许是那个人的。我记录的这些事物和我发生过关系，偶尔剐蹭着身边的人。

他们把城市钉在地面

“小姐，扫一下”
他手里拿着牌子
牌子上是个硕大的二维码。
女孩快走。他追。
女孩回头瞪一眼。
他沮丧地转身，脸上写满漂泊。
我和他对视一下
他把牌子掩在身后。

若无其事擦肩而过
是的，艰难的若无其事。

2018年8月1日

我确定，那是一个房产中介。深圳的中介遍地走，过来人对其又爱又恨。爱的是，多年前被忽悠买了房的人，都吃到了城市的发展红利。打车时，出租车司机说，他一个老乡卖了深圳的房子，彻底财务自由，回故乡县城过逍遥日子。类似传说，现实中确有其形。恨的是，时常电话骚扰，连你的姓名和详细家庭住址都知道。上来就问，您某某小区的房子卖不卖？不卖。那我这里还有一套很好的房源，价格低，买不买？买卖之间他都有钱赚。那天在路上走，忽然降下大雨，三步并作两步躲进路边一个中介店面。屋内小伙子非常客气，让我们坐下避雨，还端了一杯热茶来。感动。发了个微信朋友圈。一友回复说，你要说买房或者卖房，他能把海鲜大餐端上来。也许吧。他们把所有人当作潜在客户的思维让社会更和谐，总比横眉立目撵人出去要好。饭后散步，晚上八九点钟了，楼下的一排中介店还灯火通明，小伙子小姑娘们进进出出。里面的人换了一茬又一茬，都穿着雪白的上衣，扎着深色的领带。感觉衣服没换，只是换了张脸而已。

他们一定不会永远是这个样子，调控的洪流随时冲毁看似坚硬的现状。他们逃不掉各种规则的桎梏。回头看，所有的既往，都是野蛮生长。那个阶段，很多人惨痛跌落，很多人因为生机勃勃而充满期待。

庄边村村口有一店铺，卖各式现做面饼，其中一种，甜且松软，妻子爱吃。她指点着，让我注意经常坐店门口的那个头发花白的老太太。瘦，走路颤颤巍巍。老板是个中年男人，总会递给老太太一块饼。伊安静地坐着吃，瘪瘪的嘴巴动作幅度略大。斜射的阳光笼罩着她。我问，老太太是老板的亲人吗？妻子说，她问过，老太太是个租户，经济条件一般。老板很善良……

饼店斜对面，一个鱼店，店主是夫妻二人，颧骨高，头发乱。一个小男孩，十一二岁，一副怯怯的样子，干起活来却生猛。他躲在店主后面，把顾客选好的鱼一棒敲死，捡起刀来刮鱼鳞，剖开鱼肚掏净，清洗。全套下来，一两分钟。一些顾客就问店主，现在也不是暑假啊，孩子怎么不去上学？店主说，这是自己的侄子。其兄病逝，嫂子改嫁，只留下一个孩子，放在广西老家不放心，所以带出来。自己在深圳无房无户口，一天到晚紧忙活儿，找不到上学渠道，只好先让孩子在店里帮忙。又过几个月，孩子忽然不见。问。答曰，回老家上学去了。爱管闲事的顾客们都有点欣慰。再过半年，孩子重新出现在店里，说是学业跟不上，自动辍学。记不清又过了多长时间，那个简陋的门脸儿兑出去，一家人都消失了。那个孩子可能不知道，尽管大家不知道他的名字，但不少人都还在问他，关心他。

庄边二路拐角有一超市，敞开式，主打廉价水果蔬菜。冬天橘子上市时，整条街道都飘着好闻的橘子味。该超市门口原先有一修鞋匠，名为修鞋，箱子、衣服拉锁都可以修。第一次在那里补鞋底，收我三十块钱。觉得好贵。他很客气地说，老板啊，已经很便宜啦。听口音，似北方人，到这里也入乡随俗地把顾客称作“老板”。后来就习惯了此处的价格。这边的消费观念与北方还是略有差异。买房时，前业主非要把两个精美的大理石茶盘留给我们。我们推辞。前业主说，我这个很贵的，好几千块钱，你们喝茶用得上。而我们一家人喜欢客厅里亮堂，简约。有一天，岳父把楼下收废品的人叫上来，要卖大理石茶盘给他们。人家说，你给我二百块钱我才搬下去。岳父吃惊，怎么，还给你钱？对啊。震撼教育后，讲价，最后讲到八十元，对方给搬走。看表情，还老大不乐意。楼下有很多二手店。收二手电视，一百块钱收进来，两百块钱卖出去。流动人口多，今天来，明天走，买新的没必要，买旧的可以随便挑，所以总有生意做，一台洗衣机不过一两百元，用半年，二十块钱卖回去。相当于租用。

后来整理街道秩序，鞋匠没被赶走，换了个更偏僻的墙角继续经营。老客户还能找到他。这更增加了他的归属感。我撞见他，从四十多岁一直到现在将近六十岁。几个固定的

街巷在老人的安坐中慢慢变老了

中老年男人没事坐到他旁边聊天，吸烟。他也有主人的神态。

上川路和前进路交会处，经常出现一对卖艺的老年夫妇。上下班高峰期，男的拉二胡，女的坐在旁边，偶尔整理一下家当：音箱、坐垫、水杯等等。不知他们为何要大包小裹地上街。那老头拉得太难听了，经常跑调，一首《好日子》硬是和《敖包相会》串调。随便一个人只要拉一拉都能拉得比他好听。何况他拉了这么长时间，自己边拉边修正，也应该十分娴熟了。音调优雅一些，不为讨好别人，起码可以取悦一下自己。但他执着于自己的跑调，乐声飘荡在行人和拿小旗的交通志愿者头顶，又半死不活地砸在黄昏的地面。老头对自己的业务一点儿都不求上进。这就比较可恨，全深圳的人都在努力，你却自暴自弃，还想要钱。后来我就不给他们钱了。

在锦花路街道拐角，连续几天傍晚见一个年轻歌手弹吉他卖唱，表情忧郁，声音沧桑。似有故事。脚下的音响效果一般，却难掩其投入。扫码打赏后闲谈，邀其有空到办公室聊天。有私心，都市民谣，万一聊出点东西来，岂不又是一篇文章。几天后果然来。言其乃美发师，唱歌不为挣钱，纯闲的。偶尔也和几个朋友一起唱。再聊，则着三不着两。应请求将其拉进一读书群，话痨，总问些令人无语之话题，所谓尬聊，终一日，因调戏异性被群主踢出。

再也没见过他。

前进路上的车流中有两个乞讨者，几乎常年徘徊在固定地方，穿灰色中山装，都胡子拉碴，看不出具体年龄，或五十或六十。一个扮视障者，一个扮辅助者。红灯车停，“视障者”拿着鸡毛掸子往前车窗上抹几下，也算付出劳动。遇上驾驶员身上带零钱，且心情好的时候，就打开车窗给他们几个钢镚。二人与时俱进，现在经常递过一个印着收款二维码的纸牌。多次碰到他们，深入思考了一下，他们执着于老旧的套路，风吹日晒成本并不低。所为何来？我正面理解为，他们喜欢这种自由，虽受人白眼，但非特定人，归根到底谁也不认识谁。那个鄙视他们的人走开了，鄙视便消失，相当于无鄙视。

还有一个手艺人。夏秋季节现身一棵榕树下。身边整整齐齐摆一堆新鲜秸秆，劈下一条条外皮（熟悉的外皮，幼年吃甜秸秆不小心会划破手和嘴角）。他拿在手中，令人眼花缭乱的一顿操作，一个翠绿的“蝈蝈”诞生了。头上还有两根长长的须子，在微风中颤颤巍巍。榕树下正是天骄小学的孩子们放学必经之路。那个手艺人一天也能卖出一些。我有时候站在旁边愣愣地看。多年前的农村生活又被他带回来了。没几个人能逃离童年的影子。

天骄小学的孩子们都穿着统一校服。其他地方上学、放学时也可看到同样场景，若拍下来，相当壮观。深圳的校服一度被传为“最美校服”。设计极简单，蓝白相间。有长袖也有短袖和短裤，且短裤不分男女。窃以为，设计谈不上多么亮眼，在于全市统一风格，学生个人之间、学校之间的差异消失了，无法从着装上区分三六九等。平等事大，小处落实。

人真多。夹杂在人流中，跟着别人的节奏，不由得脚步

休息时的等距离排列，是忙碌时的折射

加快。就像那些在超市抢购促销商品的老头老太，两个人也要跑起来。这里的人，常常被别人带着走。

可是，每天打交道的那些人，反而随着洪流消失不见。他们的领带，各种品牌的汽车，桌上茶杯旁边写着名字的牌子，不断张合的嘴，一个个词汇，感觉都是可以复制的。我也是他们中的一员，也在被别人复制。上面提到的那些人，不知道他们的名字，却像钉子一样将这个城市钉在地上。人走了，影还在。晚上，影子被覆盖。白天，又显现出来。

行走于凹凸之间

朋友张伟明告诉我，他之所以愿意住在宝安新村，因为这里挨着宝安公园，可以随时爬山。后来他换了房子，附近还是有个公园。

宝安公园位于广深高速的出口处，实为一座山，名岭下山。附近一个小区，名岭下小区。公园有环山路，遍种绿植，人行其中，浓荫如盖。偶尔漏下一缕阳光，于肩头劈出一道白。岭南的树，脸皮厚，耐活。台风来临前，枝叶繁茂的树木经常被砍秃，只剩两三根粗大主干，像是一个人高举着两条胳膊，一动不动。为它担心：这还能活吗？一周后，枝干上长出细密的枝条和鲜嫩欲滴的叶子，仿佛一个人举着两条翠绿的胳膊，还是一动不动。密林里常见“小心蛇、蜂”的标牌，画着卡通的蛇和蜂。马蜂、黄蜂不稀奇，蛇也时不时遇到，越来越见怪不怪。还遇到过鲜艳的蜥蜴，警惕地抬着头，和人对视。直至人类转过头去，蜥蜴才骂骂咧咧地离开。

公园入口处，左右各一大片草坪。周末常常坐满了人，大人发呆，小孩儿乱跑。周边的树上偶尔挂着一两只脱缰的风筝，好几天都掉不下来。

企龙山公园和宝安公园仅隔着一条西乡大道。深圳的公园，大多依山而建，修一条环山路，种点花草，即一公园。山多，是造物对深圳的恩赐。爬山已成深圳人最重要的休闲方式之一。一是锻炼身体，二是路上风景不枯燥，因为名人轶事和人文传承少，干脆就以风景论风景，今人照样可以赋予其血肉，发扬之，光大之，将来某一天，脸上也会贴满令人望而生畏的皱纹。

企龙山脚下有两小区，一名中粮澜山，一名御龙居。山旁有河，名西乡河，辗转注入珠江口。正门登山口有一片农家采摘园，里面种着茄子、辣椒、丝瓜、草莓等大路货，亦有黄皮、木瓜、香蕉等岭南特有水果。这是受保护的永久基本农田。秋冬正是采摘季，周末常见游人弯着腰在那里采摘，还有的大开大合地仰俯拍照。山腰处，可见一大片荔枝林。向下俯瞰，还真有红嘟嘟的荔枝挂在上面。凑近了闻，一股淡淡的香甜。对妻子说，从未见人采摘，荔枝季很快就会过去，替他们着急。妻答，一斤也不过几块钱，雇人摘下来卖，都不一定够本。不止此处，蛇口的四海公园、南山的荔香公园、福田的荔枝公园、深圳大学校园内，都有大片的荔枝林，旧日深圳仿佛一个土气的村姑，被从天而降的光鲜外衣包裹着，荔枝林恰似不小心露出的一块肉，透露着农耕社会的真相。而这些露肉又成一抹浮云，让天然的城市增添了一点点野韵。

新鲜出炉的企龙山公园有一缺点，路边无大树，虽植各色花朵，仍很晒。常年在深圳待着，并没觉得多么热。有一天在山道上行走，手中持一把纸扇。边扇边想，若无空调和电扇，现在的岭南，仍然是可以发配罪民的烟瘴之地。在该公园遭遇一场迅疾的雨，无处躲避，浑身湿透。说说关于下雨的一个题外话。我开车出行，旁边的汽车高速驶过，溅了好多泥点子在我的车上。晚上电闪雷鸣，暴雨倾盆。心想，好了，不用洗车了。第二日晨，车身湿漉漉的。晾干后，泥点子更清晰地显现出来。其后几天，经常下雨，或大或小，泥点子一直在那里。这是为何？

另一对“双胞胎”山峦，一名大井山，一名尖岗山，共用“尖岗山公园”之名，隔着广深高速和宝安公园遥遥相望。大井山上有一环山路，平缓，适合老年人。尖岗山的登山长梯名竞云栈道，砖红色台阶，每五十阶一计数，颇陡，从最下一阶行至山顶约半小时。有人步履轻盈，边走边哼唱。余与妻子则大汗淋漓，喘息不定。途中有一小亭，路牌上分别写着“紫薇幽径”和“子规幽径”，想起此公园当初曾重金向全国公开征集路名，吾亦为评审委员，对此名投下赞成票。山顶远眺，遥遥可见大南山、平峦山等，楼宇森然，大团大团的白云堆积在空中。胳膊若能加长，当伸手轻轻抚摸一下。

有消息说，以后要建空中走廊，把这些山岭公园全部连接在一起。站在山上，平视其他山头，才深刻认识到自己一直生活在凹凸之间。平日行走在夹缝里，并不觉得逼仄。道路是通畅的，视野是开阔的，心头是自信的。感慨，这些山峦的另一种命运是没有变成公园。若无今日的繁华深圳，我只能在这里的原始河流和山川之间散步。更也许，我们这些人来都不会来，深圳的奇迹造就了我们这些人的命运更改。

流塘公园乃一极小山包，被四周的楼房和道路包裹起来。村史中留下的孤证显示，此山曾名富足山。公园正门对着前进路，需拾级而上，台阶颇陡，两排台阶中间，用大理石板修了光滑的斜坡，很多孩子从上往下滑，前面的孩子刚滑一半，后面的孩子就跟上了，家长坐在旁边刷手机或者聊天，似乎一点儿都不觉得这有什么危险。

御景国际酒店五楼有一空中走廊，可直抵流塘公园，应是方便客人来此散步。走一圈不过十几分钟。里面还有一条条岔路，环环相扣，若都逛遍，也得半个小时。整个公园树木密集，似有阴气，蚊子多，走一会儿就赚“红包”若干。有几个老人经常鼓乐齐鸣地在那里唱二十世纪六七十年代的歌曲。连爱闲逛的岳父岳母都说不喜欢这种地方。我的成见则是因为洗手间太脏，已到让人无处落脚的地步。后来维修整理，跟其他公园一样，放置了厕纸和洗手液，也有人天天清扫。但前几次留下的印象太深，“脏”这个字三五年内在我脑子里都走不出去了。

孤证还提到，在富足山可以远望海边。我试了多次，只看到一栋栋楼房。围海造地，人类的居住地不间断地向大海拓展。宝安中心区那么多小区和写字楼，都是站在原先的海滩上。鱼虾鳖蟹的尸体半夜要起来啮咬高楼的脚丫子吧？

紧邻着流塘公园和御景国际酒店有一个教堂，顶上高高的十字架，几与山齐。站在流塘公园的小路上，可见其窗。偶尔一些中老年信徒成群结队从里面走出来。距其两三公里处，隔着广深高速路，另有一个教堂。友人王熙远的女儿在那里办的婚礼，我们几个朋友参与观礼，赞美诗响起时，心灵顿时安静下来。深圳面向大海，接触西方文化较早，不免受其影响。此为一例。

我站在远处

前进路下面正在修地铁，这条主干道被挖得鼻子不是鼻子脸不是脸。开车行走其上，如同关云长过五关斩六将。作为宝安老城区，深圳人口最密集的地方，早就该有一条地铁。对当下的行路难，虽有怨言，更多的是期待。姗姗来迟的地铁12号线，沿线百万人口都将因此受益，但是，他们的榕树丢失了。

那些巨大的树木从流塘派出所一直到延伸到创业二路，一年到头的绿色，遮住了头顶的绿色，像城市中的森林，多么热的天气都不用担心。它们一夜之间都被挪走了，连个招呼都不打。由此，很多犹抱琵琶半遮面的建筑，裸体一般站在我面前。我不好意思，它们也不好意思。

那些树像被放逐的孩子，在另一个园林里扎根、老去，等地铁修好，也回不来了，与此处再无关联。城市的现代化过程，容许感伤，却无法走回头路。

我站在远处，打量流塘的时候，看到另一个我。他走过的路，那么低微那么琐碎。我对他的悲辛并无同感。尽管我刻意低下头去，接近他的皮肤，感受他的体温，但仍然夹生。现在的我，是离开的我，即使重走一遍那一条条路，也踩不出同样的脚印了。彼处的我，那个他，已成为没有情感的雕塑，仅剩下歌哭的表情，定格在那里。

每一天都有一个离开的我。

有人向你招手，也要向她招招手

左边是一家文具店，顾客主要是六岁至十二三岁的小孩，此时不知为何正播放狂野的摇滚乐。右边是一家糕饼店，戴着黑色工作帽的年轻女服务员，站在里面一上一下地擦玻璃，动作极像是朝每一个路过的人招手。一中年女人牵着京巴走过去，京巴的尾巴使劲儿摇摆；接着是一个推着手推车的小伙儿，车里坐着个双手捧奶瓶的胖娃娃，不辨男女；又一个小男孩骑着微型单车路过，他踩一下，单车前行几米，脚就赶紧落在地上，应该还没学会骑行。大家都不搭理向他们“招手”的女服务员。她却越擦越起劲儿。

正中间是一家成衣店。傍晚的灯光下，隔着玻璃清晰可见五个塑料模特，四站一坐。中间坐着的穿红裙子，仰视。两边站着的穿黑衣，东张西望。五个没有头发的家伙硬是把我逼停了。妻子却无所畏惧，推门而入。

她手里拎着东西呢。左手一个柚子，超大，差点儿把塑料袋撑爆。其表皮，光滑、干净、金黄，一点儿杂质没有，摸上去手感润，闻起来有淡淡清香，可以想象打开后那深红色大瓣儿脱颖而出的样子。右手八个猕猴桃，乃朋友自陕西快递来，刚收到时还硬，在家中与苹果一起搁置，被苹果说服，三天后心变软了，食之肉厚汁甜，一副温和态度。

中秋将至，妻子要让它们和店主的舌头谈恋爱。

店主乃岳母的朋友，辽宁人。岳父岳母来深不到十年，已交友数人，以东北人居多，偶有云贵川桂湘等，还拿回过贵州阿姨送的烧辣椒，十分下饭。东北人中，辽宁人少，黑龙江、吉林人多，黑龙江人又多以哈尔滨市民自居。细问，有佳木斯的，有黑河的，离哈尔滨远着呢。或是哈市知名度高，故借用之。

岳母夏天依例回北方避暑，与老邻居散步、打牌、逛早市，吃得可口，玩得尽兴，乐不思深。而留深的老友电话依例催返，所谓每日一催。妻子过节致礼，乃替母连接，人情世故也。

站在门外，依稀可辨以下对话。

“阿姨好，给您送点小吃。”

你看着我，我路过你

“太客气了。坐下聊会儿，喝杯水。”

“这儿还有一盒药，我妈让您带给笑笑奶奶。”

“笑笑奶奶是谁？没有记错吧？”

“好像姓叶，叶姨吧？”

“老叶。老叶不是安安的奶奶吗？”

“哈哈，想起来了——叶姨有两个孙女，一安安，一笑笑。你们常说的是安安，我家常说的是笑笑。”

……

两人的对话断断续续，被一件件挂着的衣服遮住。看不见她们的身子和表情。

抬头打量，已是满街灯光。居民楼上也家家户户都开了灯，从上至下，有的亮，有的暗，还有红色的，也许是刚结婚的喜房。祝新人幸福，早生贵子。岭南的仲秋依然很热，暑气从地面散发出来，落在树上，树叶便出一身汗。粘在人身上，身上便黏糊糊的。大白天，每天焦焦虑虑地奔跑，一件事一件事地做，初算了一下，一个白天做琐事计十六件，它们堆在一起，也是黏糊糊，像一摊烂泥，绝没有最初设计的那般美好。我被世俗压在地面，挺不住就会化掉。

而最超脱的造物主一定不希望我是这个样子。它打开店铺的玻璃门，送出两个人。一个是我妻子，一个是女店主，虽被称“姨”，其实不过五十出头，身材匀称、衣服得体、头发整洁，气质佳，跟常规“大妈”形象完全不搭边儿。

“需要改裤脚的时候，尽管拿来，我这里方便。”

“好的。”

我和妻子慢慢走在人行道上，隔一会儿和一个人擦肩而过。暑气早晚会走掉，万物都各安其位，焦躁也要慢慢平复，平复。造物主在俯视，世俗在提升。此时的夜，介于二者之间，真是安静的人间。

潮

潮。看这个字，右半边的“朝”，有两个理解，一是太阳，二是白天（延展为全天候），它们遇到左边的“水”，全灭。水把全天候的太阳转换为另外一种物质。

刚到深圳时，遇到早几年南迁的朋友，神秘地对我说，你做个深呼吸，有没有感到鼻孔里潮潮的？非常舒服。我提提鼻子，嗯，有那么一点点，很薄很薄的潮，像是特级厨师用刀子在豆腐上片下一小片儿，透明如蝉翼，吹弹可破，在我鼻腔内旋转，舞蹈，贴在内壁上。潮而可闻，嗅觉有福了。

大面积感受潮，还得靠触觉。你去摸发潮的桌子，无水，稍有滑腻感，不涩不油。这种潮，可称为“润”。那个看不见的“它”，贴在物体上，既不是气体亦未形成液体，介于二者之间，介于有和无之间，说有似无，说无似有。它是哲学般的存在，绝不为了讨谁喜欢就随随便便跨过那道坎。

这个“潮”，与“冷”是堂兄弟，与“热”是孪生。太阳明明挂出来，却被云层掩在后面，成了一个黑乎乎的圆圈。它左躲，云跟着左躲；它右闪，云也右闪。它伸手扒拉，云就把它锁住。要是闷出一场雨来，好歹也算个目的，乌云偏不，不让太阳露脸，也不酝酿雨，不萌生雷电，就那么呆呆地干耗着。两相博弈，云下的人受不了了，汗水从毛孔里钻出来，点点滴滴，擦不干净。这就成了“潮湿”。潮说什么也不承认。潮就是潮，一个字，干干净净自己过日子，不要带那个“湿”字。加一个字，潮湿，潮得拧出水来，这就过分了。这不是高明，是愚蠢。

“潮”孤独地在天地间行走，走到哪里，哪里全覆盖。不能说只有桌子潮，凳子干爽，也不能只头发潮，脸盆不潮。它不偏不倚，大大方方，要让所有事物都感知自己稍纵即逝的“润”。

这真正的潮，理想中的潮，在深圳一年也遇不到几次。深圳多“潮湿”，最典型便是回南天。三四月份，天气转暖，冰冷的物体表面遇到暖湿气流后，迅速凝结出水珠。墙壁、镜面都会“冒水”。处处湿答答，身上黏糊糊，洗澡也没用，用水攻“潮”，相当于以火攻炭。换衣也没用，内衣洗完晾好几天都没法儿穿，甚至越晾越潮湿。潮本是个好事物，加上“湿”，仿佛被强行拉郎配，非但不能改变对方，连自己都成助纣为虐者。

好在世间人知道“潮”的底细，对它抱持理解和期待。即使今年被污染了，明年还能款款而来，带着薄薄的笑。他们忍着湿，抬抬头，低低头。

都市“放牛”

城市进入了“静默”状态。又一轮封禁。家家户户囤米囤菜。妻子把刚买的一片菜叶摘下来，兴奋地拿给我看：“这里有只蜗牛。”

这厮也就黄豆粒大小，却已具备一只蜗牛的全部特征，潮湿的壳，新鲜的肉乎乎的身体，在水嫩的菜叶上一伸一缩地行走。偶尔身子搭在一个小小漏洞上，竟有体操运动员一字马展开，自豪举起双手之既视感，两只灵动的触角便是它的“双手”。

大蜗牛常见，尤其夏季雨后，拳头似的非洲蜗牛赫然背着棕壳在绿化带、草丛中缓慢前行，身后划下一道长长的黏稠印痕，有不懂事的小孩捡起来玩，得了急性脑炎，住进医院，差点儿丧命。这浑身毒菌、传播疾病的动物，令人惊悚和厌恶。转头再看，万物幼小最可爱，该蜗牛自然不例外。我要豢养它。

拍照，发微信朋友圈，以明心意。众人回复分几类。其一为仁者见仁，“你菩萨心肠”，“蜗牛幸福了”。其二为吃货，“疫情期间再小也是肉”，“那是给你加的荤菜，买一送一”。其三为科普，“说明菜没打农药，生态自然菜”，“这货繁殖很快的，它自己就能生仔，两个触角碰一下就好了”。其四为祝福，“吉兆。蜗牛+生菜=我有财”……

短暂的热闹过后，只剩我和蜗牛的关系。这不是大众舞台，是具体的生活肌理。别人看不到。每一个细节都关系着我们两个的走向。它虽小，也影响着我；我是巨无霸，更能决定它。

先找一个透明塑料瓶子，圆柱形。陈皮茶喝完，瓶子没来得及扔，今日成为蜗牛封禁地。略知蜗牛习性，不能长久置于阳台，拍完照，挪至卧室拐角处的小台上。暮春季节，天气已热，辟出唯一阴凉地，我对它也算是用心了。

为防其逃窜，上置盖子；又怕它憋死，瓶盖半掩。它躲在菜叶背面，似乎胆怯。走开一会儿，再回来，见它趴在了瓶壁上。那个地方很滑的，它居然紧紧贴上，一动不动，如同被磁铁吸住。两个小时过去，还是原地不动，视觉上却比原来小了很多。硬壳一旦生成，应该不能再更改吧？突然变小，只有一个原因，它死了。幼时见过老人过世，停尸几天，整个身体都收缩。我晃了晃瓶子，不动；再晃，还不动；使劲儿晃，就不动，就不动；蹦起来晃，啪嗒一声落在瓶底，像一颗真正的豆粒，在里面一摇就哗啦哗啦响。

我对妻子说，蜗牛已逝。

妻子有些失落，“其实另一片菜叶上还有两只蜗牛，一个比它大，一个比它小。我连菜叶一起装进塑料袋里扔掉了。我害怕这些软体动物。要知道它这么快就死，还不如刚才一起扔了，没准儿多活两天”。我也失落。“我不杀伯仁，伯仁却因我而死。”养之则害之……再回头，它趴在了菜叶上。定睛细瞧，确实在动。

哦，既然活着，刚才为何作垂死状？或许睡着了，身体无知觉？或许改变了生活环境，生无可恋？后一条尤其符合某些人的刻板预设：万物自由，给它双腿让它追，给它翅膀让它飞。在广阔天地中，万物是最快乐的。殊不知，动物的凄凉对谁讲。鸟儿的翅膀只是保命工具，在寒风中扇来扇去，随时被天敌干掉，生下个蛋又怕被毒蛇拖走，它们的鸣叫一定是歌唱吗，岂非警告乎？或曰，物竞天择，既然造物主给了它们这样的生活，凭什么要去改变？答，人类可以千方百计追求更美好的生活，人类的朋友为什么不可以？也许它们很享受被改变，并由此获得更大的生活空间。举例说明：最初一批温顺的狼在原始人驯养下，变成了狗。族群得以壮大，生存更便利和安逸。

我不会太粗暴，只是做一实验，给蜗牛多提供一种选择。最起码，多了一种体验。

以上，乃吾继续坚持都市“放牛”之理论基础，欢迎反驳。但，我不听我不听。

翌日，菜叶水分流失，变得越来越小。水灵灵的一大片，萎缩成婴儿巴掌大的一块儿，绿得也不那么明显了。蜗牛不再乱爬，紧紧抱着菜叶，如同依偎着亲人，似乎一个不小心就会失去自己的至爱。样子令人心疼。

而它的身体变小了，一定是变小了。妻子说我是心理作用，不信搜一下，就搜“菜叶上的蜗牛是否会变小”，结果，哗啦啦滚出一大页“如何防治蔬菜上的蜗牛”。此处不便过多引用具体内容，一句话概括，“方式很残忍”，当人类将蔬菜的收成设定为价值标杆的时候，蜗牛便站到了对立面，无论怎么死，均属罪有应得。反之呢，我用菜叶喂蜗牛，蜗牛便是宠儿。我善意满满地打量它，研究它，它的一举一动都满含着神秘，暗示我，提醒我，甚至映照我。

我意，蜗牛对外界事物敏感得多。它和大自然之间有人类看不到的密码联系。该密码是化学的还是物理的，不得而知。生存环境压缩，食物减少，它要因应变化，尤其体现在身体上，必须变小。以此明确告知造物主：我符合比例。我服从你，不会和你对抗。

蜗牛从小到大，不就是硬壳渐渐变大的过程吗？既然壳能渐渐变大，就说明它的硬只是姿态，而非本质，而非不可改变，当然也可以变小。从哲学上解决了该难题，其他就是技术问题了。至于如何变小，需要多长时间，定有其约定俗成的流程，人类了不了解，明不明白，并不重要。

这个壳非但没将蜗牛圈住，反给了它一个支点，令其进攻可退可守。它举着这个假象，不再微小，巨大地、招摇地在世间行走，一路笑脸。

我给它加了两片叶子。刚刚买回的，鲜嫩欲滴的菜叶。摸上去凉凉的。我先咬一口，甜滋滋。

整个塑料瓶都快挤满了。它趴在缝隙里，兴高采烈地呼吸着，身子从壳中探出，两个触角左右摇晃，若仰天长啸。三片菜叶，是它的壕沟、床铺，是它的菜园和大地，是它的宇宙N次元。谁说蜗牛慢？它猴子一般蹿蹦跳跃，一会儿在这个菜叶，一会儿在那个菜叶，一会儿正面，一会儿反面。乾坤大挪移一般。关键是我看不到任何过程，都是一抬眼的事儿。

其间，我没看到不安，反而看到了大自由。天地广阔，人间自在。它要求的不多，我给它的，似乎足够。

在我生命中一闪而过的生命

蜗牛入驻后的这几天，我隔一会儿去看它一下。我扒拉扒拉菜叶，调换彼此位置，以免其枯燥乏味。我还会用喷壶喷一点水，嗤，嗤，让菜叶保持湿润。我停在瓶子前面凝神。它的一点点变化，都在我心中引起波澜。如同少年时的考试、青春时的爱情、中年时的病痛。它引领着我走上回头路，画面像电影一样清晰。它指示着天外，那里停泊着无数的未知之谜。我为每一个风吹草动荡漾不已，且从在乎它而反观自己。

关于它。蜗牛其实会唱歌，会表演。它在每一个叶脉中的行走都是音符。把所有叶脉踏查一遍，便是一首完整的歌曲。而它躲闪过的，未能抵达的部分，是美妙的留白。它每天都在我们两个的小剧场上。我岂止是在养一只蜗牛，我是用菜叶换了一张月票。

关于它。人的生命几十年。蜗牛的生命是多长，一年或者两年？它要在这短暂的时光中，尤其是被我限缩的空间里，把人类几十年所经历的酸甜苦辣都品一遍，自己和自己恋爱，自己把自己打一顿，再自己安抚自己。它的眼泪还没流到瓶底就已经干了。所以它得尽量敏锐地感知细微的空气流动，感知我的体温，演变成自己的喜怒哀乐，这样它才与我合拍，与浩瀚的宇宙合拍。大家殊途同归。

关于我和它。我睡得晚，读书、“斗地主”、看电影，灯一直亮到半夜，这会影响到它的作息，打乱它的生物钟。蜗牛若因此变异，一夜长大，会不会跳起来，指着鼻子骂我一顿？在东北生活时，我一次次被楼上邻居打扰，是有过这种冲动想法的。

关于它和我。我像电影《金刚》中的大猩猩一样，获得了蜗牛中的金发美女，但我确定不爱它。一旦厌倦，我随时会把它送走。找一个下雨天，将其放在草坪上，剩下的就是它的事儿了。我们不在一个频道上，只有呼吸的交流，空气的共享，同一时空的交叉。我对它暂时的保护，并无情感交流，我不需要，估计它也不需要吧（这个还真不好说）。

关于生死。我频繁探视它，是怕它逃出瓶子。只要出来，我找不到它，它必死无疑。在这个卧室里，它是沧海一粟，要么找不到食物活活饿死，要么不小心被踩死，要么钻入角落、死胡同，活活憋死，更可能被蟑螂、蜘蛛之类的吃掉。它的死法太多了，苟活之路只有一条：继续待在瓶子里。好在它知道边界，连瓶沿儿都没踩过，最多到瓶壁上趴一会儿。

但它随时会死，从我一养它就看到了它的死亡。它每天爬坡，勠力前行，以为靠自己的努力改变了什么，以为自己又掌握了生存技巧，智慧增长，其实全在我的手心。而我被圈在屋子里，岂不也是一个无形的瓶子？就像我养着它，似乎也有什么在养着我。我的一切真是自己努力挣来的吗？以前以为把孙悟空握在手心的如来佛是虚构出来的，现在看看蠕动的蜗牛，感觉自己头顶处处都是如来佛。

我的封禁还没结束，楼上邻居一点儿动静都没有。向窗外望去，平时喧嚣的街道一片沉寂。蜗牛在菜叶上缩成一个芝麻。它似乎又变小了……

三个铁皮屋

其一，单位门口曾有一报刊亭。倚报售报，可谓地利；其时网络尚未普及，报纸信息仍堪用，可谓天时。吾于此偶购文化类报刊若干，竟不记得摊主是男是女，年龄几何，可见最容易被忽略的是人。随纸媒衰退大趋势，报刊亭渐以售卖啤酒饮料矿泉水、花生瓜子八宝粥为主，便更少光顾。忽一日，下夜班，闻烤蚝香味。人行道上，整齐的一排芒果树下，灯光微弱，小桌五六张。夜游人端坐桌前，啤酒、烤蚝，在暑热将散的夜风中小酌。售卖者三人，均二十多岁，黄发，在炉具、餐具、备料、啤酒箱、桌凳之间忙碌。烤蚝六元一个。曾在深圳湾畔大铲岛附近见海水浑黄一片，有人告知那是渔民非法养蚝之处，未知真假。若节省费用，原料有可能来自那里。故食安堪忧。作为食客，只要吃不出立竿见影的症状，常常便宜行事。且不想它。我吃过几次，很香。几位创业青年靠售卖小吃赚钱，虽无太大技术含量，却有辛勤谋生之心，也值得敬佩。

数月后的某日上午，见一气势磅礴挖掘机停在门口，长臂对准报刊亭。黄发几人正从里面往外搬运灶台和啤酒箱。一穿制服者拿出一张纸，对着一头黄发的他念了一遍，问，我们已尽告知义务，听明白了吧？黄发店主唯唯诺诺，眼神哀戚。随后，挖掘机长臂一摆，报刊亭倒塌。我太忙了，走进报社大门，没再回头看黄发的表情。不敢看。

其二，从流塘路左拐至锦花路，前行二十米，乃一小区入口，门口有一不起眼的铁皮屋，经营街头小吃，或麻辣烫，或凉皮，或热干面。店主乃一对夫妻，或男在，或女在，极少同时出场。初到深圳漂泊，一人独居，该屋成我周末糊口地。十块钱八块钱的生意，店主做得认真，对微辣、中辣、狂辣区分极准确，不似有些店铺乱来。吾饮食有依赖性（惰性），认准一个，长时间固守，换一种便如失恋，心痛。该店之热干面为彼时热恋内容之一。人少时坐在门口的一条矮凳上，看夕阳西沉，自己缩为都市里一个不起眼的小黑点，坚持着没有渗入地下。某日凌晨下班，腹饿难耐。路过铁皮屋时，老板居然还在。点一份热干面，狼吞虎咽吃下去，那个美好啊，堪比朱元璋的珍珠翡翠白玉汤。拍照留念，发微信朋友圈。有人回复，“感觉像刚干完一票大的，开始吃庆功饭”。细瞧，背景墙上有一血红字迹：拆。字外划了一个大大的圈。书写时颜料从墙上一条条淌下，触目惊心。

几天后，我的深夜食堂消失了。地面干干净净，与大片的柏油路连在一起，仿佛它根本没存在过。本习惯了它就在那里，等它走了，又觉无它也无所谓。想想偶尔自视颇高的我，在别人眼中岂不如是?

只是，连个告别都没有，稍显遗憾。

其三，深夜食堂前行五十米，又一铁皮屋，亦报刊亭，卖《读者》《青年文摘》和《意林》等，兼售小玩具小食品。天骄小学的孩子们放学，都从店铺门口经过。他们买辣条吃，打开包装，味道刺鼻。该报刊亭直接长在人行道上，虽窄小，仍塞路。若几个孩子站在门口买东西，其他行人需侧身。所知另有些建筑，早早建在空地上。深圳发展晚，规划慢，明明先有前者，后来者器宇轩昂，体量大，更像主流，逐渐将先到者边缘化。再过些时日，边缘变障碍，必欲除之而后快。不知道此建筑是否属这种情况，否则说不过去。报刊亭不声不响挺了好多年。

一日，《青年文摘》转我一篇文字，拟找一样刊先睹为快，想起报刊亭曾售此杂志，赶紧过去看，那里空空一个石头墩子。报刊亭早已不见，天天从那里走，竟没注意到它是何时消失的。再仔细回忆，周围几公里内，似已无铁皮屋。无论小吃、报刊、复印等业。街路都整洁清晰，杂音越来越少。

铁皮屋曾经的主人们过得还好吧？在我这里，天空照样蓝，云彩照样飘，榕树照样把果实扔到路边汽车上，鸟屎一样。

以后离开的事物会更多。它们的背影成阴影，淹没我。

我到一个叫作『**半天云**』的村子里去，撞撞运气。能离云彩近一些当然好，若是阴天遇不到，就留个背影，**让云彩想我。**

第二章

它的具体，我的丰满

一朵云来

向云彩致敬。云彩比月亮靠谱。幼时追着月亮跑，我追多远，月亮就跑多远；我停下来，它停下来等我。一回两回是开玩笑，次数多了，觉得挺没劲。在地面上仰头看白云，大团大团的，高不可攀。乘坐飞机达到一定高度，云彩就在你的身边，如果窗户可以打开，伸手便摸到。飞机再上升，云彩就在脚下了。同样是悬在天空，同样缥缈，云彩还是有相当定力的。一心向它的人，不会落空。

我到一个叫作“半天云”的村子里去，撞撞运气。能离云彩近一些当然好，若是阴天，遇不到就留个背影，让云彩想我。

村口一棵龙眼树。十来米高，深冬季节依然枝叶繁茂。树皮发黑，像抹了一层锅底灰，又没抹匀。手感软中带硬，硬是本质，软是时光打磨出的腐朽。地面已铺了一层掉下来的树皮，大小都一样，约等于火柴盒的一半。树身上挂着的标牌显示树龄260年，挂牌日期为2018年。

旁边一棵树龄100年的朴树，底座以水泥铸就，直径四五米，像是稳稳地坐在那里。叶已落尽，细密的小枝丫伸向四面八方，如同托起蓝天。天因此更高，怕被它扎着。

树龄作不了假，有专业手段测量年轮。不远处，一棵祖宗级别的秋枫树，树下立一黑色小石碑，显示为国家一级古树，树龄525年，2015年立。主干粗，三四个人合抱方可。四根次枝干，只是简练的粗，无繁文缛节，上面生出一层苔藓，手感滑腻，使其层次显得丰富些。该树靠着山边，稍倾斜，底下已经支了两根粗钢管。

朴树比人老

沿村边河流前行百米，入茂密的树林，道路越来越窄，再前行，忽然让出一块空地，河中巍然耸立连体双胞胎似的一棵大榕树。两根同等粗大、同等高度的树干，一起相拥着指向上方，天空终于绷不住了，哗啦啦漏下无数阳光，一刻不停地流淌。树根下盘旋着巨大的石头，高高低低，有的已和树根粘连在一起，颜色相同。近前摸一摸，质感相同。水流冲击石头，声音变得响亮。石头与树本无前缘，在水中，有石头遮蔽，树苗才能扎下根。它们恋爱了。

这几棵老树并非鹤立鸡群，只有走近，才见其高大。站在远处，只见树木的集合，植物的汪洋。它们被淹没了。山峰上，绿色汹涌而寂静。每一个个体都找到一个地方站立，没有谁比谁更高，谁比谁更粗，谁比谁具有更多可能性。假以时日，一棵最低微的小苗，也会变成气势磅礴的大树，与其他大树肩并肩，根牵着根，迎风傲立；而现在的古木却被一窝蚂蚁活活咬死了。世事无常，千变万化，此一看得见的例证也。

如果人来人往，人气高涨，即使植物是旺盛的，你也能觉察到它们的拘谨和彷徨。现在人走光了，它们都恢复了野性。冬青树举着一枝红色的小珠子，红千层拎起红色的棒槌，刺桐递出一颗颗红色的“小辣椒”，散漫的红使绿不再单调。香蕉树上挂着一坨一坨的果实，像一根一根清晰的手指捧在一起，青翠欲滴。几根藤蔓从破败的房檐上耷拉下

半天云村唯一的一条街道，一眼望穿

朴素的信仰中，
有庄严的敬畏

来，一直扎在地面上，绷得紧紧的，藤上密密麻麻的五角形叶子使藤条变粗，并有越来越粗之势。叶片以绿色为主，有的已经枯败，枯败和枯败又不一样，或彻底变黄，或发黑，或浅淡还紧握着绿。午后，热烈的光打在上面，反射出各种各样的不同，相同的指向中前仰后合，各自奔跑。木本植物、草本植物无不呈现出最自然最舒展的状态，每个都独特，每个都不可复制。

这么一个小村庄，前后左右总计五个小庙，各有名目。

村口立一高大牌楼，上书“半天云村”。牌楼外面，有一登山台阶，沿阶上去，见牛王爷庙。称其为“庙”似有些夸张。以石块搭建而成的小屋子，宽约半米多，高不过一米，屋顶触手可及。春节刚过，门楣上搭着鲜亮的红布，庙内摆放着新鲜的橘子，三盅酒，香烛炉内落满了灰，上面插着的香头烧了一半。牛是本地土著的图腾之一。而庙内的牌位上写的是“秀王爷”，不像是笔误，应是雅称或另有原因。

进村后，曾有两块被掩埋的石头，被称为“井头伯公”。“伯公”者，本村村民心中的山神。老村民都认为，从建村伊始，就得到各位“伯公”庇佑。如今石头处也垒出了小庙，大小同前者，里面的牌位上写着“井头老爷”。“老爷”“王爷”，均为敬称。

秋枫古树下的一座小庙，牌位上写着“桥头老爷”，里面贴着“大吉”拼成的图，两个字好像是一个字。

村子左后方一条小道，沿着斜坡走上去，在一棵假萍婆树下，是一个土地庙，牌位上的字是“土公”。与其他小庙不同，里面多了一尊非常写实的土地爷的石雕坐像，手持龙头拐杖，很慈祥的样子。

最大的一个小庙，名为“大王爷庙”，坐落于小河边，稍微宽一些，里边的内容和其他庙差不多，前面摆了一张石桌，石桌上也摆了香炉。旁边还有一个特大号的石制香炉。大王爷庙后面的山坡，皆为石头，粗糙的表面疙里疙瘩，已经起了一层白碱，被太阳晒热，坐上去暖暖的，裤子也不脏。

几座小庙分布于村子前后左右，相互之间离得并不远。步行十分钟，可以全部看完。即使村民搬离了，朴素的信仰也还在，始终有人供奉，定期祭拜。小庙明显经过了修整，简单而认真。五座小庙内的主人，应该有精细的分工，各管一摊，令村民生活顺遂，平平安安。住在山间的神灵，升天下海都方便，为民服务也顺手，却一定不迁就妄念，而是令村民多一丝敬畏，自我约束，一心向善。所以，村民和外来者无须了解众伯公的分管内容，见神就拜准没错。

半天云村位于深圳大鹏半岛海拔426米的抛狗岭半山腰上（挺别致的一个村名与一个挺直接的地名并列在一起，可谓雅俗共赏）。说是在山上，也可以说在林中。绿。还是绿。村子背靠大山，从下往上是一个斜坡。街道两条。如今人走了，房屋还在。

村口有一个《安全告示》：

半天云片区的房屋（文物）已被列为大鹏新区古村落保护范围，由于房屋（文物）年代已久，加上超强台风“山竹”正面登陆大鹏新区后，房屋（文物）破损严重，部分房屋（文物）濒临倒塌，存在严重安全隐患，目前正在进行修缮加固。望各位游客注意自身安全，不得靠近危险房屋（文物），否则后果自负。

南澳办事处公共事业服务中心

2019年4月30日

另挂一牌，“大鹏新区古建筑群”。

从头至尾，一个屋子一个屋子地走过。每个门上都挂着蓝底白字的铁牌，如：“半天云村27号，文物，黄均福宅”。挂牌单位为当地文体局。黄宅是一栋二层小楼，墙边堆着一排排木头。隔着敞开的窗户，可见里面有楼梯通向二楼，一楼客厅里的黑沙发半躺半卧，旁边乱七八糟地扔着矿泉水瓶子和塑料水桶，地面积满灰尘，一脚踩入，估计要溅起巨大的烟雾。一张硕大蜘蛛网躲在墙角，阳光照在上面，蛛丝根根放光。

满眼斑驳的墙体，满眼的断壁残垣，几乎没有一个完整的。村子里长满鬼针草，白亮亮的花朵一片连着一片。房子四周还有青砖的痕迹，遥想当年定是高墙矗立。一个个台阶上，野草生了死，死了生，有的变成了沃土，滋养新一代的草。有的屋顶上长出一棵胳膊粗细的树，顾盼自雄。有的房子里面搭着多条钢架，三面墙就靠这些横竖交错的钢架支撑着，一旦撤掉，整体就会垮塌。房顶多为起脊房，上面整整齐齐排列着瓦片，瓦片全部由原来的灰白变成了黑色，有的已经断裂，有的掉在地上，摔得粉碎。窗户都不大，一尺见方，竖着的铁棍，有点监狱的感觉。二楼的栏杆和廊檐下的空白处，雕刻着各种样式的花纹，透出浓浓的古意。

屋中无人，从标牌上却可见当年若干端倪。其中一个标注：“黄金就、黄国均、黄国定、黄国华宅”。这是一个大户

深圳的古村中，树出屋顶并不鲜见

人家。正常推理，第一个是父亲，后面是兄弟三人。其宅第应该拆过。旁边是一大块空地，只剩两间房，一间房子的门锁着，另一间房子门敞开着，里面堆着满满的木板和木梁。墙面上残留楼梯的痕迹。标号为33、35、36的房子均为"黄秀兰宅"，37号房则为黄秀兰和徐清妹共有。这家自然比较阔气，四个红色的门都上着锁，一楼上面又有两座各自独立的小楼。林子腾宅独立村前，两层小楼紧凑而精致……

走在路上，耳边似乎一直有个声音。越安静，声音越大。仔细分辨，那是蜜蜂的嗡嗡声。整个村子都弥漫着这天然的音乐，空气里散布着清甜的气息。遍地的野花，高低错落，可以给予蜜蜂们足够的营养。以嗡嗡声为底色，叽叽喳喳的鸟叫，风吹树叶的哗啦啦声，线条更清晰，韵律更跳跃，左右无人，可以在这乐声中跳舞。

我有疑问，村边那条水，算是溪水，还算是河水？不过三五米宽，称作溪水似更具诗意。若称为河，也不过分。在深圳，像这样若有若无、腰身纤细的"河流"，不在少数。窃以为这样更好，无须谁来登高一呼，统领全局。谁都不占用太多地盘，却给其他流水让出空间，创造更多的可能。也无须问它从哪里来，高生水，土生林。这样峻峭、稳重的山峰，这么茂密的树林，没有水才怪呢。

在水边静坐，冥想，听它泠泠作响，如敲钟，如抚琴。

那声音并不单调，而是偶有回旋跌宕。在这无人的世界里，万物在神示的规则里运动着。小动物的行走，落叶的敲打，水边一根弯着的草突然弹起来，都会让水的乐声发生改变。

深圳这个海拔最高的古村落，曾入围广东省最美乡村。其实一条街也不过三五十米长，走完整个村子，半个小时足矣。兴冲冲赶来的人，多数会失望：只不过几栋濒临倒塌的房屋，满眼的绿而已。我认真地打量，细致地描述，仅比匆匆过客好一点，似乎触到了个体生命的律动，但依然是浅显的，表面的。所有人都是走马观花者，难以回到彼时彼境。

我从没把到过的地方仅仅视为风景。此处亦然。在村民们耕种繁衍，鸡犬相闻的日子里，我不可能一一走近他们，拜访他们。而今天，我的不期而至，又短暂复活了他们往昔的日常，如影片一样在我眼前闪过。那些消失的人，他们曾坐在树下乘凉，眼看着祖先种下的小树一年年长大；在不远处的海边打鱼，为台风到来无法出海而叹息；逢年过节端着鲜果去祭拜“伯公”们，虔诚地许愿。他们的肉体离开了，但他们的气息还在，萦绕着这些残留的房子，和树木在一起，和天上的飞鸟在一起，和地上乱爬的蜈蚣、蝎子在一起。这个村庄依然结实。以后也许会被慢慢掩杀过来的草木覆盖，却与草木完成了相互的轮回。

逝者埋入地下，活着的后代渐渐离开。明着的原因是，半天云村紧挨着一个水库，属于水源保护地，暗里却是大势所趋。在这里生活，绿水青山，清泉潺潺，貌似很有诗意，在农耕时代，进进出出，来来去去，费时费力。选择这里，更多是“不得不”，生活方便的地方没有自己的立足之地。远离群居社会，诗意被具体的吃喝拉撒、衣食住行全部消解了。作为一个过客，忽略了俗世生活，不免沉浸于景；长居于此的人，对景已经麻木，具体的生活才有切身所感。即使不是因为水源地，搬迁也是早晚的事。超市、药店、学校、影院在哪里，他们就走向哪里……

这里更适合做一处曾有人迹的风景。

大团大团的云彩压在上面，一抬头就能够抓到，用它擦擦脸，再放回原处。在半天云村，这样的情景终于没有遇到。我站在村中的高处，看到了满眼的蓝，所谓万里无云也。不过没关系，只要这个村子在这儿，有人在这里等待，一定会有一朵云来，一定会有人握住它……

野朴都市

深圳穿上西服打了领带，脑门闪闪发光，名字却一直挂着农耕社会的胎记。深圳，原意就是田野里的深水沟嘛。恰如邻村那拥有了巨资的掌门人，学名还是李富贵。

有些，已经渐渐美化了。山猪凹成了今天的朱坳。圳尾成了圳美。杨美原为羊尾。珠光村本为猪岗地。

还有一些未改的，或者改了亦未丢失狂野之气。比如后面要提到的那些。

名字之野，映照着这块土地曾经的蓬勃，虽无北方的骤雨暴雪，却不乏南方酷暑中的台风闪电。

子曰："先进于礼乐，野人也；后进于礼乐，君子也。

如用之，则吾从先进。”孔子说，我的学生中，早先那一批人，在礼乐方面，有野朴之气。后来的这些人，在礼乐方面已经有君子之气了。但如果让我选用人才，我宁愿使用最早的那一批。

老先生追求温文尔雅，内心里还是舍不得原始的野朴。

接下来要讲到的奇怪的名字有一共同特点，乍一听，很突兀，甚至笑起来，第二次就坦然自若了，还会津津有味地与别人分享。

人群并非一步步走向文明，他们只是走向“变化”，也许步步台阶，也许是跌落，颠簸式轮回。地名并无一定之规，“变化”到哪里，就改到哪里。

我时常去拜访这些地方，推开名字的门，看看门内事物，想想自己心里的事。

翻身

翻身地铁站紧邻宝安区创业路，旁边有天虹商场，一个停车场，宝晖酒店，西城上筑、海云轩、丽晶国际等小区，最近处是一个公交站点，一排排共享单车，墙上开着三角梅，三角梅上面有拍着翅膀飞来飞去的蝴蝶。我把这些事物全部小声念出来，才能压得住“翻身”两个字，以免它不安分地滚来滚去，打乱现有秩序。

翻身原是海岸边的一个小渔村，其来历：二十世纪三十

在我这里，“站立”比“翻身”更重要

年代，海滩上聚集了从东莞、番禺、中山、珠海、惠州等地逃难来的游民，搭棚栖身，渔猎为生。又过二十年，改天换地，自发形成的无名村庄需登记造册，“翻身做主人”，一个极具时代特征的名字，延续至今。该村现已淹没在林立的高楼中，它本身也变成了一座一座的楼房，以之命名的地铁站，后来居上，反成其最突出的符号。逢年过节时，总有“好事之徒”赶来拍一张照，把大大的“翻身”二字置于身后，期待他日过上另外一种生活。

若问事主到底要怎样的生活，他也不一定能很具体地讲出来。

站在远处，盯住地铁出口，里面一会儿出来一个人，一会儿又出来一个人。再过一会儿，出来一伙儿，也不知相互之间有无关系。好像是经过了严格计算，一分钟内必有一两个穿短裙露大长腿的女孩脱颖而出，针线一样贯穿着不断的人流。此时北方已是寒秋，霜打黄叶。

一个妈妈领着一个扎着小辫儿的女孩儿，约四五岁。小女孩边走边说，“我只要高高的滑梯”。“滑梯”两字骤然声高，在空中飘起来，翻了几个跟头，落在她们身后。

一个小伙子推着拉杆箱向地铁口走去。他突然松手，拉杆箱自己向前滑行。他紧走几步追上，再松手向前推，自己和自己玩得很嗨。

一个穿着黑色制服的保安，正在摆弄一辆共享单车。他用手机将其扫开，马上关上。语音提示，一会儿是“开锁成功”，一会儿是“关锁成功”。

扫开不用付费吗？

拍到一棵树，花白色，大而硬，多朵组成稠密的伞状，状类常吃的菜花（花椰菜）。用两种软件识别，分别为糖胶树和盆架树。再识别，仍然。脑子里装着两种树的名字，一走路，它们就撞击，当啷当啷响。

这已是我和周围事物最近的距离。再近一点儿，彼此身体都会产生不适感。

买一杯加量版的绿豆沙冰，拿在手中，好凉。上面一半已化成水，进入嘴里有沙沙的感觉。我隔着杯子把下面的冰捏碎，依然用吸管吸不进嘴，需等它化掉。它化两分钟，我喝一口。别说什么心急吃不了热豆腐，沙冰微微一笑。用手机拍照时，将绿豆沙冰放在手边的电单车后座上。我相当于在电单车的小丛林里穿梭。电单车一辆接一辆，占据了大片地面，偶尔有人过来，开锁，骑走。

这个假日的下午，好多市民外出旅行了。却是我难得的清闲时光。我边散步边捏沙冰杯子，把所有注意力都集中在这儿。

“翻身”必以剐蹭周围的人为代价，似无例外。

我夹杂在人流中，谁都不认识我，我也不认识任何人。他们是我的分身，我是他们的影子。我不再接近他们，却可以自由地翱翔。这也许就是我的翻身吧。

跌死狗

一只狗骨碌骨碌从山坡上滚下，四只爪子一会儿朝天，一会儿蹭地。风声在它耳边呼呼直响，它下意识地伸缩着爪子，试图扒住身边的什么东西。实在没什么可扒。身体已不可控，世界一片迷蒙。它的皮毛被一块块外露的石头尖儿划开，血肉淋漓。到谷底后，它晃了两晃，斜斜地躺在那里，再不动弹。

整个过程用最简单的，人人都懂的三个字概括，可为“跌死狗”。

深圳市南山区麻磡村附近，阳台山之一峰，名“跌死狗”。

密密麻麻的工厂将山峰团团围住，有印刷厂、钟表厂、电子厂、修配厂……另有工人宿舍、青年公寓等，宿舍窗外晾晒着花花绿绿的衣服。路边停满汽车，车位难寻。

左找右找，村外竟有一条小路可上山，砖石横陈，尘土迷眼。十几个工人在铺路，影片中的雕塑一般，有的坐，有的站，有的呆呆看着我，见我跌跌撞撞走上去，也不问，也不阻拦。沿土路前行，身旁的边坡已抹上水泥，墙体预留了出水管，下雨时，雨水自此冲出，定是万箭齐发的样子。路边摆放着大大小小的石头，用网兜兜住，以免滑落到下面。

大片大片的荔枝林，无花无果，只有浓密的叶子。垂下气根的榕树上，缠着若干吸其骨血的藤类。粗大堪比树木的滴水观音，叶片遮住周围低矮的灌木。多数树木倾斜着插入土地。从山路上向上看，树是斜的，向下看，也是斜的。开白花的鬼针草和开小紫花的假臭草点缀其间。

与其他动物相比，狗的智商肯定高一些，行动也够敏捷，跌死一条狗，需具备以下要素：山高、坡陡、狗重、无

多笨的狗才能在这种地方跌死？

遮挡，把重力加速度发挥到极致。打量眼前这座峰，与周围山峰并峙，似无突出之处，不高亦不甚陡；草树茂密，不小心滑下去，滚几米即被拦住。死去的那条狗，它不可能是跌死的，是笨死的。它叫阿欢还是叫阿鹏？连个名字都没留下，让整个族群为其背锅，兹事体大矣。

再往前行，一辆泥头车挡住去路，工人正往下面卸建筑材料。终于明白，这里要建公园。深圳山多，半山腰上修一条路，两边植点花草，就是一个公园。自此后，荔枝树不再以结实为业，乖乖成为风景就好了。那林中的鸟和蛇，则要躲到更深处。吾有幸，亲见这延续千百年的宇宙一尘之蝶变。只是公园建成后，还能否保留“跌死狗”的名称？

我坐下来，打量四周，脑子里一直重复前面描述的那个画面，同样是山峰，为什么给它起这么个名字。灵光一闪：多年前，采药人攀爬至此，一个不小心摔下斜坡。伤者深觉其险，又不好意思说自己的糗事，便用其他物种代替。遮羞也。此地真正的名称应该是“摔断腿”或“摔断腰”。

恍惚间一条狗飞了起来，尾巴摇一摇，在空中频频回头，还冲着我笑呢。

狗笑起来是什么样子？

铁扇关门

环水皆山也。

山青而高，人行其中，如同尘埃之于宇宙。若摄入镜头，山又成一若隐若现背景，被人遮挡和打扮。谁大谁小谁真谁假，且不管它。冬季微凉的风不掩其翠。清冷白雪卡在巍峨南岭背面，千年万年呆愣愣地望着这边，不能过来还是不敢过来，也不管它。

众山之间仰卧着一片水，是一个水库，名“铁扇关门”，其名号吸引我匆匆赶来。真是匆匆，头一天听说，第二天就从宝安开车奔向大鹏半岛，凡九十公里，两小时。我要看看铁扇长什么样子，为什么关门，是如何关门的。名不副实亦可，敢把这样一个突兀的名字戴在头上，已在芸芸众生中脱颖而出。

目测，水库并不小，在山的压迫下却显得微渺。岸边有铁门，上书：“饮用水源，禁止入内”。隔着栅栏，水面波光乱闪，风吹略有小浪。蟛蜞菊的黄花在岸边晃来晃去。几棵树倾斜着身子，越躺越歪，树头已经触到水面。一只鸟跳上去，轻轻踮着脚，生怕一用力便将其摁入水下。堤坝有些年头了，曾经新鲜的石灰色变成了陈旧的灰色。岸边搭着脚手架，一群建筑工人正把一车巨大石头卸下来，烟尘弥漫。他们拉着架势做一件很大的事情，不过是让这潭水旧貌换新颜，跟时间小小抗争一下。

遥望对岸，影影绰绰。问，以前这里有一个村子吧？一工人答，是的，生态治理，早已移民，去向何方不知道。

问，现在还有人住吗？答，没有。

我想说自己似乎看见了人，怕吓着他。又问，那个村子也叫铁扇关门吗？答曰，不清楚。这么小的一个村子，谁关心它？

开车至此，只一条路，二车道，错车要小心翼翼，超车很难，倒车更甭想。整个大鹏半岛差不多都这样。除了海就是山，山林使劲把道路往海边挤，道路瘦弱不堪，挤不过它。所谓繁华深圳，只是面目之一。山与海，是其另一面。沿此路走到头，乃东涌沙滩，一个著名的旅游景点，深秋仍可下海，水并不凉。海浪一波一波，遥望着此处的湖水。

树、水、路。舒朗而拥挤

若敷衍其事，此处的铁扇关门可以理解为地势险要，两扇门一关，谁也进不来、出不去。查相关资料，广东境内还有两个地方，亦以此名。一在梅州，蕉城至蓝坊镇公路旁，距县城五公里处，两面石山夹一谷，交通要道一条。另一处在潮州，是一瀑布，大水跌下来，呈扇形，又有关门之势，因此得名。常理推论，从北至南，三地同名，定非未经沟通各自原创，至于谁先谁后，无须管它。第一个起用此名者有创造力，第二个有鉴赏力，第三个有接受力。都挺好。到此为止，再有，便是东施效颦了。

我内心里也有一个"铁扇关门"，即使被眼前"真实的铁扇关门"疯狂碾压，它仍未消失。它大不同于此景，更不同于前述两者。它色彩斑斓，造型诡异，水波荡漾，上接着天，下连着地，里面隐藏着人和故事，那么坚硬、真切。它就根植于我生活的这个城市，天天在我眼前晃，我却不能用文字将其描述出来，也不能讲给你听，一旦具体化，如同一瓢热水浇到好不容易堆出来的雪人上，马上消失，再也找不回来。它对我如此重要，以至我翻山越岭来探望一下赝品。

若有人打听有关铁扇关门的事情，我只能把大鹏半岛上的这一潭水指给你，最多再指一指潮州和梅州，其他免谈。

部九窝

朋友王先佑告知，龙华区有一个叫"部九窝"的地方。

他未曾在那个地方生活，乘公交车经过时，猛然看见这样一个站点名字，心被触动了。他和另外三个朋友相约各写一个小说，名字就叫《部九窝》。

而我，听说之后便匆匆赶去。我要摸清这个地方的底细。先佑他们在天上飞，我贴着地皮走。

导航至“部九窝”，停车后，没见“部九窝”字样，却见一小区，名龙军花园，属大浪街道龙平社区。再三定位，确认就是此地。小区很大，前低后高。登台阶上行，在中心花园的水池边坐下小憩，微风轻拂，颇安静。几位老人在旁边聊天，三四岁的孩子拿着皮球跑来跑去。一个推着单车的小伙走过来问，是否使用过某某产品？我没听清，直接回答说没有。又问，能否买一些，可送至家中。答曰，不用。细瞧，后座箱子里一个个大瓶，貌似洗涤用品。

小区背靠一座山，想象高楼层住户推窗即见山顶，风大如扇，省空调费了。

事先问过本土文化研究者，部九窝实为“哺狗窝”。此诚可谓去野向文之典型案例。改后的三个字，各自独立，谁也不挨谁，貌似生硬，实则有让人因莫名其妙而频频回头的效果。

那座小山莫非就是养狗的具体地点？多年前确曾有过一个大量养狗的场所？

无需问，问也没用。这里的人都是匆匆过客，皮肤和土

各不相干的“部九窝”三个
字，撑起一片现代化的建筑

地贴不上。

小区大门正对着一座跨线桥，名“和平立交西桥”，车来车往，巨大的噪声让人莫名心乱。

附近有停车场、修配厂，有客家菜馆、湘菜馆和沙县小吃店等。后者生意最好，保安员和修车师傅模样的人，坐在门口的桌前，头顶凉棚，喝汤、吸烟，都不怎么出声。

查资料，附近有一“部九窝受纳场”，乃垃圾盛放地。当地居民反对声大，前几年停止收纳，拟将其建成一座鲜花谷，也不知道建成没有。网上搜索，只有“将建成”，好几年过去了，没有更新的消息。

导航地图显示附近还有个所谓“部九窝管理处”，驱车前往，拐弯抹角进了一条无名道，轻尘弥漫，无人迹。原来是个扣车场，觉得不对劲，赶紧退回来。

我开着车在周围瞎绕，再未见跟部九窝有关的机构与设施。

某天早晨，我往盥洗池里倒开水，准备洗脸，发现上面飘着零零散散的棕红色碎末，戴上眼镜细看：一只烫碎的蟑螂。

部九窝也被烫碎了。

我很期待先佑等人的小说，我想告诉他们，不要到这里来踏查。只有他们的虚构才能将烫碎的区域拼全，然后带着这个名字飞起来。

大脑壳

深圳有山，曰梅林山，位于市中心福田区。山有最高峰，曰大脑壳。

从梅林三路上遥望大脑壳，有点神似，也可以说像扣着的锅、切了一半的球、北方大馒头。想象成什么，便是什么。本尊插不上嘴。漫山遍野的树木遮挡，“脑瓜顶”时隐时现，迷蒙。

第一次，上山的路走错了。午后仍热，柏油路陡，路边停着“僵尸车”和大货车，除我之外，身前身后再无一人。头顶树上，一大鸟忽然飞走，翅膀扇出巨声，吓得我虎躯一震。鸟鸣啾啾，无章法。植物气息浓烈，却混沌一片。似有潺潺水声，未见源头。整个氛围，无雾似有雾，我在透彻的雾里行走。忽然见到一个“《福田区深埋绿化地管理规定》”的牌子，原来是土著墓地。一个清洁工在持帚扫落叶，唰——唰——唰，她身后，高高的一排排石阶上灵魂晃动。

没敢走近，转身退回，辗转找到另一途——梅林山郊野径。有标牌提示：“……请年老、体弱或患有基础疾病者，出于安全考虑，根据自己体力的实际情况，量力而行……”周围人多戴面巾，手持可抽拉的钢质拐杖，一看即常年行走之专家。一个个石块埋在土中做阶，绿草从石缝里纷纷探出头，看着即将踩在它们头上的脚。阶旁偶见紫色扁豆花。

上行约十五分钟，见一小溪，水流清亮，上漂一两片枯叶，旋转，旋转，转眼从小径的右边荡到左边，再跌到更远的下方。大大小小的蝴蝶和蜻蜓，忽高忽低飞翔，翅膀令人眼晕。又像看默片，无声的热闹。资料显示，大脑壳海拔386米，有多条沟谷，溪水注入下面的梅林水库。我停下来感受这股清凉，想象未曾得见的其他溪水，都因眼前这条溪流而清晰起来。

行程约一半，有一极小缓坡，名“清风岭”，一年轻保安和一老年路人站在路边巨石旁。竹竿搭成的架子上绑着水管，山泉从水管中细细地流入下面一个大塑料桶。背包里的矿泉水已经喝完，口渴难耐，问，水能饮否？答，能。掏出空瓶接水，喝够，又接一瓶。保安说，这里有一只小鸟。随着他的手儿瞧，见小鸟正在桶边喝水。圆滚滚的，状类麻雀，白色。我伸过手去，它也不躲。只有将触到时，才懒洋

一路上行，遇到寂寞

洋地侧一侧身。鸟不惧人，除了见人多，已习惯外，或有另两个原因：其一，鸟尚小，飞不高飞不远，正在练习中；其二，小鸟病了。拍照鉴别，显示是“金丝雀”，极不靠谱的答案。该鸟笨拙地跳到石头上，忽然叫起来，那稚嫩的叽叽喳喳声和林间持续不断的鸟鸣声连接在一起，使得高处的嘈杂不再混乱，它是引线，是解题方法，把鸟和世界的逻辑关系全部说明白了。而我作为接收者，似乎消除了某种困惑。

蚊虫颇多，腿上渐现“红包”若干。我在行走中，它们还能扎下嘴并成功吸血，佩服佩服！一路上，心里曾闪过一丝丝忧伤，很快又消失。它们在吸进去血的那一瞬，是否感觉到了苦？

山上植物更密，更野。野径两旁的藤蔓旁逸斜出，阳光漏下来，地面斑驳，略带土气。登山口即有的那股植物的味道，此刻也变得具体：清甜。许多种植物最后能互相妥协，形成合力，真是神来一笔。越往上走，事物似越明确。一个个都水落石出的样子。下面该大脑壳了。

终于抵达峰顶。一块凸凹不平的空地，可能还不到一百平方米。窄窄的土路被踩得光亮。几块大石头上坐着、靠着几个人，有人直接骑在倒地的树干上。显眼处置一透明的塑料箱子，内装各种饮料和水。盖子上放着二维码和价格表：矿泉水六块钱，可乐七块钱……需要者自行扫码取货即可。时值下午，所有物品都被买光。呼哧带喘的人们爬上来，一边频频擦汗，一边打开箱子看看，失望地摇摇头。几分钟之后再上来一伙儿人，打开箱子失望地摇摇头。

站在大脑壳上遥望四周，高楼林立。与普通山顶无异。想看到一点不同的风景，无。想触发出一点异样的感受，无。刚才梳理出来的头绪，全部清零。世界是“空”，干干净净的“空”。

大脑壳啊大脑壳，我兴冲冲赶来，以为像扒开水果一样，里面露出橘子瓣或者核桃仁，结果却是洋葱，一层层扒到最后，扒了个寂寞。

对面喊

一个老妇，头发灰白，颧骨有点高，弯着腰从我眼前走过去。秋日晨风微温，皮肤低声称爽。我想，这位跨过多个时间段，历经无数寒暑的老妇，年轻时，是否像她的先人一样站在田边喊过人呢？

这条位于坪山区的路，名为“对面喊”，长四五百米，路中间一个建筑，显示为对面喊居民小组的办公场所。

对面喊。

这个古怪的地名，来历其实很直接。本地开基祖叫叶培初，清康熙年间迁来此地。勤俭过活，日积月累，拥有大量田产房屋。后来，自闽流落于此的年轻货郎许庭聪得到叶的赏识，以小女儿许配之。许上无父母，下无兄弟，孤身一人，干脆入赘叶家。再后，许庭聪建起自家新房，与岳丈的房屋隔田相望。逢年过节，女婿家都要备好酒菜，站在门前往对面的岳丈家大声打招呼，请岳丈家人前来过节。岳丈这边的人听到招呼声，就说："对面喊吃饭了，我们快去吧！"日久，人们就把许氏住的地方叫作"对面喊"。对面喊村的居民至今仍都姓许，把许庭聪奉为先祖。

农耕社会那么多年，交通基本靠走，通信基本靠吼，取暖基本靠抖，治安基本靠狗。肉嗓子的浪漫，需有山峰衬托。我站在高岗上向远处望，是谁在对你声声唱。对坝坝的圪梁梁上那是一个谁，那就是我那要命的二妹妹。二妹妹站在圪梁梁上，哥哥我在那个沟，看中了哪个哥哥妹子你就招一招手。这才是"喊"的内涵和外延，迷蒙中带着期盼，高远中又有不确定因素。仅仅一个"吃饭"，似乎有点简单了，撑不起"对面喊"三个字。

而今，轻轻一抹，昔日种满稻子的农田消失了。路两边都是所谓的农民房，各三排，不密不疏。附近有个商场，名"大利百货"；几家规模不小的公司，如深圳新动力电子有限公司、华卓机器人有限公司；另一个，即同富裕工业园。深圳及周边城市以"同富裕"名工业园者颇多，龙岗区和宝安区都有。或因正在建设中，总觉得空气中荡着微尘。

航拍可见，这一片区域被笔架山、田头山等环绕着，附近都是莽莽苍苍的大地和漫山遍野的树。越高，对比越清晰。绿包围着苍黄。忽然想，“对面喊”的可能还在，只需站在更高处，用手扩住嘴巴，大力向周围发声。总会有人听到的。听不清才好，侧耳者会有更多想象和期待。而落在地上这条直直的“对面喊路”，供老人们歇息，把他们送走，托着孩子们长大。

新鲜的声音多好听。

围肚

六边形的水井，直径约一米半，盖着铁条编成的井盖，雨水还可以落进来，把水面稍微垫高。井边一对中年夫妇，男人提水，铁桶碰到井边，发出轻轻的叮当声。女人坐在一个塑料凳子上洗衣服。他们身旁的鬼针草开出白亮的花朵，每朵花都很小，被绿叶掩埋着，风一吹，露出大片的白。这一片区名为白花洞，或与此有关。几百年了，一代一代的花儿，连绵不断地为地名背书。

水井本是岭南村庄的标配。如今，很多水井消失了，幸存的也被掐灭了最重要的饮用一途，隐身于没有农村户口的城市里，偶尔用来浇花、洗菜、洗衣、洗脚、擦身子，保留了作为井的最后一点尊严。而这个水井仍是光明区围肚村（白花洞的一部分）最具实用性的事物之一。其他事物都正以肉眼看得见的速度慢慢老去。

村中几排房子，大多低矮，个头稍高一些的人，需弯腰才能踏入。部分房屋还有人进进出出，有的房子由土坯垒成，上着锁，锁上锈迹斑斑，似已闲置多年。此类旧屋，若在偏远地区，要么拆掉，要么任其被暴雨打倒在地，被风吹散，逐渐夷为平地，而此处的房子明显经过修整，以使其继续挺立。想来是有人在等拆迁机会。深圳这种地方，拆迁相当于一夜暴富，城市红利是也。

主街上有祠堂两座，大门随时对外人敞开。本地人多姓周，里面供奉着开村始祖周礼茂和第二代始祖周绍岐及其子孙。宗祠并不大，慢悠悠地逛，一根汗毛一根汗毛地数，也就十来分钟。如此姿态，应非刻意低调，而是家族繁衍缓慢，修祠时村中亦非广有财富和权势，否则，任是谁也压不住的。

村中幸存五座碉楼，几乎等距离排布，墙体灰白色，坑坑洼洼，摸上去冰凉。这些建筑多成于清末民初，房主全部是华侨。在当时，碉楼乃财富象征。出外赚了钱，衣锦还乡，建造坚实大本营，防备匪盗来袭。百年以后，劫匪消失了，主人亦不知去向，碉楼还挺立着，像被抛弃的宠物，茫然四顾，已无人爱怜它们。

上午阳光黯淡，并不冷。主街的墙边躺着一块大石头，长满苔藓，手感滑腻。凑近闻了闻，没有味道。坐在旁边的一个老太太见我的鼻子紧贴着石头，叽里呱啦和我说了很多话。一句都没听懂。但她脸上的皱纹我看得清楚，与石头上

碉楼似在等待最初建造它的人，总也等不来

的苔藓似有某种联系。

“围肚”二字，听来怪异。本地人都知道，农耕时代的岭南，聚族而居，房屋多围屋（有点类似北方四合院的放大版），故名称中多带“围”字，如上围村、蔡屋围等。所谓“围肚”，围屋的中心位置也。以“围肚”命名者，非此一处。别人的大惊小怪，自己的理所当然。站在村边，可见四周皆山，鸡鸭的鸣叫声此起彼伏，高大的树木遮出一片片绿荫。一条五米宽的白花河，浅浅的水，从村边流过。

什么是老呢？是旁观者的熟视无睹和厌倦，而事物本身，或许离消亡还有很远的路要走。坚持修整等着拆迁的旧屋，要变成华强北那样的高楼大厦，还不知道猴年马月。哪里有什么一日千里，瞬息万变，即使有，也是此前百年累积能量的爆发。

在村中行走，耳边隐约回响着一个声音，像古筝，又像摇滚乐，或在二者间转换，一会儿消失，一会儿显现，竟跟随了我的全程。不知它们是如何搅在一起的。街道上摆着的垃圾桶都很干净、整洁，旁边还有一个洗手池。文明的生活方式已开始介入，而村庄还是村庄。和几百年前比，这里的确有了很大变化，此变化可视为时光的自然打磨。它还在慢慢向前行走，一步一个脚印，岁岁年年，脚印长出草来，绿了黄，黄了绿。

两次来访，都在上午或中午，避开了黄昏，没有被夕阳带走，没有被黑夜淹没，我与村庄的行进方式和速度一直是合拍的。是的，我既不为它的老去而失落，也不为它的未来担忧或抱有什么期待。

八卦岭

一进八卦岭片区，准备迷路，其实一点儿都迷不了。整整齐齐的街道，从八卦一路开始，一直到八卦七路，然后是八卦八街，再是八卦九路。仔细一想，不禁莞尔。

四处张望，隐约可见银湖山。山顶上方一架直升机，螺旋桨手忙脚乱地转着，仿佛定住，半天没动地方。八卦岭位于福田区，以前确乎有岭，如今一片平地，难以划定一个具体的范围，约定俗成的称呼而已。

深圳的冬季，体感连北方初秋都比不上。是日晨，气温突降五六度，有风，女孩的长发向后飘起来。赶巧三四个人鱼贯走过，步伐几乎一致，画面清奇。有人还穿着短袖，下意识地抱住肩膀，装出无所谓的样子。树下的落叶偶尔飞起，在行人腰部处气馁，无力地落下。

初来乍到的人看不出，这里曾是深圳最喧嚣的工业区之一。二十世纪八九十年代，厂房林立，人潮汹涌，运送产品的货车一辆接一辆。日本精工爱普生、创维电视、先科电子等一批企业从这里走向远方。五湖四海汇集至深圳的外来工，提到自己在八卦岭上班，工资高，待遇好，业余生活丰

且将此身交付给指示牌

富，都很自豪的样子。后，用地和人力成本渐增，劳动密集型企业陆续迁往宝安、龙岗等“关外”区域。一个个印刷公司和图书报刊批发店在这里又开了起来。2012年，北京一个出版社给我邮寄样书，整整两个蛇皮口袋，不知为何发到了八卦岭，需自取。第一次行走在八卦岭街路上，满眼的书刊封面和封底，纸张的气息萦绕周身。那个高兴啊，就如爱美的女人掉进了琳琅满目的服装超市。此处距我生活所在地较远，后来仍几次前来，逛图书报刊摊位，买不买的，心中都漾起满足感。也就几年间，这些店铺自由落体式消失，手机几乎替代了一切。以后一定还有什么替代手机。

一些楼房仍不脱明显的工业色彩，都不高，四四方方。颜色多土黄和灰白。墙体上写着红色的楼栋号（看到巨大的“542栋”，忽然想起自己大学时的宿舍乃三舍542室）。楼梯在外部，有人盘旋而上，前面的人仿佛踩着身后人的头顶，又好像后者盯着前者走。顺指示牌找公共洗手间，居然在三楼。方便完毕，下楼碰到一个同样找厕所的人，一副犹犹豫豫的样子。告诉他，往上走，没错。

戴着安全帽，穿着黄色马甲的建筑工人，手里拎着饭盒成群结队地从早晨的街路上走过。这么多年来，这个地方一直在建设。不远处，一个很高很高的楼已现雏形，两个脚手架固定在最顶端，如蛐蛐的两根须子，风吹似晃。

今日八卦岭，已被周围的都市的气息熏染并同化。曾经被各种精心规划，终究挡不住大势所趋。一眼望去，门面有家居店、汽修厂、培训机构、密室逃脱馆、房产中介等，各不搭界。稍微成规模的是八卦一路的美食街，湘菜、潮汕菜、蒸蚝、东北春饼店、鱼蛙火锅、全汁全味驴肉、脆肉鲩……楼间和路边停满了车，找个车位都难，很繁荣的样子。

会不会有一个人，最早在这里的工厂打工，然后开书报摊，开修配厂，又在家具店打工，又开饭店？他的工作涵盖了一个人的衣食住行和文化需求，他多次激情澎湃地感知时代风向，仿佛永远站在潮头上，但都站不稳，扎不下根。他的生命就像大榕树的气根，一直在空中飘着。

这么多年过去，八卦岭被自己的名字牵引着，变来变去，或有轮回，或有走失。成千上万的人随着这变化来了去，去了来。发生在他们身上的那些酸甜苦辣，忧伤和狂喜，沉淀在马路下面，累积在楼房的缝隙里，或者埋在树下，在春天里绽放，然后掉落，形成新一轮的忧伤。

我们堵在大路上

一首老歌，《我们走在大路上》，想换一个字，“走”变为“堵”，整体氛围没变，均意气风发、斗志昂扬、浩浩荡荡，朝着同一方向，只是前者动态后者静态。每天晚上，散步至深圳市宝安区西乡大道的过街天桥上，登高望远，这首歌的旋律就不由自主由内而外地生发出来，荡漾起来。只见脚下一个一个小红点，不断闪烁，那是车灯和尾灯的海洋，它们静若处子，不鸣笛不歌唱，与两边电线杆上常年挂着的中国结交织在一起，渲染了刚刚黑透的夜空。

车里的人不一定有集体荣誉感。他们是一个又一个不同的单体，来自不同的起点，奔向不同的目的地，只是偶经此处，被这宏大叙事裹挟，躲在车窗内，各怀心腹事。我曾多次成为其中的一员。天桥上的我，看着车内稍显气急败坏的“我”，忍不住笑了。

西乡大道，一个“乡”字暴露了土气，其实人家是一条正儿八经的城市道路。全长约八公里，东起广深高速宝安出口，西至金港大道，尽头是大海。台风时惊涛上岸，拍得石头哇哇哭，树木摧折，叶片乱飞。一待风平浪静，岸边的西湾公园里，游人短袖拖鞋，裙裾飘飘，持手机上下左右取景，世界又回到原来的样子。西乡大道像运输带一样继续开动起来。

道路两侧，客运站、城中村、宾馆、汽配城鳞次栉比。再向外漫延开，则是工业区、居民小区、商场、饭馆、公园、学校等。还有一些面目模糊的建筑，忽然有一天被拆，变成空地，回忆此处原来的样子，竟想不出。与大道十字交叉的，自东向西分别为前进路、107国道、乐群二路、宝安大道、银湖路、宝源路、兴业路、金港大道等，长短不一，宽窄不等。

为何对西乡大道如数家珍？其一，离我家近，乃吾出行必经道路之一，耳鬓厮磨，都走出感情来了。其二，它在国内是有一号的。某导航系统根据停车延误时长，排列出了全国最拥堵的100个路口，深圳占10个。此10名中，西乡大道又占其二，分别为西乡大道与宝安大道交会处（排名第36，平均通过时长约101.96秒)、西乡大道与前进路交会处（排名第80，平均通过时长87.48秒)，用数据说话，诚不欺也。以我多年经验，乐群二路与西乡大道交会处之拥堵，略胜此两处，未被提及，或许路口太窄，没有算作主要路口。看到这个排名颇有点欣喜。我的日常，竟在国内排行榜上。

或问，这有什么自豪。我也不知道为何，人类共性吧。堵车之自豪感，诚有调侃和无可奈何之意，更大的原因是，它在我身边，与我有干系。

导航显示，西乡大道全程通行约需半小时。此为正常值。周五周六，下班的人或赶饭局的人从各个路口拥到西乡大道上，一脚油门，一脚刹车，都小心翼翼一点一点向前挪。有一次乘坐朋友的车，在不恰当的时间开到了这条不恰当的路上。二十分钟，前行大约一公里。电话那头一会儿问一遍。我眼看着前面的绿灯亮了灭，灭了亮。终于要轮到我们，又红了。前一辆车的司机估计也着急，探出去半个车身，压在人行道上，行人纷纷侧目。西乡大道北侧的共和路上有一家东北饭馆，号称总店在哈尔滨排名前十。几个来自东北的兄弟偶尔去解馋，想到堵车，又皆打怵。那家饭馆并不因我们的缺席而伤感，网上评价依然火爆。门口的照片一副喜气洋洋的样子。愿它开心到永远。

西乡大道甫出高速口，一条小路交叉而过，因为紧邻宝安公园，得名公园路。该路尽头有一别墅小区。妻子感慨，

我也曾被堵在路上，也曾面无表情地看别人堵在路上

这里倒不怎么堵。我说，是啊，别墅动辄几千万元、上亿元，住户有几个是按时上下班的？

107国道将深圳宝安的老城区一劈为二，西乡立交桥如爬虫一样横跨过去。立交桥上，前后左右好几条交互线路，颇凌乱。偶有人蹬着三轮扶摇而上，车上拉着废旧沙发或冰箱之类。另有人骑着共享单车参与其中，因为上坡，他就站起来绷直了身子蹬，一下一下挺带劲。某日，一辆电单车直眉瞪眼从我的汽车对面飞过来，车筐装满青菜，菜叶似头发一样向后飘着。吓得我赶紧踩刹车，然后它擦着我的后视镜响箭般掠过。我愣了半天，怀疑是幻觉。终有一天，看见桥中央躺着一个人，不辨性别和年龄，三轮车倒在身边。汽车长龙贴着他蜿蜒而过，又长又粗。这些被视为“不文明”的人，从小未接受过基本的规则教育，身边人亦无从谈起。他们生活在一个世界，开车的人是另一个世界。这个城市里有无数个世界，无数个层面，大家各安其位，平行推进，老死不相往来，却通过突然对撞产生了交集。

世上拥堵之地多矣，为什么西乡大道脱颖而出？我爱瞎琢磨，总结如下。一曰人多。西乡多原住民，家家户户在自己的宅基地上盖楼，所谓小产权，合理合法，不能买卖而已，但可以出租，物美价廉。邻近的南山区乃IT（信息技术）、科技、金融产业集聚区，大量理科男跻身其中，不分白天黑夜地一起掉头发。南山房价高，居不易。租房还是去西乡，配套齐全，生活气息浓，以南山高工资扎根西乡之城市湿地，岂不美哉？弹丸之地上人口一度高达百万。我对“人多”持正面看法。对比大漠上的形单影只，此处人头攒动，即使不能相拥取暖，起码可以相互看到。二曰车多。地铁畅通，不参与拥堵。还有私家车呢，只要有驾照，常人大多消费得起，深圳人不好面子，千万富翁们开个十来万块钱的“大众”，优哉游哉。还有泥头车，满载着钢管在你旁边晃啊晃，胆小的司机频频望向窗外，生怕车斗脱钩，钢管天女散花般掉下来。你这车躲都没处躲。还有货拉拉。闲人曰，停车等灯，前后左右环视一周，目力所及，一定有一辆货拉拉。我试了试，还真是哎。此细节从侧面映照深圳经济活力，大家都有生意做。还有公交车，直接跨越四条车道，从最右边跑到最左边来，斜着车身挡住好几条路，后边的车都得等它，前面则空出十几米。这个似乎无解，站点在最右，路线又需左拐。三曰路线设计问题。以公交车窜道为例，在西乡大道和宝安大道交会处，只有一条车道可左拐，右边的车都挤过来，若左边第二条改成直行加左拐车道，增加一个出路，不知是否畅快些。深圳的民生部门还是从谏如流的，效率也高。此前其他道路上有过类似提议，迅速调整，效果立显。此处一直坚持不改，或是做过数据统计，亦即，当下已是最优方案，无法更改。若然，最终还是无解。

四曰修路。二十一世纪前20年的深圳人极有感触，这个城市一年到头都在大拆大建，道路尤其不消停，挖开补上，补上挖开。本来车道就不够用，走着走着，突然三条变两条，大家只好一个一个往里挤，碰着那坚决不让的新手，要么撞上，要么大家都卡着。有一个规律，越是新手，越不肯让车，“老油条”反肯示弱，估计是擦碰次数多了，心中有了敬畏。让一个人守规矩，最好的也最无奈的办法还是令其一次次碰壁。交警不是没想过办法，不断处罚野蛮施工者。收音机里讲，某条道路挖开之后等下一环节，下家忘了这事。一辆一辆的车从旁边经过还以为他们在按部就班地施工，其实是在磨洋工。

以上原因，他处或占其一，或占其二。此处最全面。皆由个人总结，责任自己承担，不代表任何人。不合适的地方，请大家多多指正。

外面拥挤，车里亦非桃源界。夏日尚好，冷冷的空调吹着，爽。秋冬季节，外凉内温，蚊子们都躲进来取暖。我想不出它们怎么进来的。守在车门边上，我一打开的那几秒，和我一同进入？这也太心机了吧。或许它们可以翻山越岭，穿越排气孔，直抵温柔乡？它们在车内岂止安居，还进餐呢。裸露在外的脖子、手指头就不提了，它们居然隔着厚袜子咬我的双脚，钢嘴铁牙啊。真适合去做脱口秀节目。车等红灯，一停就是一两分钟，我有足够的时间拍它。蚊子颜色浅白，但在透明的玻璃映衬下，还是行迹明显。眼见它着急忙慌地乱撞，我伸出手掌，如同如来佛冷眼盯住孙悟空，猛然出招，一击而中。有一次，我还活捉了一只蚊子，用两个手指小心地捏着它的一只翅膀。翅膀侥幸未断，它的身子抖啊抖，细微的腿在风中打战，不知是空气震荡所致还是吓的，也不知它疼不疼。它连神经都没有，应该不会感觉到疼吧。生死于它只意味着不能再繁衍，对外部意义几何，冥顽如我者，不得而知。

我脾气急，略路怒，需时时转移注意力，舒缓情绪。方式之一是听广播。每个城市都有一个交通台，每个交通台都有一对嘻嘻哈哈插科打诨的男女搭档。敝城交通台名为“快乐1062”，每天傍晚五点半到七点半，只要是开车，一定调到灵莉和杜峰主持的《伴你同行》。两人各有人设，灵莉自称永远十六岁的小仙女，声音百变，唱歌跑调。杜峰本是深圳大学高才生，自称学渣，肥而不腻的中年男。他们每天设置一个话题，在微信公众号上推出，听众留言参与，主持人挑好玩的念出来，并随时点评。你一言我一语，基本属于闲聊那种，话题如扯毛线一样越扯越长，然后机智灵活地收回来。灵莉是沈阳人，有着与二人转相同的基因，三句话一个包袱。有一次开车接妻子回家，笑得上气不接下气。妻子让我路边停车，笑够再开。

车子说，不用扶我，你们先辩个黑白

一边开车一边瞎想，这对搭档是怎么凑到一块的呢？谁和谁搭档，可不是张嘴就来的。两个人中，一个出差或休假，另外一个换了临时搭档，再用力也没用，不是那个味儿。

我开车的时候，旁边坐着妻子才安稳，换别人就不行。某种意义上也算搭档。身外的搭档，则是路边风景。

西乡大道两边和中间的隔离带上种有异木棉和木棉树。木棉花通红，每年春节前后开放，花期一两个月，花朵硕大，小者如拳，大者若球。花期结束时落在柏油路上，被车碾压，若是掉在地面上，没准儿能砸出一个坑。异木棉和木棉只差一字，性情殊异，它花色粉红，每年秋冬季节开得最盛，为天空涂抹一层暖色。中间隔离带上，还种有凤凰木、簕杜鹃、棕榈树等，远近高低各不同。如不堵车，一个人慢悠悠在路上开，两边的花草树木会把阴影倾泻到车内，渗透到司机皮肤里。楼房也都安静下来，轻声哼唱着小曲。我不是它们的旁观者、审视者，更像是兄弟。傍晚时分，由东往西，红沉沉的夕阳，一点一点往下掉，给整个车流罩上了一层光环，司机如同追逐夕阳，亦可理解为向夕阳奔去。光线有点刺眼，想拉下遮光板，又有点舍不得，错过了这天赐之美，下次再遇到，跟这次也不一样了。

我感知西乡大道，更多来自辅道。那是我和妻子常年散步的地方。辅道上栽满高大的榕树。在乡下，一棵榕树便可营造一个敞亮世界，在城市亦不渺小。开车与其擦肩而过，不觉其大，如果在它下面走，对它的浓荫、树干、叶脉、垂下来的一条条土黄的根须，都会有新的认识，感受到它的呼吸。有一次，树干上被砍掉一根枝丫，惨白的疤痕像一张人脸，越看越像。晚上八点钟，在昏黄的灯光下，我凝视着那张脸，仿佛和一个熟人对视，嗯，他还朝我眨眼睛呢。

晚上的辅道，灯火通明。我们了解每一个紧邻着的店面，对其变动点滴在心，比如丽景城小区楼下原有一个银行网点，夫妻俩月末都要进去存房贷。后来网点搬走，我们就下载了APP，在手机上转存。倒是方便了，就是再走到那里，有点怅然。好久才把这股情绪压下去。有一家饭馆，标牌是“中华牛肉面”，门面不大，气势不小，每次走过，都想进去尝尝。妻子不感兴趣。终于有一次，特意去吃了一次，口味一般般。不久见其门脸拉下来，很久没打开。妻曰，它不该叫这么大的名字，压不住，如果叫“街边牛肉面”，人们不抱太高期望值，没准儿能多挺几年。还有一个小超市，冷食很好吃。某晚，一家人出去散步，我买了根雪糕，跟随在队伍后面。三岁的外甥女频频回头，问，大姨夫在干什么？小女孩儿不能吃凉东西，大家就骗她说在吸烟。雪糕冒出的凉气，确实有点像烟。外甥女大惊小怪地说，大姨你看啊，大姨夫把烟吃了。

此刻，西乡大道上依然车流滚滚，坚硬、冷漠。辅道上却散发着浓烈的人气，挥之不去。大道两侧，埋藏着许多淡然、悲欢和酸甜苦辣，大道只是运送故事的一个传输带。到了半夜，它卸下过多的包袱，喘一口气，慢慢恢复自己的体温。那些夜归的司机，被这体温感染，心中的灯渐渐亮起来。

桥下的世界

一只黄背白肚的狗，仰面朝天，四条腿在空气中奔跑，偶尔还侧翻两下，像旧时农村常见的驴打滚。它太舒服了，天空为它洞开，超量的阳光倾泻而下，如同瀑布，不断浇在它身上，令其皮毛更加光亮。旁边站着一对年轻夫妇，都低头看手机，过了一会儿，他俩转身往前走，肥狗站起来，恢复成蠢萌的宠物，跟在二人后面，左嗅嗅右嗅嗅，小草树叶赶紧躲闪，还是被狗蹭了一嘴唾液。

一座立交桥。上面是城市快速路，下面是一条国道和一条普通道路。几个线条优美的半圆形桥体蜿蜒而上，所有道路可以借此交互转换，车辆、行人、单车，各安其途。

立交桥是我生活的日常。我日日夜夜从上面经过，坐在车里，手持方向盘，居高不临下，眼睛只盯红绿灯和前方的车。我是秩序的践行者和维护者。桥面有时会微微颤抖，专家的解释是“采用柔性结构代替以前的刚性结构，车辆经过桥梁时产生晃动，其频率是紊乱的，从而使得车辆的震动频率和桥梁的固有频率不会接近、吻合，避免共振”。总之一句话，安全无事。我胆小，始终提着一颗心，怎么可能低头

有人在你的头顶上方走路，不要惊扰了他

看一看桥下呢？视线游离两三秒钟就可能出现擦碰，世界为之一变，阳光被铁器拦住，叶脉倏忽逃离枝头，细胞和细胞争吵起来，牛奶杯掉下桌子，啪嚓一声摔碎……不，我非始作俑者，让我沿着既定的路线继续枯燥地往前开车。日复一日，我都麻木了，鬓角的头发悄悄变白。终有一天，我来到了桥下。从一个喧嚣的世界，到另一个喧嚣的世界。

刚刚站定，路边一个男人用力向我招手，嘴里大声喊着“哎——哎——”。我犹疑，不明所以。看看脚下，判断他是要我走出草坪。可草坪上明明有很多人，为何单单看见我？再者，草坪本就是用来踩踏的，作为行走的一部分，脚也软，草也健。名贵的，只能远观不能亲近的草，均为假草，铺在这里是暴殄天物。此处草坪似野生，未经修饰，并不整齐划一，绿的绿，黄的黄，叶片粗糙，人站在草坪里，是多么朴素真诚的人草结合。他没必要这么激动吧？正想着，另一个男人也向我招手，同样喊着“哎——哎——”。

他们手里都拿着毛巾，眼神热切。忽然明白了，他们是理发师，在招揽生意。我这种衣着平庸，不修边幅的中年男，正是其目标客户。我摆摆手回绝。他们泄气地转过头，另寻他人。桥下几条路把空地分割成几个大小不一的广场，桥边总共有六七个剪头的摊位。说摊位都是高抬他们了，几个红色塑料凳子而已。走近了看，凳子上已经坐着几个男人，脖子上系着相同的黄色围布，围布上绣着大花，龙袍一样。个个低着头，如在受审，却表情淡然。理发师口罩遮脸，手持老式剃刀，刀刃闪闪发亮，绕着“受审者”上下翻飞，头发纷纷落地。一个妇女把地上一团一团的黑发扫起来，装到旁边一个蛇皮口袋里。

问了下价格，8元。暗想，5元太低，没赚头；10元是两位数，不合价廉物美之定位。二者不可得兼，舍弃两端取其中间也。这些野生理发师才是经济心理学专家。他们彼此之间竞争激烈，但不打价格战，不玩阴暗套路，用才华说话。其中一位理发师在摊位旁挂了一个牌，上写：“理发价格面议。38年理发手艺，不满意不要钱。河南信阳章师傅，电话号码183××××××”，我对着招牌拍照，他咧开嘴冲我笑……嗯，他有机会收到10元钱的。

距桥上不过三五米，桥下俨然一个经过了精心安排的小世界。有雕饰，有天然，杂而不乱，俗而不劣。空地上种着五色梅、兰花草、剑兰等灌木或草本植物，另有决明、棕榈等树木。桥边紫荆树撒下落英一片，紫红花瓣均匀分布，绝无一个压在另一个身上。其中一块空地较大，中心位置植四棵大榕树，高七八米，树下常年阴凉。每次都能看见一个穿黑衣服的老头坐在树下。他有时站起来散步，绕树转几圈，有时坐在那里发呆。不知为什么，他那么喜欢黑颜色，冬天穿黑羽绒服（南方的羽绒服迥异于北方，徒具其名，只是一层薄薄的棉衣而已），夏天是黑衬衣或者黑色的短袖。数次近距离接触，我依然记不起他的长相。这是一个分界线，在无价值判断的前提下，记住一个人的长相就认识他了。

最淡定的摊主，颇具姜太公气场

桥墩旁有一摊位，一张简陋的木板上，挂了若干太阳镜。摊主总是靠墩而坐，半卧，像是睡着了。有人骑着共享单车飞快地从前面掠过，摊主无动于衷。我从没走近他（她），他（她）穿的衣服太多，无法辨识性别。说是男性，花白的头发有点长；说是女性，又不具任何女性特征。我只好将其性别当作众多不解之谜中的一个。人到一定岁数，性格、长相、好恶、对人的态度，都开始趋同。过了五十岁还能保持性别的女性，一生都会惹人爱。

路边站着几辆手推车，车上的橘子、香蕉、苹果，全部论堆儿卖，五块钱一袋，十块钱一袋。一位老人挎着布兜，手一摆一摆地往前走，兜里的青菜悄悄探出头。

每天接触到各种各样的人，内心已然麻木，这些或行走或停歇的肉体如果在都市的街巷，一定会被我漠视。现在他们聚集于此，舒展生命的另一种姿势，给我暗示和启发，让我不由自主地心沉沉，意绵绵。我盯着他们，感觉万物静止下来，像一幅画，每个事物都被光线罩住。我细心打量，把它全部看熟看透，暗暗说一声“动”，它们才活动起来，走向四面八方。那种“走”，不过是互相换一换位置，都不会脱离这一片草坪。

一个穿朝鲜族民族服装的女性，对着面前的手机，一个人翩翩起舞。时而调整一下姿势，把刚才的舞步重新来一遍。作为旁观者，我变换角度看，她有时像单薄的皮影，有时却三维而立体。

一个拉胡琴的人。那胡琴应该没被损坏，不知为何，他拉出来的声音嘶哑、低沉，听上去极不舒适，仔细分辨旋律，是歌曲，还是戏曲，抑或两不靠，均不得其详。而他歪着头，闭着眼，全身心投入，沉醉的神态令我肃然起敬。

相较之下，另一位唱得并不怎样的女士，简直成了天籁。她站在远远的草地上，避开所有人，鼻梁上架着眼镜，穿黑色紧身衣，系着绿色围巾，头顶草帽，左手执红色扇子，右手拿着手机，跟着伴奏音乐唱蒙古族民歌，起码曲调是顺畅的，节奏铿锵，当她拉长并突然拔高声调唱“哎——”时，胳膊伸向天空，全身跟着使劲，我看到她头上凤凰木的叶子都跟着跳跃起来。所有音符也震荡起来。天地之间的本色瞬间袒露，没有桎梏，自由、大美。每一个细胞都打开，成长为单独的个体，在空气中放大。它是头顶上那条坚硬柏油路的湿地，是都市的根基，把周围的事物支撑起来，亮亮堂堂。

从轰轰烈烈的桥上，到窃窃私语的桥下，全凭一个上坡又下坡的拱桥。桥的两边是台阶，供人步行；中间是30度角的平滑斜坡，桥上立一提示牌：“陡坡下车推行，禁止骑车下坡”。几乎所有人都对其视而不见，共享单车、家用自行车、电动车、摩托车，下坡时能骑行绝不推行。呼地一下子从台阶上的行人旁边擦过去，吓人一跳。推车上行的则如人生负重，由下往上看，五六双大腿乱七八糟地摆动。外卖小哥最敏捷，上坡照样骑行，一加油门，几秒即到顶。冬天最低气温十一十二摄氏度，他们戴着头盔，穿着制服，脚上却是露着脚趾的拖鞋。上半身做出尊重天气的姿态，下半身泄露了藐视的真心。每个行人如此不同，走马灯一样变来变去，站在那里看一天都看不厌。

平心静气，屏住呼吸，四周各种来源的轰鸣，攒成一个整体，一直停不下来，像一层坚硬的盔甲，紧紧裹着这一块地盘。内部的声音也只在体内循环，漏不到外面去。若轰鸣突然停止，桥下世界就会像扒了蛋壳的熟鸡蛋，裸露着不知所措的身体，颤颤巍巍，惶恐不安，然后被四面八方赶来的病菌污染，变黑，成为宇宙的弃儿。

据说人站在高处的时候，总有忍不住跳下去的念头。我开车在桥上经过，只想着快点离开，从无此心。我并没有真正俯视过，眼睛被欲望支配，更习惯于仰望。现在站在桥底，平视周围，才明白，我貌似鬼使神差地来到此处，其实是从上面飞下来的。我有翅膀，只要伸伸胳膊，羽翼便可以打开，在香甜的气流里游弋。我和在这里飘荡的人本是同一类人。

我终于和他们站在了一起。

空

一根粗大的铁管从正面撑住它，三根细铁丝从背面拽住它，生怕大肚子树跑了。大肚子树就那么栽歪着身子，一副无可奈何的样子。如果会说话，它一定提醒那两位，省省吧你们，我能往哪里跑？根在地下，扎得比你们深。

树高不过五米，叶片窄而细，长约三四厘米，稍弯曲，冬日里戴一头浓密的卷发，看上去还挺暖和。主干像一个瓶子，圆鼓鼓，直径可达两三米，体型之比例，显得肚子更大。树干上露出几个洞，仿佛吹气球的时候用力过猛，吹爆了，又没瘪下去，突然凝固。洞有大有小，大者赛脸盆，小者如碗口，洞的边缘以蓝色颜料涂抹，凸显里面是空的。大

它特意打开肚皮，让你看到里面的“空”

而空。暗想，台风天定会往里潲雨，长时间积水，会否沤烂树干？

树皮黑里透白，白中衬黑，呈一块块的竖条状。手感粗粝。这么坚硬的东西，应该守护点什么才对，谁知它直眉瞪眼地守护着一场空。也许它只顾看外面，没顾上看里面，一直不知详情。

此树学名昆士兰瓶树。特意搜了一下，昆士兰乃澳大利亚的六个州之一。这异种不在家里好好待着，千山万水跑到深圳市宝安区航城街道办事处大楼的对面站着，树下就是刻有“黄田公园”四个字的石碑，周围辅以粉红的簕杜鹃、通红的木槿和苍白的芙蓉菊，共同组成一方植物小品。

远望，黄田公园真小，总共不过千把平方米。周末，有人在广场上打羽毛球，肩膀一抖，球从散步客的头上掠过。小男孩定在一个位置拍篮球，女孩踩着滑板滑来滑去。最里面是几棵高大的榕树，连绵成一片绿荫，老人坐在树下打扑克，中年男女坐在凉亭中看手机或者聊天。一片喧嚣。

我转过头，望着树上那几个洞发呆，它如果不把皮肤打开，亮出底细，没人知道里面是空的。这是示弱吗，还是要表达什么？殊不知，在它身外，是更大的空，那么多人和事物都填不满。深圳这个城市，人够多了吧？车辆够拥挤了吧？建筑够逼仄了吧？但只要你抬头，45度角至90度角看过去，越过楼房和偶尔闪过的飞机，仍是空无一物。空是一个整体，有思想，有体力，有大把的闲情来压迫地面上这些实物，笼罩之，讪笑之。

个头太矮，我很想找个凳子椅子之类的站上去，探头往洞里看，没准儿能撞到一双眼睛。对视那一刻，我不吃惊。眼睛的主人常年住在里面，平时假装透明，无缘的人，拿着显微镜也看不到他们。遇到有缘人，他们就现身，透露一些内幕。他们知道我无害。

再查。该树另一名字——佛肚树。三个字，一下子由西方跳到了东方，变成了自己人，而且有明确的指向、明确的期待：肚大能容。平民化表达，可换算成“包容”。这个词深圳人不陌生，早早就成了本城的标签。但有一点，包容的前提是“大”，手指盖一样的空间，不配谈包容。否则包容谁呢，包容蚂蚁？个头壮了，能力强了，平台大了，谈起包容来才理直气壮。但一个事物怎么大起来的？是吃出来的。能吃，不一定靠侵略，唯需一个强大的胃和消化能力。万物皆为我营养，包括空气。不挑食。

人来人往，那么多庞大的声音、繁复的喜怒哀乐和闹腾的步伐，都被路边这一棵粗矮的大肚子树给吸收了，它像大海中的鲸鱼，张着嘴等无数小磷虾自行入内，成为自己的营养。小麟虾亦无痛苦。站在公园的小广场上，可以无视十几米外马路上的滚滚车流，外面的人也听不到公园里的嘈杂。世界两侧，各安其位。若无这一举重若轻之物，哪来一缩小版太平盛世？大肚子树做了这么多，却不以花团锦簇炫耀于人，还是亮给你一个“空”。

如果移植更多的同类来，它们要竞争，要琢磨，甚至扯破了脸皮对骂，神性变为俗气。从同类那里只能感染“小”并习惯“小”。幸好现在只是这一棵，它的责任推不掉。它也乐于承担。我相信它不会跑路的，那几根铁丝纯属多余，如果不是怕违法，我都得把它们扯下来，让大肚子树畅快一些。

山顶苍翠

也不知道是什么鸟，躲在道路两边的树上，叽叽喳喳地叫。这边叫几声，对面叫几声，高低粗细起伏皆有默契，仿佛是在呼喊应答。道路对它们来说根本不成问题。整个天空都是它们的道路。伊们在天空看得到彼此，我连个鸟毛都不得见。鸟鸣汇聚成水，欢悦奔腾，我在声音的溪流中穿过，不觉湿身，头发都潮嗒嗒的。

上山方向只有我一人，对面稀稀拉拉的人流，衬得我像是在逆行。

全国叫“莲花山”的地方应该很多吧？辽宁葫芦岛有一个莲花山。山东泰安有，广州番禺也有。后两者我都到过。

位于深圳市中心的这座公园，不过一个小山包。公园东西南北都有门，却似无门，大敞四开。有脚没脚，有意无意，都能进来。如我现在，完全不知进的是哪个门。好多次了，都刻意不看门口的指示牌。

公园内绿树杂植，山体平坦。一湖，一墓、一草坪，一相亲角、一山顶广场，构成肌体中的各个关节。

湖名莲花湖。湖水左边几棵榕树，撑出一大片广场。榕树高数丈，经年不老，枝杈分散。根须坚硬，一根根插到地上，永不再走的意思。叶片巨大，如幼象的耳朵。俗语树大招风，不知是何原理，反正真的招风。坐在树下的石凳上，再热的天气，凉爽依旧，汗不敢出。心随风动，在铺着石板的小径上，骨碌碌向对面滚去。

对面由木桥连成的一个小广场上，老年歌唱团正情绪高昂地一首接一首唱歌。伴奏的鼓点和锣号声穿透天空，朝更高处汹涌而去。他们都圆睁着眼睛，面部表情亢奋，嘴唇一起向内收着，高频次颤动，忽然整齐地努开，音量瞬间放大。围观者亦多白发苍苍。眯着眼，一副沉醉之态。我对所有大型集体活动都心存戒备和恐惧，看一会儿就溜了。愿这只是他们的小确幸，荡漾在湖面。

湖畔几株红千层，状类歪脖柳树。干黑叶密，枝头开花，红色，瓶刷子状。花与枝叶各自明亮，仿佛混搭，硬拼到一起的。南方的树多如此，几次之后也就见怪不怪。透过影影绰绰的细叶，可见绿色的水面波光粼粼，如跳动的蛙。湖里一只只小船，红色黄色白色不等。最近的这一只上，两个年轻男女都穿短袖，低头看手机。他们的双脚轮换蹬着轮桨，像是走路，步调一致。阳光倾泻而下，被棚顶挡住了，似乎有叮叮当当的轻微响声。岸边杂沓的闲人，以小孩子为主，正手持面包屑喂鱼。一条条肥厚的鱼，拍打着水花拥挤在岸边。有的鱼可能不想来这个方向，但被成百上千的鱼硬挤过来。它拼命扭动身子，还是逃离不了。鱼儿们张开的嘴浮出水面好几厘米高，仿佛世界上凭空出现了嘴。一张张圆形的嘴连接在一起，奥运五环似的。一把面包屑下来，它们互相挤压着，大口吞咽，尾巴用力一甩，水花四溅，深入水底。一会儿又浮上来了。

微风轻轻吹着。榕树大睁着眼睛，一天天盯着这些重复的画面。无聊。湖边长大的孩子，你今生若长久拥有这悠闲的无聊时光，站在山顶的先人夜里也会笑起来。

在稍高稍远处眺望，可见离湖不远处一块平坦之地人流密集。镜头拉近，有嗡嗡声。再拉近，嗡嗡声越来越大，仿佛机器轰鸣，而那些人只是在轻声说话。饱满、温热的人的气息持续不断散发出来。站在旁边待一会儿，就能成为温热的一部分，体温增高约一度。

打通喧嚣与平静的一块草坪

一位长发女子坐在棕榈树下的石凳上，看不清年龄。石凳上坐满了人，如麻雀排列在高压电线上。她身边很多头发半白的中老年人，应是来替儿女把关或者做缓冲的。一个老年男人走过来，跟她说了几句话。我站在远处。无数的嘴在张张合合，听不清哪个字从他们嘴里发出。那位女子站起身，和他走到展示栏前，在一张纸前停住。

人潮中的骨架，就是这一排展示栏。入口处，贴有一温馨提示：谨慎接受热心服务，防范上当受骗。如在本处遭受涉嫌婚托行骗，请收集和保存好相关线索证据，及时报公安部门处理。

此即俗称的“相亲角”。展示栏一左一右，分男区和女区两部分。男区用蓝色标识，女区为粉色。征婚者以年龄分类，从“70后”“80后”到“90后”，再过几年，“00后”也该入戏了。看那启事条目，首先是出生年月，其次身高，再次个人介绍：重点本科毕业，在科技园某外企工作，研发工程师，为人正直，心地善良，责任感强，无不良嗜好。择偶标准：年龄学历相当，人品好，懂人情世故，真心实意想成家过日子并有正确人生观等。

对“正确人生观”要求一项，让我笑了一下。

走来走去的寻觅者，如我一样的旁观者，摩肩接踵，形成一股蒸腾的热气，冲天而去。如果在这些人头顶放三个气球，可以始终飘着不掉下来。

盯住展示栏中一排排方方正正的个人简介。那些大同小异的打印字体，慢慢幻化成了细胞，细胞又陆续构成一张张脸，或圆润，或瘦削，或肥硕。有的顺眼，有的别扭，它们纷纷晃动起来，眼睛一眨一眨的，细瞅，有几张甚至面熟。他们的灵魂，他们的故事，如幻灯片一样在跳动。我翻一页，一个人的前三十年或四十年就过去了。他们每天的吃喝拉撒喜怒哀乐，在这一页页纸上，呈现得高低不平，错落有致。

看得出来，主人公们都很挑。那位长发女子已经在和第三个对象（一位很有气质的老年妇女）说话了。这令我欣慰。想起多年前写过一篇文章，标题是《每人都有一个爱人》。不要慌张，总有一个人会走到她身边去。幸福就像棕榈树上那片巨大的叶子，飘飘摇摇。她多抬几次头，就会看见它。四目相对时，嗡嗡的声响暂时停下来。世界一片静寂，仿佛在行注目礼，以此为她祝福。

一只非常尖锐的三角形，细看却是老鹰形状的风筝，在空中发出阵阵呼啸。摇摇晃晃，醉汉一般。背后那条看不见的细线抽动一下，它就呼啸一次。是翅膀剐蹭到风的声音。下面的人手忙脚乱，又跑又拽，它还是不可避免地跌落下来，砸在一个半卧于草地上发呆的中年人旁边。那人一动不动。一只又一只风筝落在他旁边，他早已入定，心如止水。那个人跟我长得真像。也可能，他就是我。

另一个我，站在路边。暖暖地看着这一切。满天的风筝在飞翔。天空在跳跃。那么大一块蓝，因为这些风筝而不再凝滞。莲花山脚下这个名为“风筝广场”的地方，面积并不大，而市中心能有如此空间，似又足够奢侈。四周的高楼大厦慈祥地盯着这块空地（并不是逼视，而是包容地、出神地打量着），不往这边挪动一步。又如一只大狗，安然看着淘气的小猫咪。它一口就可以咬死它。但它知道对方若死了，自己就会孤单，故而牙齿紧闭。

风筝联合着天空，撑开了这么敞亮的一个地方。然后，每一个风筝都慢下来，用自己最舒服的姿势在天上懒着。下面的人不再手忙脚乱。他们像慢镜头画面，高抬脚，轻迈腿，笑着，喊着，又没有声音，只有嘴在动，影响不到别人。头顶一只拖着长长尾巴的龙形风筝，前半身僵硬，后半身灵活。蜿蜒游动，慢慢向上升腾。是僵硬牵着灵活，还是灵活怂恿（救活）了僵硬？一时半会儿看不出来。

偌大一块草坪，并不特别平整，稍有起伏。隆冬季节，草有的已枯萎，还没被清理掉，默默成为灰尘。而它旁边，嫩草在重生，呈新绿色。这些最初被精心栽培的植物，终于回归了自然，按照天时指定的路线生生死死。一只大脚踩上去，嫩草猛然倒下，叶片印进泥土中，半天后才咬着牙缓慢地抬起，伸直腰。经过这一次，再被踩的时候它就有经验了。鞋子的阴影一到，它就先哈下腰身，避免硬碰硬。别看放风筝的人多，也不用担心一根草一天被踩上多次。万物自有平衡。再者，草么，哪里只是供人站在远处看的，就应该是用来踩的。软软的，脚很舒服，草也没多么排斥。脚和草互相看着，它们都有分寸。

唯一看见的一只鸟，好像是喜鹊，在草地上踮着脚尖跳跃。草丛中没有什么可吃的吧？它在干什么，散步吗？我只是不经意间扫到它，它忽然回头看了我一下，那么小的眼睛，我还是感觉到了锐利。那锐利不是敌意，似乎也没想跟我交流。就是那样一眼，一道亮光从天而降。风筝在动，草在动，天空在动。

衣裙飘飘。放风筝的人们在跑。

深业上城是个巨大的商业综合体，楼顶为创意文化小镇，饭馆、书店、咖啡馆、时尚服饰店林立。在莲花山公园与深业上城楼顶之间有一条长长的廊桥，廊桥中间一排木质凉棚，下面有长椅，供人小憩。冬春交接之际，凉棚上布满黄鳝藤（又名炮仗花），一串串黄灿灿的鞭炮形状的花朵，如凝固的瀑布，点缀以蓝花丹和扶桑花。红、黄、蓝各不相让。穿过廊桥，进入莲花山，不多远，忽见一巨大的石牌坊，上书“源远流长”四个大字。旁边有一石碑，上书“深圳市文物保护单位　黄默堂墓”，对面一个石碑，是“广东省文物保护单位　黄默堂墓”。另一碑，有“宋迪功郎默堂黄公居士简介”。查了一下，迪功郎属于从九品，比七品芝麻官还小，对应今天，或为股级干部吧。网上搜索，未见石碑全文。我拍照后一个字一个字敲出来，全文如下：

连接深业上城与莲花山公园的景观廊桥是春节前后，深圳市最招惹游人的“打卡地”之一

默堂黄公，生于南宋孝宗淳熙十年（公元1183年），终于南宋理宗淳祐八年（公元1248年），享年65岁。公又尊称为默堂居士，敕赐迪功郎。默堂黄公在沙头下沙开基立村，成为沙头下沙村黄氏的一世祖。其墓立于莲花山莲花地，故默堂黄公墓又名为观音坐莲花座，莲花山公园因此而得名。迄今，默堂黄公墓更成为黄氏子孙举行首批省级非物质文化遗产“下沙祭祖习俗”的重要地方。

默堂黄公之父黄中，江西吉水县人，其先祖从中原辗转迁徙福建、江西。中公自宋南渡后于江西始入南粤则现宝安之地，曾任“都察院左都御史”一职，尊称察院公。默堂黄公子孙分别定居沙头下沙及梅林。其中一子孙从军至雷州半岛（包括海南），其后，子孙世代繁衍，分别迁居南头恩德铺竹树下村（现南山），宝安上合、甲岸，香港新界长洲、鳌磡、米埔、水边等。长孙黄石，号秋崖，宋理宗开庆元年乙未登周震炎榜进士，乃深圳历史上第一位进士，初任梅州程乡主簿，升参军，敕赐迪功郎，护卫宋室，抗击元军。转战南北，为国尽忠。黄石（秋崖黄公）终后，其子孙留在梅州区域，第二十二代孙黄耀庭受孙中山先生委任为辛亥革命三洲田庚子首义副总指挥（副总司令）、先锋官，打响了民主革命的第一枪，指挥了大大小小战斗十余次，以英勇善战闻名。

默堂黄公是深圳历史早期移民，属岭南广府派，是宋代先民开疆辟土，开发这片土地的历史见证。时历八百余载，黄氏子孙传承中华民族优良传统，弘扬先祖保家卫国、爱国爱乡之传统美德，为改革开放深圳特区建设发展做出重大贡献。

这本是一个家族的先人。此类人物、文物，于内地甚伙。而在以中原为话语中心的年代，烟瘴之地的民众得一迪功郎之功名足以光宗耀祖，令后人腰杆挺直，写入族谱，刻进石碑。而以边陲小镇之小，骤然成为一线大城，家族历史随之放大为城市荣光，当然是家族之幸。又因族群绵延，护着这古墓直到今天，它为这花团锦簇、人气满满的市中心公园，平添了一份肃穆，消减其浮夸与焦躁，让自然之美更沉静，可谓相得益彰。

这个温暖的下午，笔直地站在牌楼之下，抬头仰望，我调整了自己的呼吸，令其平稳下来。

沿台阶向上走，绿植的气息让鼻孔彻底张开。路旁一年四季这样绿着。暗中或已死了一些，个体的逝去不影响整体的绿，它们相互之间一定经过了长期的验算和演练。有些树干上冒出粉色花朵，细看，原来是园丁将簕杜鹃捆在了榕树上。簕杜鹃乃藤状植物，又名三角梅，为深圳市市花，以至深圳的主色调都是粉红。无论将簕杜鹃绑在什么植物上，都不会形成伤害，树只管绿，簕杜鹃只管开。另一种名为薇甘菊的植物正相反，该物开小白花，像草，能攀缘，貌似柔弱，缠到任何植物上，都是别人死，它活，没有中间道路可以选择。高达十数米的榕树也在劫难逃。不经意四顾，两旁居然出现成片枯萎的植物，草本木本皆有，上面爬满了狰狞的薇甘菊，看上去触目惊心。

行约二十分钟，还没怎么出汗，已抵山顶。以山名之，确有点牵强。山顶广场乃一片开阔地，号称四千平方米，视觉上没有多大。凭栏远眺，正面正对着市政府大楼，大鹏展翅状，两个柱子一黄一红，波浪形棚顶为蓝色。更远处是市民广场，图书馆、书城、音乐厅、博物馆等集聚于此。拍照时可览全景，镜头下端还会收入一层粉色簕杜鹃。

广场中心即邓小平铜像，黑色，虽然高大，但在蓝天空旷的大背景下，并不显得突兀，和四周的游人很随意地糅合在一起。看着他，忽然想到，从山下爬上来，从没有过朝圣之感，仿佛来见一个故人，天天见也不厌。这个城市能生动地站立在这里，与他有着莫大的关系。他是这个城市的魂。

栏杆外有几棵树，上面结着粉红的莲雾。我爱这种南方水果，清口，恬淡。草丛里星星点点落了好几个鸡蛋大小的莲雾，有的已腐烂，过些天，它们就成为肥料。刚刚站定，砰，正好一个落下来。神思顿时回到四十年前。我们几个小毛孩子，跟着村里的大哥哥跑到县城去，野猫一样在街上游荡。一个饭店门口，一扇玻璃门打开，关上，身边的几个同伴突然一齐跑过去，迅疾如电，力如飓风，差点儿把我带倒。还没看清怎么回事，那边已经打了起来。原来是一个城里孩子扔了半根雪糕在水泥地上，他们去抢那半根雪糕。在我的记忆里，永远存在着连续的三个声响：“吱嘎”一声门响，“砰”一声雪糕落地，“嗡”一下蜂拥而上抢夺。莲雾的“砰”将我带入雪糕的“砰”。雪糕的“砰”让我突然出了一身冷汗：如果彼时见到这样的莲雾，我们的样子该多疯狂……

那尊铜像行走着，笑着，看着下面的人。他走在这一群人中，这个城市的人均为受益者。

广场上的人三五成堆，有中国人也有外国人。或拍照，或聊天。有的在发呆，有的坐在石凳上喝水。一个婴儿在手推车里安详地睡觉，两个半大男孩儿在极有限的空间里滑轮滑。所有的人都神情安静，天上阳光热烈。

在北方时脑子里常常莫名其妙蹦出一个句子：大地一片苍茫。在莲花山顶，纵目四望，这个句子应该是：大地一片苍翠。

常常在深圳的花红柳绿、高楼大厦中行走着，**突然被老家某个完全不在视野中的事物撞击一下。**曾经力图远离的，终究还要来到我面前。

第三章

深圳可容身与心

南山一椅

路不宽，双向四车道。一侧的楼很高，三四十层，长到半空中突然兴味索然，若依然激情满怀地往上蹿，空间足够，到六十层、七十层也没问题。天空蓝着一张脸，显不出是接受还是抵触，但似乎做好了应对各种可能的预案。

楼下事物都显得渺小。人如蚂蚁一样，半天只挪了一点点距离。擦肩而过时，也不愿意碰碰彼此的触角。楼下几棵凤凰木，现在都默默绿着，三个月后春天到来，它们就会一夜盛开，红成一片，让人心慌。

马路边上，站着一排共享单车，黄色、青色两种。它们紧盯着树，好像自己也是从地下钻出来的。树不会走动，它们会。

树下有两条长椅。“长”字绝非滥用，有数据为证。我一步步丈量出来的，该椅从左至右约十四五米，傲视一切公园、社区、山路上的坐椅；宽约一米，有较大坡度，成人坐上去，腿弯正好合着坡度，但无法妥帖地靠上椅背。就算请姚明来，后背和椅背还空着三分之一。最舒服的姿势是：手扶大腿根，身体略前倾。

长椅由一条条木板紧紧拼接而成，以手轻弹，铿锵作响。风吹日晒多日，表面已斑驳，棕红和白色相间，沧桑感呼之欲出。但整体还是光滑的，无毛刺。

将来有一天，周围的人、事发生了巨大变化，人们离开现有家园，有的走向远方，背影单薄落寞；有的隐身于一棵棵树干中，发出的声音则埋在树叶的碰撞里；有的飞上天空，跻身大团大团的云彩缝隙间。我是他们中的一员，也要寻一个新的去处。我已想好，就从深圳市宝安区流塘路步行至南山区铜鼓路。这么远的路途，估计要走一天吧？走一天是值得的。我在大冲都市花园公交站旁边找到这条长椅，如同找到了自己的栖居地。

晚上我就睡在这里。脱掉衣服，叠得方方正正，枕在头下。被子不厚。深圳一年四季能有多冷呢，整体格局已大变，气候却是依然。又长又深的夜晚，我蹬一下被子，一角耷拉到地上，不沾一点土。青砖铺成的路面还很干净。我拽

Chung Hong
中港大药房

这么大的长椅，足以撑开我的想象

一下，它就上来了。被子仿佛做了一个恍惚的梦，并不觉得自己有什么变化。它扑在我身上，继续说服皮肤：要柔软，要柔软。白天的阳光入木三分，储存在里面。长椅暖暖的，晚上再把热量转移到我的身体里。上面不无故散热，下面有热量补充，直到天亮，我都不冷。

偶尔有路人从身边走过。并非安然地散步，那是些和我一样必须出走的人，步履匆匆。这么长时间了，他们还没安顿好。他们看一看我，眼睛在漆黑的夜里闪闪发亮，透露出来的神情，并无羡慕嫉妒恨，或许大家各自有了一个准确的去处，只是未抵达而已。这多好啊！世事巨变之后的坦然，开始在每一人的身上起作用。

楼上的窗户偶尔会冒出星星点点的灯光。以灯光为圆心，只有直径一两米的亮。“亮”突出了周围的漆黑。曾经万家灯火、人气熏天的城市，此时是另一种“聚合”。原先的规则失效了，人们对世界的看法有了另外的指向，且越来越单一，滚雪球一样越滚越壮大。体现在行为上，却不再贴近彼此。谁点的灯呢？肯定不是原来的住户。一套房子的价值曾经一千万元起（再往上数，则以亿计），就这么轻飘飘地易主。里面住的什么人呢？为什么有人奔走，有人依然可以住在楼里面？跟长椅相比，那并不是一个更安全的地方。这个不是问题的问题，在我脑海里刚一闪过，即被车轮摩擦地面的声音打散，像是滚烫的开水冲泡生鸡蛋。

这么晚了，谁在开车？跟上个问题一样，也被车轮摩擦声搅扰了。

为什么我一个人睡在这里？我明明还有亲人，还有几个可以称为朋友的人嘛。这么长的椅子，多躺几个人不会太挤。这又是一个问题。灯光稀疏近无的夜晚，问题一个个被淹没。无论宝马、保时捷还是大众、卡罗拉，有一个算一个，个个满载着问题，走远，走远，走得更远。

褥子也是薄薄的，长椅上的木条在我后背上硌出一条条隐隐的印痕，从后背一直到大腿，我自己伸手可以摸到。那毕竟是我的肉。这一晚上我到底睡得多么踏实，几乎没有挪动，否则印痕不会如此均匀。我很想找个人用相机把这些印痕拍下来，能清晰看到汗毛的那种。就让拍照者将图片收藏起来吧，不收费，也不需他送还。他拥有了使用权，将来可以拿着照片跟别人讲道理。这就是那时候的逻辑，肉体上的格子都是论据，具有极高的实用价值。

白天我该怎么办？我想过，是不是在长椅上搭一个小棚子或者支起蚊帐之类，给自己隔离出一个外人不得见的空间？这是技术活儿。我动手能力不强，不确定自己能否掌握这种技艺。一方水土一方人，一个时代一潮流，什么时候能游刃有余了也未可知。可以确认的是，即便技艺上身，我也会非常谨慎。世事人心巨变，但路还是那条路，楼还是那些楼，长椅斑驳依旧，凤凰木还会按时开花和凋谢，红红的花朵落在长椅上，慢慢腐烂成一摊干净的红泥。我不能为了自己一时舒适而让整个环境变脏。其时，人类的部分价值会指向这里。所有的人都会认为我的选择是对的。这么一个与大众同声共气的机会，我岂能错过。如此一来，这个问题就简单了：白天我还是走远，让日光均匀地晒着每一块木板。

白天和黑夜都填满了，不用再考虑什么永远。

整个下午，我在两条长椅间徘徊。想象着它们到底是何人所造。制造的目的貌似供人暂坐，内里竟是为我提供一个未来的归宿。这个设计者多么具有远见，具体施工者多么勤恳能干，他们联手在时代节点上做了一个不可或缺的记号。是故，应该在长椅上刻上他们的名字。多年以后的“字”，和现在也不一样了，读音更是不同。我能不能念出来还不好说。我面对着那些鬼画符一样的刻痕，以为是一幅抽象的图画。2022年农历正月初五，一个人的后背被阳光晒得暖暖的。我伸出手摸着那一块块光滑的木板，感觉确实有一些“字”在上面渐渐凸显出来。

流浪者

那个人丢了魂。他走路时脚步飞快，像踩着风火轮。身体唰唰前行，灵魂拽着他的头发，在他脑瓜后面飘着，整个儿横起来，双腿如在水中打摆。但你看那灵魂的面容，沉稳、淡定，眉头不皱，鼻子不噤，嘴唇不颤。铺天盖地的大水淹没了街道，汽车浮起来了，在波浪中一荡一荡。榕树左摇右晃，急得大声呼喊，该人继续呆滞地前行。那灵魂仿佛什么都没发生，甚至闭上眼小憩。万籁俱寂。再睁开时大水已退。

那个曾经富有的人，此时成了流浪者。他失去了故乡，失去了住所，失去了爱人，失去了朋友和工作。他空手走在

他（她）是一阵风，带着有关雷、雨、电的故事

深圳街头，身上只背负着灵魂，而自己又浑然不觉。道路在他脚下后退，他耳朵里响起唢呐声。一辈子生活在农村的父亲去世下葬，家里请了吹鼓手。黯淡的土地，恹恹的黄昏，唢呐、笙、锣鼓，响作一团，插入云霄。吹鼓手们都穿着辨识度极高的衣服，跟这土气、烈性、婉转、悲怆的音乐很搭。他们大早晨跑来，饭都顾不上吃，脸红脖子粗地吹一天，由此与都市里的流浪者发生了神奇的连接。流浪者在办公室里忙到天黑才拖着疲惫的身子下班，在茶室里端着茶杯与生意对手唇枪舌剑，辛苦挣来的钱，随后会转到这些吹鼓手那里。

一个又一个平常日子，他把自己扔进人群，砰的一声，石子落到水池，溅起水花。沉入水底后，他将在这里学习愚蠢。别笑，愚蠢确需学习，尤其已经对社会有了基本认知以后。需真心实意贴近那些愚蠢的说法以及邪恶的价值观，臣服其脚下，膜拜之，信仰之，直至将其内化为身体的一部分。这种学习和接纳自然是痛苦的，与中学时面对伽马射线和各种方程式一样，绕来绕去绕不明白。有一天，傍晚时分，夕阳沉而红，站在窗前望着外面的滚滚车流，脑子里突然开了一枪，解题的程序和答案瞬间出现了。一切都顺理成章。那种快乐，宛如久旱逢甘霖，哗哗啦啦的雨水包围他，浸润着整个身体，每一个细胞都欢欣地扭动。整个人和愚蠢水乳交融地混在一起，你中有我我中有你，恩恩爱爱，你侬我侬。他不再觉得那是愚蠢。“暮春者，春服既成，冠者五六人，童子六七人”，啤酒若干罐，浴乎大沙河畔，风乎舞雩，咏而归。身边有那么多同类项，孤单的自己不再孤单。

虽如此，他也不知道这到底是不是自己想要的生活，他的骨子里还残存着一些莫名其妙的、始终摆不平的东西。某些夜晚，它鱼跃水面般一闪，倏忽不见。又有很长时间，那些东西蛰伏于心底，死寂，死寂，一似根本不存在。他认认真真、兢兢业业地浮游于众人的生活中，母鸡啄食一样，左啄啄右啄啄，自行找到乐趣，自行热火朝天，显得比谁都享受当下的生活。

此刻，灵魂出窍之时，他表情麻木，但你仔细看他的面部，皮肤下面全都是逃离的快乐。那冒出来的汗水还唱着歌，滋滋滋，滋滋滋，汗毛孔随风摇摆跳舞，曾经的悲伤、惶惑，一把火化为灰烬。天地间都是他身上漫延出来的欢愉。

为何灵魂一脱离，流浪者就超然了呢？莫非，这灵魂就是他要摆脱的东西，是他的负累？它与那些莫名其妙摆不平的东西是什么关系？和愚蠢又是什么关系？可它为何显得那么沉稳，一点儿都不猥琐，不肮脏？它是流浪者身上的另外一个东西吗，自成体系，正常运转，既进入他的肉体，又随时摆脱他？到底是谁摆脱了谁？

作为旁观者，我看不清楚。

夜晚来了，淹没你
的不是黑，是海

即使流浪者思考最庸俗的事（流浪者不作如下思考，是本文作者——我在替他思考）：升职前需要打点谁；合作伙伴是否会突然撤资；在放假期间，学校门口的奶茶店如何保本，等等。这些问题都透着一股仙气，就像在几亿年前的大森林中，天皇皇，地皇皇，世界一片苍茫，忽略掉那些占据社会主流的恐龙，只有你一个人走路，两边齐腰高的草丛里偶尔跑过一只兔子，你能说那只兔子不是神仙派来的？

画面瞬间转化了。深南大道两侧人行道上的流浪者，他步履匆匆地走着，他真的行走在亿万年前的大森林中。旁边一辆接一辆疾驰而过的汽车变成了一只只兔子，两边精心种植得整整齐齐的树木，也全莽莽苍苍起来，上面荡着悠悠的远古白云。

路上的“流浪者”并非一个人，是一群人，我只是盯住了其中一个。他有时西装革履，有时穿着短袖衬衣和牛仔裤，有时还蓬头垢面。坐在长条椅上等候公交车的那人，就是其中一个。他的灵魂甚至不愿固定在他的头顶，而是飘到了街对面的写字楼里，再飘到三千里之外的山野中，在那里的一条深沟里安顿下来，躺倒在草地上。他的右手飞速扒拉着手机，屏幕转换极快。

在他旁边那个年近六十的清洁工，穿着红黄相间的制服，眼神里流露着愁苦和无奈。他手中的扫帚一下一下在地面上自言自语，只有藏在隔离带里的老鼠能听懂。不多的垃圾纷纷奔逃，又被收拢回来。他下意识地扫，不停地扫，他的灵魂飘在脑后，他也是个“流浪者”。有一些人，一度将他描述为坚强的、可爱的劳动者，说他热爱自己的职业，以之为荣。他真实的怨言、愤懑、隐忍和不满，统统被压在石头底下，不拿放大镜看都找不到。小区里的垃圾箱是他们的收入来源之一，捡几个易拉罐，几个硬纸壳做的快递包装，也能换几个小钱。总有几个白发苍苍的老人，住着小区里价值上千万元的房子，衣食无忧，还时不时跟他抢那些只能卖一两毛钱的矿泉水瓶。老人们脸上写满贪婪，用最难听的话骂他，故意把脏水甩到地上，让他反复地擦。此时，清洁工的灵魂和街上飘着的那些灵魂走到一起，大家真正平等了。这些灵魂互相观望着，只要其中一个招呼一下，大家就会坐在一个桌上品茶喝咖啡，也会一起走出去更远，踏雪寻梅，登高一眺。都很从容，高贵，大气。

我盯住的那个流浪者，仍然大踏步地向前走着。许多灵魂从他前后左右的“流浪者”身上飘下来，向他凑近。它们似乎在说话，我能听到的，不是什么语言，是一万种声音的集合，很嘈杂。侧耳静心，每一种声音都有自己的韵律，自己的逻辑，或高或低，或悲或喜。隐隐约约还有熟悉的暴烈唢呐声，从大地深处，从遥远的故乡传来，把他的时空彻底打通。他就从这些声音的河水里蹚过去，哗啦哗啦响。

这个流浪者看到的和听到的，跟没看到、没听到一样，他肉体的心已不再跳动，眼睛和耳朵接收到的信息，都停留在那里，不会再往身体内部传导，就是想传也传导不进去。但是，请不要使用“行尸走肉”这个词，他的肉体是另一部分的灵活。

这些灵活你我都具有。

或曰：“你跟我看到的怎么不一样啊，我身边的行人都快快乐乐，无忧无虑。你瞧那个人，他还边走边打电话呢，你哪只眼睛看到他魂不守舍的？他们的肉体和灵魂紧紧地结合在一起。况且，除了特意散步，出外办事鲜有步行一公里以上的，人们上路就被各种工具接走。公交车、出租车、私家车、网约车、地铁、共享单车、火车、飞机……网络密布，灵魂还没做好出窍的前戏，就得忙忙碌碌地跟着肉体奔向下一站了。”

这我真没法儿回答。你在深圳街头看到的人都更年轻，更有活力。有数据为证。我也在这里生活，我不举数据，可以靠直觉。有时候我自己也是个流浪者。同类项的感受，似乎比旁观者更准确些吧？

此时，我比那个流浪者清醒。我跟随他的脚步，拐入街区，过了一条街，又是一条街，墙壁上涂着各式各样的图画。这个城市与其他城市越来越相似，越来越失去了曾经的坚持。它靠着惯性，依然可以形而下地获得足够快感。“流浪者”当然不知道这样一段历程对自己意味着什么，他天天从这里走，到达同样的地方，轻车熟路，熟能生巧，岂不知这十几分钟时间里自己已在天地间消失、幻化、修行，脚步在厚厚的红砖铺成的人行道上踩出了深深的印痕，溅出了泥浆。回到家里，躺在床上，灵魂归位，他像死过一次一样，活过来是另外一个人。他可以抱着初恋般的好奇和羞涩，重新与世界粘连……

我每天都遇到无数的“流浪者”，然后盯紧一个，跟着他，一直走，一直走，直到他家。

树林里的陷阱

我要在树林间挖一个陷阱，不大，最多一平方米。

这是个瞬间的念头，平时埋在我的细胞里，蛰伏于灵魂深处，石头一样没有生气。无数个细胞、病毒经过，都以为它是死的。只有外太空（众生灵之上）那个万事通掌管这件事。我突然获得此信息，有点儿莫名其妙，有点紧张，还有点欣喜。得赶紧把它抓在手中，将之细化，考虑具体实施方案。

铁锹已备好，可折叠的那种，一直放在汽车后备箱里，出行应急用，但从未动过。远游路过广东阳江时所购，据称是该地特产。一个都市，特产是铁锹，可谓冥冥中天注定。

看不见里面的陷阱吧?

地址选在坪山还是龙华？偌大深圳，并非铁板一块，细分后，一地标注一生活：罗湖多遗老遗少，福田乃不可替代的中心，南山新贵熬成婆，宝安老工业区，大鹏山海美……各城都有分野，这里的分野尤其明显。还是宝安吧，我住此处，离得近。宝安老城人头攒动，乌泱乌泱，汽车天天堵，找一个无人迹的地方还是没问题的。几十棵几百棵树即可营造一境界。平峦山似最适合。山高，爬坡呼哧带喘；路多，我曾因此迷失过方向。钻进密林深处，在树与树之间，前后不见人，鸟宿枝头不作声。可动手矣。

既然做了，必须赋予其一个意义。干吗要挖一个坑呢？答曰，就是要“叫住”一个人。坑深不过半米。上遮高草，风吹晃啊晃，绿叶扫膝。这么偏僻的地方，谁能走进来？清洁工，绿化工人，一时内急找不到厕所的游园者？还有，就是像我这样的人，每天被无由的事件包围、淹没，却常常深感孤独。哦，我看见他了，踉踉跄跄地走进来。他甚至预知要有意外发生，甚至抱持着期待。他掉下去了，腿忽地一沉，卡在那里。请放心，不会有实质性的损伤。腿一沉时，他的心里舒朗了。这就是他想要的。那一刻，他也知道此事是有人刻意所为。他头都不抬，爬出来，鞋上沾着泥，在陷阱旁边呆呆地坐半天，绿草轻轻啮咬他的臀部。

我们相遇了。他能看到我，即使此刻我在家中，在公交车上，在商场里闲逛，在图书馆里发呆，我们也能遇见。一

在陷阱附近，最微小的动物也焕发出生机

个孤独加另一个孤独，两个还是孤立的孤独。彼此只是映照，并不互相扶持或削弱。

孤独，多么奢侈的词汇。在看似疏阔实则拥挤的人群中，我们谁都不轻易使用这个词，透露各自的秘密。我忌讳“我们”这个词，而他和我，可以称作“我们”。

此后他去往何方，我不知道；他会有什么样的际遇，我不知道。甚至擦肩而过时，依然谁也不认识谁。地铁一号线

(罗宝线)前海湾站，坐在一个车厢里，我们互相看一眼，有点眼熟。也就是个小念头，笑笑，瞬间消失了。

绊他一下就完了？“叫住”又如何呢？何必费这么大力气挖个坑。

其实我还想让大地上多一个记号，“陷阱”只是暂名，称为“记号”更准确。此刻的土地再也不是原来的土地，它们因我而改变。我在深圳，将会确立一些，改变一些，消化一些，承受一些，带走一些。我对山林的小小改变，是主动为之还是被谁指引了，真不敢确认。所谓鬼使神差吧。谁能想到，一个作家，在一个下午，偷偷摸摸拎着一把铁锹上山(真是偷偷摸摸。被人看到，明晃晃的太像凶器)。我挖。汗水从脑瓜顶上渗出，汇聚成流，淌到脸上，滑到脖子上，浇出一条条浅痕。胳膊被蚊子咬出一个个“红包”。大功告成后，我小心地盖上浮土，把挪开的杂草再挪回原处。经此一挪，草尖儿有点发蔫。没被动过的巴西鸢尾在远处呆呆瞪着一双眼睛。

这种无聊行为，对我一个忙忙碌碌的人，是多么悠闲和诗意。想来都是孤独作祟，它激荡、渲染、催促着我。啊，搞清了，不是什么鬼使神差，是有确切原因的：孤独。你信孤独吗？在深圳这个想约人随时能约到一万个人的地方，公园里都站不住脚的地方，手机信息蜂拥而至简直要爆炸的地方，怎会有特立独行的孤独！

而我有，说不出口。只好默默地挖一个陷阱。

陷阱一经诞生，便不再是它自己。它跟着安排走。被另一个孤独的人践踏后，似乎别无用处。其实不然。比如它可以盛放尸体。那些即将老去的鸟儿或者鼠类，眼皮都抬不起，堪堪毙命。它们可以感到死亡的降临（人类也能，可惜那些离开的人一个都没有回来谈感受），濒死之时来到这个陷阱旁，静静地等待。陷阱被踩掉了一半，剩下的一半像个小窝棚，正好可以放置其躯体。空气静默，干树枝自动折断，树林里偶尔传出“啪嗒”一声。它们的身体渐渐僵硬，终于站不住，一头栽到坑底，意识飘散在空中，成为“智慧”之一种，指使植物结出果实，埋下种子，暗示狐狸向天上闪过的飞机致敬，让行人在人行道上打一个趔趄，躲过了空中落下的鸟屎。无数的意识在这些活着的人周围萦绕，每个活人的意识都或多或少被空中的意识操纵，形成今天整体的社会意识（从今人表现上看，这意识也没多高明）。一天天过去，这个陷阱里盛放的尸骸变成细骨，仍可以让空中的意识有所依附和扩张。

这个陷阱一时半会儿消失不了。我用了多少力气挖掘它，它就需要多长时间被抹平（非人为）。深圳雨水多，浑浊的雨水、泉水灌满了坑，一部分渗到地下，一部分长久存贮。土坑心不在焉地将水含在嘴里，沉淀两天，变干净了，像一面洁白的镜子，把天上的云彩、周围的树木什么的，都收纳进来。这面镜子里，坑边的绿草并不比远处的散尾葵更矮。螳螂的、蜈蚣的、蚂蚱的尸体，在水底安然自在。

我多次来到平峦山，悄悄走近那个陷阱。我在里面总能看到自己，看到第一个踩踏者和后来的动物的尸骨。它们安详如初。

在开挖这个陷阱时曾设想过，若被保安员捉住质问，自己该如何作答。我甚至做过演练，最后什么阻碍都没遇到，连天灾都没有，如一阵冰雹砸得我鬼哭狼嚎，一条蛇突然袭击，把我惊走再也不敢回来，等等。这件事水过无痕，鼓舞了我。我准备开挖第二个，地点嘛，还没选好。

轻神

冬日午后的阳光不骄不躁，两排长在花盆里的簕杜鹃举着一团粉红，间有枯竹。祠堂墙体青砖斑驳，大门紧闭。门前有四个电单车司机，全部戴着安全帽，并排坐在车上用粤语聊天，其中一个手里拿着瓶子仰头喝水。快递小哥一个接一个从他们身边闪过。周围建筑乃所谓的农民房，下面是一排排小店，牛杂店，汤包店，配钥匙的，修摩托车的，孩子们尖叫着奔跑追逐。一派市井繁荣景象。

西乡老街片区有两条街，一名巡抚街，一名真理街，街名都很直白，又颇堪回味。两街交会处的这座古建筑，名为“王大中丞祠”，门口一副由上至下通底对联：“巡粤表孤忠，耿耿丹心，奏牍两章昭史册；抚民留善政，元元赤子，讴思万载仰旂常”。

安坐祠中的主人公即王来任。

深港地处边陲，古代文化名人、高官显宦遗迹甚少。在深圳，名头最响的是文天祥。文天祥本人跟深圳最密切的关系来自他那首《过零丁洋》中的两句：“惶恐滩前说惶恐，零丁洋里叹零丁”，零丁洋即深圳西面的一片大水，现名伶仃洋。另，文天祥的弟弟将自己的儿子过继给文天祥，以使忠臣有后。文氏后人中的一部分辗转至今日深圳地区，聚族而居，世代繁衍，也建了若干纪念文天祥的祠堂和庙宇。深圳之外关于文天祥的遗迹并不少，但那些地方除文天祥外还有其他名人，不像深圳物以稀为贵。名人不一定本地生本地长，有过重要影响，文化的，经济的，气质的，都算。

排在文天祥之后的便是王来任。这位深圳第二历史名人乃康熙年间的广东巡抚（约等于今天的省长）。清代各省巡抚例兼右都御史（中丞），因此巡抚也称中丞。岭南地区曾有若干祭祀王来任的地方，现在硕果仅存的几座，一在江门，一在香港新界锦田，一位于深圳市宝安区西乡街道。

王来任被后人尊崇祭拜，皆因他曾造福本地。

海盗猖獗的元明时期，曾有海禁政策。清朝初年，为了禁绝郑成功部队的粮饷和物资供给，更加彻底地切断海内外经济联系，朝廷下令将福建、广东、浙江、江苏、山东等省

被封起来的塑像，周身神气溢了出来

沿海及各岛屿的居民内迁三十里至五十里，在沿海一带形成一个无人区。站在当时角度，顶层设计未必是拍脑袋，于生民来说，却是弥天大祸。时人黄居石曾有长诗《徙村行》，可见一斑：

新朝防海不防边，威令雷行刻不延。
相传徙村诏昨下，居人犹疑未必然。
已报大人巡海上，力役征徭交鞅掌。

令尹苍黄出郊迎，牛酒猪羊忙馈饷。
犹恐菲薄慢王师，计田派饷日公仪。
民力竭矣胥吏饱，岂无老弱死鞭笞。
惊看村前一旗立，迫于王令催徙急。
携妻负子出门行，旷野相对啜其泣。
孰无坟墓孰无居，故土一旦成丘圩。
此身播迁不自保，安望他乡复聚庐。
君不见咸阳三日火，顷刻烟尘起青琐。
不独眼前事可哀，国亡家破奚独我。
吁嗟，谁绘郑侠图，流连载道天难呼。
回首昔年烟火地，青青草树暮啼乌。

这几乎就是清代版的“三吏三别”。在若干地方，实际情况要更残酷。基层执行者为了完成任务，层层加码，“尽夷其地，空其人”，毁屋拆墙费时费力，干脆直接放火烧。“数千株成林果树，无数合抱松柏荡然以尽”，“至是一望荒芜矣”。曾有记载：福建某县在迁界的过程中，两万多平民被当场屠杀。背井离乡者，“民死过半，枕藉道途”。没有任何配套安置，到了异地，外来者和原住民的矛盾亦不可避免，轻者争吵辩论，重者群殴丧命。宏大叙事下的草民，与铮铮铁蹄下的蝼蚁几无二致。历史上的雄才大略者，何曾把所谓的民生细节放在心头。这场突如其来的浩劫，席卷粤东南海岸线，从潮汕、海陆丰、惠州，一直到湛江。新安县（即宝安县，深圳的前身）是其中的一个点。

史载，康熙六年（1667年），因为难民逃离，新安县人口和土地只剩三分之一，无法维持正常运转，知县张璞分别给广东总督衙门和巡抚衙门打了报告，请求并入东莞县，上峰批准，新安县消失了。

朝廷的美好愿望是，民众迁移后空出来的地盘成为“盗匪”和“王土”的隔离带，把“盗匪”活活困死。殊不知“盗匪”乘虚而入，将“隔离带”变成自己的又一大本营，

市井中的今人，仍披挂着王来任的神气

真正的如入无人之境，进可攻退可守。而那些走投无路的平民百姓，亦有加入强盗队伍者。

康熙二十二年（1683年），海禁政策取消。而在此十四年前的1669年，广东若干地方悄悄取消了海禁（名曰“展界复乡”），新安县也在消失两年后得以恢复。政策本应是刚性的，这提前的十几年，其实是踩了红线。回头看似乎没什么大不了。但在那时，大家如同黑暗里行走的人，不知道前面是否变亮，也许沉入更深的海底，万劫不复。两个方向的博弈，机会均等，并不一定朝众人期待的一方明显倾斜。这提前的十几年，可以理解为彼时的先行先试。而这一切的得来，源头就在当时的广东巡抚王来任那里。他上书皇帝，请求“展界复乡”，并最终被批准。

王来任先后写过两个奏疏，第一个被称为《展界复乡疏》，提了三条意见：其一，把粤东农民、渔民赶走，大片土地上没人种植庄稼，渔猎晒盐，也收不上来粮米和税赋，影响军需供应；其二，边民本是海防的重要部分，遇事报警，抵抗以待援军，今将村庄变成废墟，盗匪乘虚而入，反开盗路；其三，无恒产者无恒心，平民丢家失业，老弱辗转，真苦。要之，“幸际圣明普照，及逃亡之民，雨泽回枯槁之春，千载一时，不得不披沥冒渎也。如臣言可采，仰祈敕部速行，庶哀鸿有哺，毋致遗疑。臣不胜屏营待命之至”。

彼时，给朝廷提建议是官员工作的一部分，并非一定被指犯上。王来任的出发点也是为了维护王土之完整，统治之绵长。但海禁是基本国策，刚开始没几年就否定之，让人不舒服。康熙六年（1667年）十一月，王来任被革职，时任两广总督也受了牵连，同时去职。此时王来任已重病缠身，什么都吃不下，堪堪毙命。干脆又写了一封奏疏，续提三点建议，其一是边境裁兵，其二是撤掉香山与澳门之间的横石矶口子，便于两边往来。最后一个建议，继续谈“展界”。这一段全文如下：

粤东边界，急宜展也。粤负山面海，疆土原不甚广。今概于边海之地，再迁流离数十万之民，每年抛弃地丁钱粮三十余万两。地迁矣，又在在设重兵，以守其界内之地；立界之所，筑墩台、树桩栅，每年每月，又用人夫土木修整。动用不赀，不费公家丝毫，皆出之民力。未迁之民，日苦派答。流离之民，各无栖址，死丧频闻。欲民不困苦，其可得乎？臣请将原迁之界，急弛其禁，招徕迁民，复业耕种与煎晒盐斤。将外港内河，撤去其桩，听民采捕。将腹内之兵尽撤，驻防沿海州县以防外患。于国用不无可补，而祖宗之地又不轻弃，更于民大有裨益也。如谓所迁弃之地兵虽少，而御侮之患甚大，臣思设兵，原以捍卫封疆而资战守，今避寇侵掠，虑百姓而资盗粮，不见安壤上策，乃缩地迁民，弃民户而守堂奥，臣未之前闻也。臣抚粤二年有余，亦未闻海寇侵掠之事。所有者仍是内地被迁之民，相聚为盗。今若展其疆界，即他盗亦卖刀买犊耳。舍此不讲，徒聚议以求民瘼，皆泛言也！

这一个奏疏更加强调“展界”终极目的是“安攘”与“御侮”，内里却是字字血泪的民之“困苦”，时不我待之情呼之欲出。此急迫若仅仅视为维护皇朝统治，不免狭隘；说是信念，又过于高大上；莫不如说王来任极具良知和不忍之心。这种朴素的人性，往往最难得。官场上向有“慈不掌兵义不掌财”之说，仁慈已是极高底线。王来任以其之苦为已之苦，内里定是一个生动的人。或许这也是他被粤地居民长期感念的原因之一吧。

最后一封奏疏还没送到庙堂之上，王来任就去世了。随后被派来的两广总督周有德见到这篇文字，深以为然，连同自己相似内容的奏疏一起送到中央，引起重视。朝廷派员赴粤查看，最终同意了“展界复乡”的建议，于1669年正式施行，王来任在地下可以瞑目了。他在奏疏中有一句话颇堪玩味，“臣熟察粤境情弊，深悉小民机宜”——我探访民间，深知民情。什么意思呢？为官之道，实事求是，求真务实，自是应有之义。王来任作为中央派驻的地方大员，似更应以中央马首是瞻，可他到来时间不长，就被悄悄同化了，隐隐透露些许广东的特殊性。

其特殊性如下。

粤地为烟瘴之地，自古即不断接收流放和逃难之人。土著与外来者在彼此争斗中不断相互打量，都有点畏惧，加着小心，继而被动或主动地接纳、融合。相较内陆地区的坚硬和僵化，这里的风气反倒要融通一些，甚至有一点点的随遇而安。这种相对的坦然，反作用于外来事物，即同化感、皈依感。

农耕时代，各种起自草原、中原的进攻力量，一路跋山涉水，人困马乏，供应不足，战斗力下降，抵达岭南已成强弩之末，对此处的军事威慑并没那么强，此处遭受的伤害也不像“嘉定十屠”“扬州三日”那么惨烈，人格和价值观保留得相对完整。承平之日，普天之下莫非王土，但政令也是有体温的。离得越近，感染力越强，皇帝身边的人都诚惶诚恐，忠心表得震天响。往远方去，热气腾腾的圣旨，每颠簸一下就会丢掉一些，一波一波到了边疆，文字和画像已渐渐变冷。空间上的距离，可以削弱恐惧，本地臣民与既有桎梏的黏性不是那么强，相比之下，他们可能更敬畏田间地头的村霸。

还有，粤地大多面向海洋。不要小瞧了大海，身边有一个可以随时开船的出海口，不免产生出发的冲动。你把我弄得实在不爽了，我便一入大海两茫茫。最初无人居住，后来人影晃动的岛屿，均如此形成。岛屿收留的不一定是激情勃发的探险家，更多是走投无路的流亡者。这些流亡者在新天地里开始新生活，仍会进入新的规则，被统治被束缚，终究身体里潜藏着拔腿就走的基因。在内陆生生世世的人，不会理解这种胎里带来的自由和舒畅。因此，边民对于恶政的怀疑，乃至下意识抵抗、躲避的心理，也就自然而然。身在天涯海角，进行各种尝试，若效果佳，便推广一下；失败了还是面对一片大海，可以自我消化，不需要别人做代价。这里是先行先试的天然良港。

朝廷派来的大员，耳濡目染此地人情世故，最初的强硬，不免变成逐步的入耳入心和理解，直至与他们站在一起。唯我独尊，强硬到底，刻板贯彻朝廷指示者，在这里也不一定吃得开，甚至激化矛盾，影响自己的仕途。他们的审时度势，因地制宜，有时是感同身受，有时确是"不得不"。

清雍正年间编写的《广东通志·名宦志·王来任列传》中这样写道："王来任，字宏宇，奉天人，汉军正黄旗，天聪八年（1634年）举人。康熙四年（1665年）以副都御史巡抚广东。时粤地屡经盗寇，赋役未减，平靖两藩轻视民命，来任至，安集流亡，咨询疾苦……"

这个简介有重大错误。天聪八年（1634年）中举的那位叫王来用，与本文主人公差了一个字。这件事似乎可以说明，即使在其去后并不久远的年代，该朝廷大员也没被怎么关注，与其有关的可靠资料少之又少。若是在江浙或者山东、直隶一带，决不至如此。这些地方处于中心位置，视线集中所在。二则这些地方文人很多，随便记下几笔，就成为今天的研究依据。或者他的故乡是文化兴盛之地，能以之为荣，留下他青少年时期的点点滴滴、成长经历等，令其血肉丰满。可惜王来任为民造福的地方，均属政治、文化的边缘地带。因为面目模糊，反倒使民间的口头传说广为流布，以致讹传。

王来任在何地去世，生卒年月，均无准确文字记载。综合各类资料，倾向于王来任冒死进谏，郁郁而终。此类表述甚多，不一一举例。另一种说法就比较超越了。说他是“尸谏”，所谓“尸谏”，即皇帝不听劝，臣子以死相逼。这里有一段公开发表的文字，摘录如下：

王来任奉命就任广东巡抚时，广东的政情非常混乱。他微服私访，摸清情况，有针对性地推动改革和反腐败，两三年内就大见成效。这种改革措施，放到今天，仍然是非常正确的措施。广东一时间风清气正。然而，他任职不到三年就接到了免职回京的命令，原来，他执行禁海迁界命令不积极，被告发了！

免职后的王来任孤独地病倒在南海一个驿站的简陋旅舍

里，思绪万千，决心在生命终结前再次上书。寂静中，沿海百姓的一幕幕惨象，一下子涌进心头，倾注于笔端，王来任奋笔疾书："沿海边民，惨被荼毒，或被戮而尸骸遍野，或被掳而骨肉分离，或被横征而典妻儿，颠连万状……"他知道这篇上疏会惹怒天子，但百姓痛苦在眼前，他不能退却，不能装聋作哑。他不想死，但也不怕死，如果自己的死能让皇帝清醒，改弦易辙，那么，自己的死也是值得的。

第二天早晨，乡绅潘世祥等百余名百姓闻讯赶来送行。当他们推开房门时，只见横梁上吊着王来任，桌上是他给皇帝的请命书《展界复乡疏》。这请命书很快送到了康熙的案头。

这段话说得有鼻子有眼，有真名实姓佐证，怎不令人心惊。文中所述行为，确为"尸谏"。历史上此种事情并不多见，一般也不会得到主流社会认可。因为臣子的要求有多正义，必然反证皇帝有多混蛋。皇帝怎能容忍这种事，咬牙也得动用所有资源抹黑尸谏者。况且若真有这等事，一定在当时就引起巨大轰动，被大书特书。恰好认识本文作者，马上打电话询问出处。他的答复倒很简单，"民间文学嘛，不能要求太严谨，没有巨大的冲突，还怎么成为故事呢"。言外之意，他是根据一些资料敷衍而成的。

听来不由心里一动。他是民间文学创作者，非考证专家，捕风捉影，渲染情节，皆在可以理解的范围内。事实上，现在很多成为文化符号的人，像关公、包拯、诸葛亮、妈祖，最初都是有血有肉的人，他们身上发生的那些大大小小的故事，绝无后来传说的那么神奇。之所以由人成神，一方面是民间需要精神支柱，需要根植于真实人物却又必须拔高的一个个标杆，或忠义之巅峰，或智慧之集大成者，或刚正不阿，对抗权贵之打入官府内部的另类，或佑护生民，神通广大之野生菩萨；另一方面有人神共存的语境，且人人都可参与创作，人人有传播积极性，每传一次，故事就被加工一次。后一点尤其重要，人们在传播中加入的细节、个人情感、期待，是一个个台阶，一步步将主人公送上山顶。众人需仰视才可见。

广东各地有很多洪圣古庙。洪圣者，唐代广利刺史洪熙，据传其廉洁爱民，精通天文地理，曾经设立天文气象观测所。出海的渔民和商人从中受益，推崇其为海神，代代供奉。网上搜索，广利刺史洪熙其人，史料中未见。同类古庙中的记载，多用“据传”两字。但亦不能因此断定并无其人其事。旧中国向来以北方为中心，粤人属蛮，不获重视。偶能给他们带来一点暖意的，便敬之爱之。如潮州人，供奉流放至此仅八个月的韩愈，庙、路、山、江、林皆以之名，生生将他供奉成了潮州文化代名词。韩愈生前或许怎么也想不到身后是这个样子。籍籍无名的洪熙，不一定见容于当时的主流话语，却以另外一种方式在南方民间扎根并放大。东方不亮西方亮，此一例证也。

深圳还有一个地产的神灵陈仙姑，本名陈端和，生活在清代咸丰年间的水贝村（现光明区上村社区），掌握了很多民间药方，给很多人治好了病。后人为其修庙，名陈仙姑庙。

跟他们比起来，王来任更有资格成为神灵，即使无法像妈祖那样影响广泛而深远，起码可成为陈仙姑一类的地方神。展界复乡之时，当地乡民已被折腾多年，迁移者有的已死，有些在异地安家，不愿意再折腾，总之，实际搬回来的并没有想象的多，官府只能招徕梅州、惠东等地穷苦农民。那些地方的客家人地亩稀少，生活艰难，树挪死，人挪活，在这里重新安家，找个活路。多年来，这里的人一直自生自灭，平时几乎没人关心他们，好不容易出现了一个愿意为他们拼死请命的王来任，真如黑暗中的一点烛火，长久地照亮了他们。地方族群的繁衍和发展，地方文化的涵养，都跟王来任促成的先行先试有千丝万缕的联系。因此他无论是正常病逝还是悲壮死难，都有功于时人与后人，都值得被人拥在怀里，捧在头上。人们不吝用最美好的词汇来表达崇敬之意，用最真诚的态度供奉之。现代生活讲究人人平等，但以过世之先哲为样本，附加各种美好品质，世世代代以之为教条，规范自己的日常生活，亦是社会经验之一。

赫然在列的“真理街”

“成神”要趁早，机会稍纵即逝。极有机会“成神”的王来任已完美错过，或因离我们太近，人的气息尚存，无法飞升，如果离得远，令人手搭凉棚遥望，就能看到他远远地乘着仙鹤而来；或因毕竟还有点文字资料，无法像陈仙姑那样只存在于口口相传中，具有广泛的操作空间；或因由他得利的只是一部分边民，即使边民集体发声，也没多大动静……天时地利人和这几条均不足。到今日，人们的“知识面”越来越宽，获取信息的渠道越来越多，更无机会造神。民间文学的渐进式表述似乎可以向前推动一点点，结果如何，已不可测了。

深圳多数祠堂庙宇四门敞开，游人可随意进出。每一次进出，都会或多或少沾染些纯净。真理街是我常去的地方，在热闹的市井中穿梭游走，被都市街巷的嘈杂混乱所裹挟。王大中丞祠常常关着门。我站在墙边，默默吸收一些气息。我看不到，却能想到，端坐在里面的王来任站起来，走来走去，时而沉思状，时而恍然大悟状，时而开心，时而皱眉。他并没和外边的人切断联系。晚上他就在椅子上安睡，等待天明。无需我操心，他或许已走在成神的路上，以便更结实地佑护这块土地。

此去深圳四千里

阜城

深圳至河北阜城县有多远？我屡次打开导航查询，屡次确认，从没变过，都是1900多公里，按约定俗成的华里计算，差不多四千里，开车由此及彼约22小时。此为理论行程，实际谁也不能一刻不停地开这么长时间。曾设想自驾回家，每天开五个小时，边走边玩，四天很充裕。飞机就免了吧，三个小时似乎不多，把两头耽误的时间都加上，亦需一整天。如果步行呢？产生这么奇怪的想法，或与常读各种史料有关，古代官员跋涉赴任，要费时几个月甚至半年。当我从深圳出发，翻山越岭，春日出发，疲惫不堪地抵达被称为故乡的地方时已是秋天，我会飞奔过去，久久凝视那块土地吗？

应不会。

阜城，这是我一度要刻意忘记的地名。大学报考时有一栏，“是否服从调剂”，我硬生生地写上“除河北省以外服从调剂”。大学四年，时时闪过一个念头：一辈子再也不回老家应该没什么问题吧。仔细盘问，家乡对我也没什么不好，我只是要逃离毫无希望的农耕生活。那个叫“王过庄”的村子，是这个省份、这个县城的微缩版，某种生存方式的代名词，小它即大它，尤其压抑我蓬勃的生命力。跳不起来，一跳就撞到漆黑的屋顶。脚上粘着万能胶，死沉，我只有拖着沉重的鞋子拼命跑向远方。

院子

曾经逃离的地方如今越来越靠近我。

打开连接到手机上的监控（**不喜“监控”一词，下文以相对中性的“镜头”替代之**），身在深圳的我，便看到了王过庄自家的院子。

一条砖铺的小路从屋门到大门口，长十数米，已分不清哪里是土，哪里是砖。院门者，一个歪歪扭扭的铁栅栏而已。墙亦篱笆墙，过车过人都看得真真切切。小路左手边是一棵柿子树，每年秋后结柿子三五个，人不得其一，都成了鸦雀的果实。人从树下走，鸟忽逃走，翅擦肩头。右手边是一棵杏树，每年夏季麦收前后结果，有大小年之分。春天，在镜头中眼看着杏树叶一天天变绿，一天天茂密。叶片互相碰撞发出哗啦啦的声响，叶子中间的果实渐渐变大，落在地上，斑斑点点。杏娇气，不堪存放。我曾数次问母亲，能否晒成杏干，等我们回去吃。母亲说以前试过，一是天无整日晴，晒不透；二是苍蝇多，在杏干上乱爬，脏，没法儿吃。冬枣树一棵，紧挨着厕所。每年中秋前后回家，正赶上枣熟。又脆又甜，几个人站在树下一边摘一边吃。

杏树下种了苜蓿。只需种一回，年年长，春天可当鲜菜吃，做馅儿包饺子蒸包子，还可以蒸“拿够”（谐音。或为“拿糕”，敝乡食物，苜蓿、榆钱儿、小青菜等，洗净，以玉米面简单搅拌，蒸熟，滴几滴香油，饥饿年代偶充正餐）。我早晨刷牙常把水倒在这里。地面湿了干，干了湿，变硬，苜蓿居然还是年年按时钻出来。

苜蓿旁边有几条浅浅的垄，春夏时种植韭菜、小葱、萝卜。北瓜秧和丝瓜秧爬满篱笆，嫩瓜滴里当啷，母亲随手摘一根就可以吃一顿。吾乡将丝瓜称为药丝瓜，因其确有一点点中药味。北瓜学名笋瓜，是南瓜的一种，多圆形，也有的像西葫芦，可切块蒸着吃，可剁碎做馅儿。紧挨着墙边种了几垄白菜，秋末冬初，天一变冷，母亲把它们砍下来抱进屋子里。可以吃一冬天。

2013年10月，极少的一张全家福。三代之内血缘最近的我们

我就在这个小院子和一排门窗都关不严实的屋子里长大。那时，院子里根本没什么菜，除了一棵枣树，绿色都少见。曾问父母，以前过苦日子，为什么不知道在院子里种上这些。答，蔬菜需要经常浇水，用扁担从井里挑水，人吃都不够，哪里还舍得浇菜。做菜需要油盐，更没有。家家户户基本都是咸菜就玉米面饼子，也就维持个温饱。

若当年如此丰盛，我也不至于对其厌弃至今。它们来得太晚了。

声音

冬日的镜头里最像幼时场景，清冷，萧瑟。地面苍黄生硬，光秃秃的树伸出几根枝丫，像水墨画。那只瘦猫蹲在台阶前，晒着太阳打盹儿。阳光虽亮并不充足，却能听到清晰的风啸，呼一下子，吹过去了。

曾经那么大的村子，最盛时近两千人，四邻八乡打群架基本没输过，逢四排九还有大集，年前的集市尤其热闹，大人抱着小女孩，小女孩衣服上的装饰品都能刷着旁边人的眼睛。现在村中只剩老弱病残，常住人口估计也就二百多人。整个村子都静下来了。

能听到清晰的麻雀鸣叫，叽叽喳喳。只有这鸟类，愿意陪着村庄往深处沉沦。临近冬天，母亲要点炉子，整理烟筒时发现里面塞了一团乱草，乱草里有几只还不会飞的小麻雀，母亲将它们放在房子东面的水坑边。该水坑旱季无水，岸边堆满柴草，不知小麻雀能否顺利度过这个冬天。偶尔的狗吠。村子的狗都瘦，都怕人，见了生人远远歪着脑袋夹着尾巴跑掉，但互相之间非常凶狠，可以把对方咬瘸。人少了，狗也变少了，多数是对天乱吼，像是练嗓子。镜头中，有时会突然传出嘣的一声，不知发自何处，可能世界本来就在连续发声，平时被更大的声音淹没。此刻，巨大的安静衬托着，小院里的声音如浅水中的暗礁、石块，全都凸显出来。

无声胜有声，无人胜有人。镜头一动，恍惚间似乎看见了人影。如果父亲还活着，那一定是他回家来了。

父亲

父亲生于1949年，属牛，小学四年级时得过一场大病，病后再没上学，一生务农。在幼年记忆里，父亲偶尔赌博，输赢虽不大，但对一贫如洗的生活仍有极大影响，为此经常和母亲吵架。他还暴打过我，举着擀面杖追我，原因已不可考。父亲并不安于贫穷，二十世纪八十年代初，和几个村民一起养一种叫作平菇的农作物，一大坨，像一个个耳朵叠加在一起，洗净泡好，用牛车拉到县城卖给指定的加工厂。依稀记得和父亲一起进城卖货，他在县城街头彷徨的样子。我年纪虽小，内心却隐隐产生父亲其实是无力者的认知。他又

2020年10月2日上午，我和父亲去村外看自家种的树

先后承包村子里的杏树和谁也不要的苹果树。能想到在庄稼之外找活路，其开阔思维、实干精神，也算走在了村民前面。每年春天，苹果树挂果前要剪枝一次。这是技术活儿，需请人，炒菜喝酒之外，还要付费。“专家”恃技傲人，不外传。父亲站在远远的地方看人家修剪，第三年自己就可以剪了。我初中在古城中学住校，偶尔能在集上看到父亲。以前他从不赶古城大集的，太远。我在这里读书，他就来了。冷凄凄的冬日，天将黑，街路上已经没人，父亲蹲在路边，面前一堆没卖完的苹果。我和堂弟建华（也是同班同学）看见他，他塞了两个苹果给我们。二十多里坑坑洼洼的土道，骑车回家差不多要一两个小时。

这些往事都影影绰绰存在我的记忆里。凑近了看，又觉不太真实。仿佛是别人与别人的父亲。我伸出手，摸到的都是空。后来的事，则真切了。父亲暴躁了半辈子，后半辈子开始听我们安排，他变得慈祥，对孙子孙女都笑呵呵。每次回家时，一路上不断电话询问到什么地方了。

忌日

父亲做了心脏病手术，其间，我坐卧不宁，觉得哪里都有问题。看见玻璃杯放在桌角，赶紧将其挪到桌心。见花盆中的土由黑变黄，一口气浇了三碗水。看绿化带上插了一只空瓶子，随手把它取下来，扔进垃圾箱。仿佛这么多事物置于危险之地，都是我的罪。

那几天，我和弟弟进不去手术大楼，只能在外面乱走，在北京的街头徘徊。我暗想，只要活下来，哪怕父亲成为植物人，我也可以接受，多伺候他几年就心安了。

父亲在重症监护室煎熬了九天，还是没挺过来。2020年10月29日（**农历九月十三**）我们租车把弥留之际的父亲拉回老家。弟弟、弟妹、侄子，还有我，坐在救护车中，眼睁睁看着父亲在自己身边一点点没有了呼吸。我的心像被钝刀子一片一片地割。那个疼啊。

我总是记不住父亲的生日，却永远记住了他的忌日。

少年失怙，固然悲惨，如竹摧折，脆而痕浅。盖因一直被抚养，亲由长者出。而时日尚长，可奋发图强，自行长大。怀亲之心，终有纾解。人到中年，生活安定，欣然反哺，拳拳赤子心，浓浓父母情，日复一日，遂成定例。亲来自于养，且厚于初。骤然丧亲，情不散而养止，悲苦更甚于少年。

那段时间，我拼命转移注意力，还是忍不住想到父亲。下夜班走在路上，如果他在身后拍拍我的肩，回头看到他，我一点儿都不害怕，我会抱着他大哭一场再也不让他离开。大白天开着车，眼泪突然毫无征兆地流出来，不敢擦，直接滴在衣角上，裤腿上。车停下，泪已干，泪痕还在。这时我会跟弟弟通个电话。只有我们两个具最近血缘关系的人能了解彼此的感受。

承诺

父亲出殡那天，村里邻居金平说，我父亲曾给他的妻子大玲打电话，让她先替自己把麦田浇一遍水，两家的承包地挨着，父亲说自己做完手术十天半拉月就回去了。第二年回老家，一位乡亲跟我说，去年也是此时，父亲在村边见到他，跟他聊天时说，自己马上要去北京做手术，不花自己的钱，花儿子的钱。很自豪的样子。我如海绵吸水一般，紧紧把这些简短的信息捏在手里，倍加珍惜。我初中就开始住校，真正与父亲在一起生活的时间并不太长。我对父亲太缺乏了解。有一段时间，一度想跟父亲深谈，听他讲讲自己的琐事和心路历程，但在电话里只开个头，说着说着，不知怎么就岔过去了。或许还是没太放在心上，总以为有的是时间。手术前几天，妻子让我给父亲打个电话，闲聊兼询问一些事，我觉得不吉利，固执地要等到父亲手术结束后再联系。未料人去影灭，一生痕迹浅近于无，悔之晚矣。

想对父亲说的话太多。弥留之际，他一定听到了我们的呼喊和承诺。那时他在想些什么？他的所想应该没有埋入地下而是飘在空中。可我现在捕捉不到，以后也许能。

那天我对父亲连说了好几遍：爸爸您放心走吧，我们会照顾好我娘和我奶奶。

2020年“十一”期间，回故乡探亲，和父母一起去乡里赶集。我拿着手机乱拍，镜头里骑着摩托的那个人（右二）是我姨夫，当时我们居然谁也没有看到谁，就那么擦肩而过。月底，父亲去世了。那一年多来，小姨和姨夫对我母亲多有关照，三天两头去探望。他们也是70多岁的人了

奶奶

父亲的骤然离世把我们家的生活节奏彻底打乱。每个人都很受伤。大家尤其担心已经一百岁的奶奶。父亲兄妹三人，父亲为长子，一年中有好几个月陪奶奶吃住。奶奶是四邻八乡闻名的人瑞，记忆力好，谁家孩子想打听自家老人的

往事，就来向奶奶询问。她九十多岁时还能自己拎着篮子赶集。摊贩见到她就说，不收钱了，沾一点儿您老人家的福气。奶奶一定把钱塞过去，说，你们挣点钱不容易。有人向我打听老人的长寿秘诀，余所知者，奶奶不吃肉，饭量也不大，经常用一个水果顶一顿饭，香蕉橘子苹果桃子，或者几个枣子。无新奇果蔬，均大路货。将此法推介给别人，我心里没底。每人体质不同，故无标准答案。其实最靠谱的原因还是奶奶心态好，不生气，不计较。一辈子没跟谁红过脸。儿孙众多，济济一堂，安享天伦之乐。

把父亲去世的消息告诉奶奶时，大家都围坐在她身边，她面无表情，反复对我们说一句话，“谁难受谁就自己受，别人谁也代替不了”，这话也可能是她说给自己的。她还在众人搀扶下到灵柩前见了父亲最后一面。大家猜测，奶奶似乎扛住了晚年丧子的打击。葬礼后，姑姑不放心，就把她接到自己家。我们那里满月祭奠逝者。一个月后，姑姑没敢告诉奶奶，悄悄回村上坟。那天晚上奶奶忽然问姑姑，今天是不是你大哥一个月的忌日？姑姑说已经过去了。奶奶没再吱声，半夜忽然放声大哭，一直哭到天亮，姑姑怎么劝都劝不住。然后奶奶身子就垮了。姑姑和叔叔将她送到医院。奶奶不吃也不喝，每日神态惨然。这么大年龄，医生不敢用药，只能注射一点营养品维持。一天又一天，大家以为这次或许熬不过去，而奶奶在过年前奇迹般地缓了过来。

那么清醒的一个老人，此后就“糊涂”了，经常一个人自言自语，而且是跟过世的人说话，嘟嘟囔囔，无法分辨具体内容，只能听清她称呼那些人，她的哥哥、嫂子，我的爷爷、父亲等。我以为这也正常。一定有另外一个世界存在，这个岁数，已经通灵了，奶奶游走于阴阳之间，活人和逝者之间，只要是她的亲人，都随时和她在一起。（补记：奶奶于2022年1月28日无疾而终，享年102岁）

姑姑

奶奶住院时，我执意要交医药费，姑姑不同意。我说要替父亲尽孝，姑姑说，你父亲走了，他的义务已尽完，剩下就是我和你叔的事了。

那天姑姑坐在床边给我和妻子讲奶奶病重的前前后后，三个人都不断擦拭眼睛。前些年回乡，一家人围着奶奶拍照，互相打趣开玩笑，孩子们跑来跑去。奶奶说，现在我活着，你们还能经常凑，等我没了，就很难凑这么齐了。我听着，心里悄悄升起一丝悲怆，是的，这些亲人早晚会离散的，大风吹落叶，各奔东西。而奶奶在世，是姑姑在穿针引线，将全家人黏合在一起。

兄妹三人都很孝顺，姑姑年龄最小，作为唯一的女儿，对奶奶出力最多。奶奶行动受限后，仍保持着女性自尊，只让姑姑帮她方便。在叔叔家住的时候，姑姑隔三岔五来探望，奶奶见面便埋怨：“你怎么这么长时间不来？”姑姑就解释：“这不才两天吗？”为照料老人，姑姑家中特意装了暖气和室内厕所，天冷时将奶奶接走。于是姑姑家里就有了两个老人，另外一个是她90岁的瘫痪又目盲的婆婆。设身处地想一下，光是洗洗涮涮就够累了，还要给老人买药、喂饭，陪她们聊天，家里又有一堆农活儿。姑姑从无怨言，说起来都是一笑而过。这一年，姑姑骑车被一根绳子绊倒，摔坏了腰，尚未好利索，冬天扫雪，不小心又摔断了胳膊，天天打着夹板。我打电话给姑姑说，人的运气都有总量控制，您这一年把倒霉事全部撞完，接下来就都是喜事了。

姑姑的儿子、我的表弟阳阳在县城开汽修厂。表弟夫妻俩在姑姑养病这段时间，天天回家变着花样给她做好吃的。姑姑说起来，口气很欣慰。她说，你不用担心我，照顾好你娘就行了。

母亲

父亲去世后，村民在街头遇到母亲，问她，你怎么还不去深圳？母亲说，深圳也不去，石家庄也不去。母亲在王过庄的老房子里生活了一辈子，根须扎入地下，再离开，相当于连根儿拔了。另，母亲晕车非常厉害，去一趟县城都难受好几天，出不了远门。

母亲对父亲很依赖。两个人出去散步，母亲跟在父亲后面，几乎看不到她的影子。十多年里，我给家里打电话，只打给父亲。有时听见父亲问母亲，还有什么话跟孩子说吗？母亲连说没有，在电话这头可以想象她摆手的样子。给家中汇款，汇款单上也是写父亲的名字。她配了老人机，只存父亲一个人的电话，直接拨一下，就是喊在村口跟别人聊天的父亲回家吃饭。

父亲被抬进屋子的时候，母亲问，你不管我了呀？所有人都哭成一片。我轻轻抱着母亲说，我们管你。发丧那几天，大家都来安慰母亲，她也不断答应着，其实一直是懵的，下意识跟着所有流程走。接下来，我在老屋里住了一天，回到深圳。弟弟又在老屋住

院子里的“死不了”

了半个月，看到旧物总有崩溃感，不久也回到石家庄。

人都散尽之后，孤独开始一点点吞没她。临近过年前几天，给她打电话，她接起来，抽泣还没有停止。我不知该怎么安慰她，只能一遍遍地说，娘，别哭了，还有我们呢，还有我们呢。

母亲一个人在家，我们不放心，就在家里安了个监控，连接到各自的手机上，在镜头中和母亲讲话。这比电话更具体温，虽然她看不到我们，但隐约能感觉我们都在身边。

一天傍晚，我打开镜头，看到母亲半躺在床上看电视，门帘没有拉下来。她似乎已经睡着了，一动不动。电视里的广告声音很大，连绵不绝，显得屋子里更静。

本要跟母亲聊天，此刻不敢打扰她，就那么看着她，心里轻轻一酸。

我要把对父亲的亏欠全部用在母亲身上。

不食

我每天在镜头里跟母亲说一会儿话。六点下班，到家吃完饭差不多快七点了。此时母亲已经坐在床边看电视。我一说话，她就关掉电视走到中间的屋子里，仰头和我聊天。我问，今天冷不冷（热不热），吃点啥，去哪儿溜达了。每天几乎同样的内容，可以变换几百种方式来表达，语气不同，语速变换，声调调整，其价值就不一样，所以不乏味。

母亲回答得也比较单调。早餐喝点粥，吃一点咸菜。为保证营养，弟妹让她每天吃一个鸡蛋，不喜欢也要吃，“就当药吃吧”。早餐这才丰富了一点儿。中午、晚上面条或者稀饭。偶尔包一次饺子，中午煮十个，晚上十个，两顿饭。

母亲拙于做饭。童年记忆里，吃饭就是凑合，从无美食概念，懵懵懂懂长大。这些年带老婆孩子回乡，想，反正在家也待不了几天，忍忍就过来了。现在剩下她一个人，更不值得做饭了。左邻右舍做饭，时常给母亲带上一份，包子、馒头等，热乎乎地送到家里来。某种意义上讲，这算百家饭吧。某次傍晚回家，门上挂着个布袋，里面几个刚出锅的枣馒头。谁送的呢？问了前邻问后邻，都说今天没有蒸馒头。那天正好和母亲视频，我说，尽管吃吧，在村子里不用怀疑这种事情。果然，第二天，另一位邻居告诉她是自己送的。

母亲兄妹八个，姐妹五人，母亲排行老四。大姨二姨均已过世，三姨年近八旬，远在湖北十堰。小姨亦年近七旬，住在我家五六公里外的另外一个村子，三天两头来看看她的四姐，带着自己做好的馒头、窝头、咸菜，有时还从乡里大集上买几斤煮好的羊肉。

因为偏远，村子里一直不能收快递，后来得知京东超市可以送货进村，妻子非常高兴，马上下单。母亲抱着一堆装着面包和零食的包裹回家，大芬姐看见了，说，你这么多东西能吃到过年。母亲告诉我，不要再买东西了，你弟弟还买了一堆馒头在家中，我得一点点吃。

母亲吃东西很节制，忌口特别多。我说，您要多吃点蔬菜，她答，有什么吃什么吧。让她买点水果吃，怕凉，连香蕉都觉得凉。邻居送来苹果，她要蒸熟了吃。不喜肉，不好菜，不近油腻。我们给她买了各种奶粉存在家里，她每次也只冲一点儿。某段时间我有点着急，总想着让她吃这吃那。后一想，这么多年，母亲从没胖过，除了做过一次胆结石手术，基本没什么病。少吃，避免了病从口入，这样也好。

母亲胆小。家里有个煤气罐儿，父亲在的时候，都是父亲开，现在只是放着，母亲从来没用过。天气渐冷，弟弟给她买了个电暖气，但只有弟弟给开过一次。弟弟返回石家庄后，我问母亲，电暖气开了吗？她说，看着有点吓人，不敢开，反正有个可以灌热水的暖手宝。

下雪天或下雨天，我们都告诉她尽量别出门，以免滑倒。母亲很听话，老老实实在屋子里待一整天，看看电视或者听听戏。母亲自我保护的本能让我们少了些担心。

听戏

设身处地想一想，一个人窝在一个院子里，至亲都在外地，会有多憋闷。“精神生活”这个词汇对母亲或太遥远，但大把的时间总该安放。天气晴好时，母亲常常和附近几个老太太结伴去河边散步。河名清凉江，绕村而过。河上一

母亲身后的河，名清凉江，绕村而过

桥，几经修葺，已迥异于我的幼年景象。水清却有鱼。垂钓者坐在河边，母亲一班人闲看。河边风大，大家都穿得很厚。住在县城的乡亲把家中淘汰的一组旧沙发拉回村子，摆放在街心。几个老人也会踱步到那里，在沙发上闲坐。母亲说，她还会到邻居大娘家，一起听戏。

我托朋友给母亲买了个收音机，出门可以揣在兜里的那种。后来母亲告诉我，里面天天播广告，都是卖假药的，没意思。母亲说她喜欢听戏，尤其是河北梆子，我们可以给她买个播放器。河北梆子乃吾乡地方戏。如果仔细听，陕西的秦腔、山西的晋剧（**或者山西梆子、上党梆子**）再到河北梆子，从西往东，有一个基本的情绪脉络，越西越悲怆高亢。河北梆子相较最平和，骨子里的激越却还在，胡琴一拉起来，“金牌调来银牌宣”，令人为之一振，为“自古燕赵多慷慨悲歌之士”的说法做了个小小的注脚。相反，邻近的山东地方戏吕剧、柳琴戏等要绵软得多。相近两省，差别如此之大。母亲表达喜爱的方式是“可好听了”。

先是买了一个全是河北梆子的U盘，连同播放器给母亲带回去。不久母亲告诉我，忽然调不出声音，可能是播放器坏了。先后让邻居和表弟去看了看，应该是U盘质量不佳。于是我买了一个U盘，自己从网上下载河北梆子选段，每个三四分钟，有几百段。寄回家。阴天下雨时，问母亲在干什么，她说，一天没出门，坐在屋里听了一天戏。可有意思了。

深情

在镜头里，母亲时不时说这个邻居好，那个邻居好，帮自己做了什么事。记忆中，父母好像没有说过谁谁不好。艰难时期，农村因为鸡毛蒜皮吵架的不少，未见父母跟谁较劲。温饱解决之后，更无可堪争论之事。我幼年不谙世事，阅世后开始住校，多年离家，一年中只有短暂相聚，其实并不了解母亲的性格，在父亲的掩盖下，母亲几乎没有自己，如果用“一个普通农村妇女”之类的句子概括，又如同没说。不过，在如今一天天的闲聊中，我开始渐渐了解母亲。她是真正的“温和”。院子里种植的瓜果蔬菜，一直是邻居共食之。母亲乐于分享，白杏熟透，看见村民走过，就喊进来摘杏。邻居们做饭时还缺一把小葱，慢悠悠地踱进来掐一把。说起这些来，母亲很开心。

闲聊间，母亲忍不住提起父亲。说到吃，她就说，你爸爸能吃，口可壮了，鸡蛋吃好几个，半只烧鸡都让他一个人吃掉。冬天需要点炉子的时候，就说，往年都是你爸爸干这些活儿，我没管过。夏天雨水大，把墙面冲坏，母亲说，要是你爸爸还活着，他能把墙抹好。此时我就悄悄把话题转移过去，避免在此缠绕过多。父亲走了，我们很伤心，可毕竟还都有自己的生活，最难过的其实是母亲，父亲就是母亲的生活，父亲走了，她的一半甚至一多半就消失了。父亲在天上，还一直连接我们。

上大学报到前一天，我收拾东西，母亲在旁边看着。我心里还埋怨母亲也不帮帮我。现在想来，当时是我不让她伸手，嫌她什么都不会。母亲不会表达，怯于表达，以至至今我还以为母亲情感粗疏，什么都不会。就算什么都不会，她起码还有对他人和亲人原始的朴素的深情，但让我给泯灭了。好在从现在开始，一点点捡拾，尚来得及。

方言

重回儿时的语境，捡拾方言竟成方式之一。河北各地方言差异大，十里不同音，吾乡距山东较近，略似山东方言。大学期间默读文章，潜意识里还在使用方言，毕业时方正式放弃。此后二十多年，天天说普通话，回家亦不变。小时村庄里有个笑话：某人去东北打工，返乡时见到本家叔叔，叔叔问他，什么时候回来的？答曰，昨晚。啪一巴掌打过去，再问，什么时候回来的？再答，“夜拉哄行”（谐音，本地方言，即昨晚）。叔叔才满意而去。从这个笑话中，可以看到坚硬、排斥和自得。不过，对我的普通话，大家表面上还能接受。

普通话和方言岂止形式的变化，也会间接影响到思维，一径一方向。此正是我要坚持讲普通话的重要原因。等我终于彻底摆脱了方言思维，再跟亲人对话，忽然发现有些词汇怎么也无法平移过来。阜城县所辖的蒋坊乡，我们那里读作“江发儿”，“北瓜”的“北”读作“碑”，只是音调之变，却无法换成普通话。一变调显得做作，接不上那块土地。

奶奶八九十岁时，我跟她讲普通话，两人交流完全无障碍，后来奶奶耳朵越来越背，一句话重复好几次，她都听不明白，转换成本地方言，立刻听清了，耳朵不用消化。现在跟母亲聊天，隐隐约约也有了类似迹象。我尽量改用方言。回乡和老同学们聚会，也尽量使用方言。方言本是刻在骨子里的，一触即开，但多年不用，真的重新捡拾，亦如一门新语言。惯性总是把我拽回到普通话。我得时时自己跟自己拉锯，于是出现了普通话和方言交替使用的夹生感。这是个过程，早晚重回自如使用方言的场景，就如我现在一点点在回归曾经的土地。

教诲

母亲说，她去剪头，那些人都不交钱，用手机晃一下就走了。我说是啊，现在谁身上还带现金，都放在手机里。母亲感叹，“这么厉害（神奇）啊”。接着这个话题聊，现在小偷都没法儿偷东西。人们手上不带钱，手机有密码，偷走了也没用，打不开。母亲把于月仙（《乡村爱情》中谢大脚的扮演者）出车祸当成特大新闻告诉我，我说早就知道了，所有新闻都第一时间看到。她说，那可是内蒙古发生的事啊，离你们那么远。她这样的表达我一点儿也不奇怪。母亲真是这么想的。我就跟她闲磨牙一样，讲网络是怎么回事，什么是现代的信息传播方式。讲了也白讲。其实她也没兴趣听。母亲跟我完全不在一个语境内。我要做的，就是尽量靠近她的语境并理解之。

让我欣慰的是，“孩子还是孩子”依然在母亲的语境中。犹记儿时一件小事。我们那里夏天吃凉面，炸花椒油乃其灵魂。我吃饭狼吞虎咽。母亲就说，花椒一定要嚼碎，不然会划坏肠子。这么一句吓唬小孩儿的话，我记了一辈子。现在偶尔吃火锅，也要把夹起的花椒嚼碎。今天她仍用多年前的方式关心我。在镜头里听说我明天要出去和别人吃饭，就说，少喝酒，光吃菜。听说我患了气管炎，就说，赶紧把烟戒掉吧。后来我还真戒了。我每天上下班接妻子回家，母亲就提醒我，喝酒可千万别开车，也别接电话，开车慢一点。她在集上买了两个小小的菩萨像，给我和弟弟一人一个。我一直放在车里，如此，就觉得母亲在身边保佑我。此为传家宝。古人的传家宝，不一定值多少钱，价值在于前辈的体温。那种价值一代代单线传递，由此及彼，不足与外人道也。

母亲不关心我的具体生活方式，我跟她讲自己爬山、写作、出去讲课，她都不懂，只关心我的安全和健康。亲情在父母对子女的抚养中生发，子女反哺和倾听则是疏通亲情。有人疏于疏通，一堵一辈子，而我没有错过这样的时光。

色难

和母亲视频，她站在屋中央，身后的背景真真切切。两张旧桌子连成一片，上面摆着锅碗瓢盆，高低远近各不同，有的张嘴有的闭眼，仿佛临时凑合过日子。以前此处乃一洋灰（即水泥）打成的柜子，先是盛放粮食，后装杂物。举丧时，屋内停棺，柜子需砸掉，几十年不变的面目就此毁灭。事后，每见两张歪歪扭扭的桌子，便有终结拼凑之冲动。几次三番跟母亲说，我回去要把屋子重新布置一下。母亲则答，就这样吧，不用换，还得花钱。多年的凑合生活让母亲习惯了凑合。说了几次，母亲语气有所松动。清明节回乡，表弟开车拉着我去乡里买橱柜，我向“家具城”的老板描述：上窄，敞开式；下宽，有拉门。可直立。老板答，就是那种老式橱柜吧——没有。去县城，转了一圈，亦无。表弟忽问，是不是就想把物品摆整齐。答是。表弟说，我的汽修厂有放置配件的货架子，跟橱柜差不多啊。于是拉回去。到家一看，母亲已把桌子搬走，收拾好瓶瓶罐罐。一一摆放，确有点焕然一新的感觉。母亲站在远处打量了一会儿，很满意的样子。

儿媳和孙女们给母亲买的衣服，她总是放起来，舍不得穿。我在镜头中一次次提醒母亲，衣服穿出来才叫衣服，总放着就是一块布。穿不坏，放坏了。

母亲不爱吃零食，但妻子还是买了山楂片、山楂卷，让母亲看电视时吃着玩。母亲开始以为是糖，后来吃了几个，说，嚼起来还挺软和呢。小姨来看她，她还送给小姨吃。

有时候想，我们在城市里，舒适度远高于农村。其实花不了多少钱，就可以把母亲的房子布置得和城市里一样，让她的吃喝和我们一样。但对于一个连煤气和电源都害怕的老人，几十年的生活自有其逻辑，若打乱这一切，不啻闯进瓷器店的公牛。我们和母亲的生活过于不同，强行改变之，某种意义上是否定了其整个人生。所以，我们小心地维护着一个界限，让母亲在自己的世界里自在地生活。一点点悄悄改善，而非大拆大建，让母亲感受到美和舒适，而非恐慌。子曰："色难。有事，弟子服其劳；有酒食，先生馔，曾是以为孝乎?""色难"者，给父母好脸色，尊重其生活，很多人难以做到。所谓"孝"者，并非提供锦衣玉食。吾有一友，在京城购置大屋，将老人接来，好吃好喝，带他们逛公园、看电影。老人把屋子里装饰得很土气，摆了一些难看的花，贴上"福如东海"之类的对联，友人毫不客气地把父母"训斥"了一顿。父母很难过，却也不敢回嘴。我跟他讲"色难"，他沉默了。我自己也有过类似经验。几年前，父母从村里的小卖店买来面片，大赞其口感。我看了下包装，连厂家和生产日期都没有，一气之下剪碎扔到了水坑边。彼时对父母经常不耐烦，现在面对母亲，不断以圣人之言约束自己。

这个岁数了，还能成长，也应成长。

大美

有人跟母亲开玩笑说，你有两个儿子，在外面混得不错，又时时关心你，周围人对他们有所求，才给你送饭、帮你做这做那。否则，怎么没人帮我。母亲辩解说，不是这样的。你们两口子都健全，闺女离家近，生活又富裕，用不着帮啊。

若以功利论，玩笑未必无道理。我意，或许可以从更宽泛的角度思考之。即，这个世界到底是什么样子？人类怎么出现的，生活的意义在哪里？人类对于宇宙的意义又是什么？再往上说，宇宙的目的在哪里？

愚见，人类也许就是个偶然。其存在和生活，对于人类自身毫无意义。亿万年传宗接代，只是传宗接代而已，未必传承了步步登高的价值观和审美（步步登高又有何益?）。对于宇宙来说，人类只是被安排，且并非精心的安排。他们一切自以为正确的行为都是无头苍蝇一样乱撞，然后被宇宙纠正。宇宙纠正它，其目的又是什么？

这不仅仅是一个游戏，我觉得是“大美”。宇宙是有目的的，所有指向为“大美”。世间万物若有违美的进程，宇宙就以瘟疫、地震海啸、战争等一切人类看来不可接受的方式来调整路径。甚至半毁灭、全毁灭之，从头再来。人类之外，或已有成千上万的所谓“智慧生物”被毁灭过，轮回过，当下的人类亦不过这轮回中一个稍纵即逝的环节。

把所有的生命过程都简化为功利关系，简化为环环相扣的逻辑，或是惰性思维，一个因为一个所以，就解决了所有问题，比如说水母为什么在大海中发光？是为了吓退敌人以自保，还是为了向同类发出信号，吸引其前来，抑或仅仅是为了给自己照明？简单粗暴总结，都成立。但，是否有一种可能，什么也不为，就是要发光，要在海底中展现一种颜色？水母不经意间稍稍透露了一下宇宙的信息。

如此，所有的无意义，都有意义了。生命就是美的一个链条，通过各种方式展现一种美，通过喜怒哀乐示范美，通过吃喝拉撒协助美，通过琐碎的一点一滴完成美。宇宙要走向大美，每个时代每个事物每个人只是其中的一个着力点，他（它）们必须努力做成自己的每一件事，若不符宇宙期待与安排，宇宙轻轻点一下手指，晃一晃肩膀，即地动山摇，改头换面。时光穿梭，未来的宇宙，一定是那个看上去无意义、无边界、无限度的大美。

拉回到当下的小小着力点。父母的一生，村民邻里之间的互相关照，我们与父母的亲情，对母亲的所谓“孝”，亦是宇宙走向大美的一部分。妻子曾笑语，你们哥俩有点愚孝。我对此言一点儿都不反感。妻子和弟妹，都是四邻夸奖的儿媳妇。母亲对两个儿媳妇也越来越依赖。行孝要尽早，今世有孝可尽，当无憾矣。我们不只是对自己的父母，对配偶的老人也抱同理心。一家人相互扶持，月月年年才坚实。日常之孝如基因一样可以代代相传。父亲兄妹三人对爷爷奶奶的孝敬，我们看在眼里。我们这一代的行为，子女亦点滴在心。多年前，吾乡有个老头被儿子打，我为其叫屈。爷爷说，他年轻的时候，对他父母就那样，儿子跟他学的。在他儿子的经验里，父子关系就应如此，因为他没见过亲和孝，无样本可学。此即民间常说的因果报应，亦是宇宙的小小纠偏。

惯性

在镜头里，母亲总是说，你那么忙，不用天天陪我聊天，反正我也没什么事，有事就给你们打电话了。我知道她就是说说，这种陪伴，渐渐形成了母亲的亲情惯性，孤独的她显然比我更需要。

某次，单位组织了一个活动，我是主持者，贴身陪外地来客吃喝玩乐。等晚上回到自己的房间，母亲已经休息。即使没有休息，我也很难从刚才的虚与委蛇中转过神来。不知不觉就过去了三天，第三天晚上，活动终于结束，我喝了点儿酒，找了个代驾回程。车刚停好，母亲的电话来了，赶紧接起来，还没等她说话，先抢着说，娘，我这几天工作忙，没来得及给你打电话。她说，你那边没什么事吧？我连说，没事没事。母亲大笑起来，哈哈，没事就好，我就是问问，我也没什么事儿。我的记忆里母亲从没有那样笑过，声音不是从嗓子发出，是从全身各个部位同时生成，集中从话筒里传递过来。特别开心的笑，是担心之后巨大的释然。我也跟着她笑起来。挂掉电话，我蹲在路边，加上点酒精的作用，泪水不知不觉涌出来。一边流一边擦，总也擦不干。缓了好半天，我才踉踉跄跄往家走。我平时更关心生死、宇宙、空间、灵魂、万物……这些形而上的东西给我思想的快感。而此刻，我什么都不关心，就是一个泯然众人的血肉之躯，一个贴在地面上，被亲情深深左右的庸众。母亲的有生之年，这种琐碎的陪伴也必将成为我的必需。

故乡

人到中年，不再期待什么大悲大喜、大起大落，只要父母无病无灾，心情好，一切都好。刚开始那段时间，我在镜头里不知跟母亲说些什么。甚至有点尴尬，但很快就找到话题。在那个地方生活过十几年，总有共同记忆，每天和母亲聊天，渐渐连接将断未断的事物。在母亲的嘴里，那些已经模糊的面孔，依稀可辨的名字，一个个都真切、鲜活起来。

母亲告诉我，某某去世了，你还记得那个人吗？我答，名字知道，但长什么样忘记了。母亲说，他儿子叫某某某，孙子叫某某某，住前街。我说，哦，他当年还看过苹果园。

母亲说，天天下大雨，咱家东边大坑里的水都漫到路上来了。我就想起小时候自己和一个小伙伴在里面玩水，另一个比我们大两岁的孩子站在坑边，手里拿着一个砖头，只让我一个人爬上来，不让我的小伙伴爬上来，那个小伙伴在水里生生泡了一个下午。

母亲说，某某家的孩子结婚了。我就想起当年那个被大人抱在怀里，见人就哇哇大哭的小男孩儿。

……

他们都是我生命中的痕迹。那个半夜刮风呼呼响的村庄，就这么自自然然地与我现在生活的深圳连接在一起。深圳到阜城这四千里地的距离，不仅是空间距离，更是心灵距离。空间距离无法拉近，心灵距离可堪操作。常常在深圳的花红柳绿、高楼大厦中行走着，突然被老家某个完全不在视野中的事物撞击一下。曾经力图远离的，终究还要来到我面前。

村里几条狭窄的街道，村外清凉江上冬天的冰排，一度连接着童年的难堪、饥饿和凄冷，引发极不愉悦的思绪。今天的我有了自己的掩体和碉堡，能够用自己的体温覆盖那些灰暗记忆。我的办法是，回乡后一次次踏查这些地方，如同用脚抹掉地上的一口痰，使劲搓，使劲搓，搓来搓去就没了。但我仍不愿把“故乡”两字固定于兹。曾在长春生活过十多年，该地一位朋友说，子不嫌母丑，你为什么要离开，应该留下来建设故乡。我毫不犹豫地回答，我不像某些人一样四处认妈。我只有一个母亲，在河北老家。我的内心很坚定，哪里可获得足够的尊严，哪里便是我的故乡。就像今天的我对深圳可以很轻松地使用“故乡”二字，吾心安处即故乡。以后呢？我不敢确定。

一定还有许多像我这样的人，从乡村到都市，一生都洗不掉农村的故事，身上的皴。我的下一代没有这个负累和心结，但一定有新的纠结，那又是什么呢？

母亲说，村子的人越来越少，自己要是多活几年，都能亲眼看到这个村子消失。

我时时调整手机里的镜头，打量院子里的冬枣树、厕所、丝瓜秧和几排硕大的白菜。早早晚晚，这个房子会倒掉。我的亲人们一个个消失，周围的房子、邻居和庄稼都会消失，村庄亦跟着烟消云散。我们化为灰烬后变成了另一种方式的自己。

这种命运会落到深圳头上吗？每一块土地都漂移，都让我难以踏实。

多年前那个躺在凉席上仰望夏日星空的杞人，望着望着，忽然泪流满面。别人都笑他傻。

他岂止担心天塌下来，他还怀揣着巨大的忧伤。

他是我的前生吗？

清晨的露水在草尖儿上犹豫不定时，**有人走过来，踏上桥，露水掉落，仿佛发令枪，桥和桥就开始说话了，**彼此传递着信息。

第
四
章

随流水，向天空

割裂水

一根芦苇很单薄。一片芦苇略带仓皇。一大片汪洋一样望不到头的芦苇，便有了弥漫的野气，营造出大荒的感觉。里面可以隐藏千军万马，也可以有蚂蚱、野鸭、鸟雀、怪鱼长居于此。不，它们本身就是千军万马，临水备战，让看似平静的芦苇荡随时爆发。厚密的芦苇遮挡了风，多大的风到了这里都要急刹车，踩出一道划痕，然后消失。天气显得闷热。它们又生产风，一股一股气流上下左右回旋，行走在旁边的人感到闷热中的丝丝凉意。

凑近那些芦苇看，叶片出奇地长，叶脉呈清晰的白色。从远处却看不到白，看到的全都是杂乱的绿和枯黄。摸它的

水太浅了，“龟身”都露了出来

时候要小心，否则会把手刺破。血流出来，引得河水中窜出一条巨蛇，将你拖下水。

近岸，先听到沉闷的哗啦声，忽见浑黄之水，从上游一路奔来，浩浩汤汤，已具大江大河之形。芦苇荡的护卫，令河水从容，即使流速缓下来，也显得坚定和汹涌。前面若有凸起的石头，就会打出线条清晰的漩涡。水面上偶尔迸出一个一个的小白点，似是零星的雨滴落下，抑或蜻蜓点水。也许水下有鱼吐泡。如此浩大，有鱼也看不到。

岸边堆有粗粝、尖锐的石块，骨头茬子一般。亦有成堆的乱草、枯萎的秸秆、长短粗细不一的树枝，大块的榕树根须，上面沾满了泥。扒开来，里面间或有小虫子的尸体和半条鱼骨。一看就没有经过人的整理。真正的河水一定要往岸上丢点儿什么，大水可以溶解一些东西，眼里又揉不得沙子。

一股淡淡的泥浆味道，幼时在村后河边常闻到。此后各种味道不断涌来，鼻子见多识广，不再以任何气味为奇为怪，亦不期待。这一日，忽然被新鲜而原始的童年气息冲击了一下，发现自己变小了。水让我变小，时间把我磨小。

2021年，我遇到的深圳河流差不多全部清澈，当然，水也不太深，随时可见生命力极强的罗非鱼和塘鲺晃着尾巴惊惶游走。相比以前的脏臭，这已经很不错了。若说不足的话，总觉少了一点儿野性。它们的野性，多来源于雨。大雨冲刷两岸泥土，混入水中，使之变浊。需经日，沉淀，平稳情绪，河水再变清。而眼前这一段水，应该是本身的野性使然。虽不比真正的大江大河，它的张狂仍让这个城市为之一振。

从此岸到彼岸，有十几个步石连接，人立其上，如同站在水中央，脚踩激流。巨大的石块下面，居然还有好几束草，被水冲得始终哈着腰，起码我在的这一天，都是这一个样子。它们怎么活下来的？

一个牌子：“岸边湿滑，小心跌倒”。小心翼翼，一只脚立定，另一只脚试探着前行，三步之后，还是摔了个结结实实的腚墩儿。手机壳都摔脱了，幸及时按住手机，滑进水中就再也找不回来。环视左右。无人。忽听传来笑声，抬头见对岸站满了游客。宽约几十米的人造瀑布，并不很高，发出巨大的轰鸣，白亮的水争先恐后从石头上扑下来，好几个男男女女正在瀑布旁边盯着我。

这个人可丢大发了。

水岸往上，有柏油路，树枝浓密，遮出一片荫凉。三四个年轻人，正从自行车上往下卸乐器，胡琴、笛子之类。又走几百米，见一个女孩对着乐谱吹唢呐，她背对着我，裙裾飘飘。这么幽静的去处，倒也适合配点音乐。袅袅余音穿越树林，在河面上飘啊飘，像要抚慰那奔腾之水，这里的水不谙情事，只管傻乎乎地扑腾着，一路向前。

四望，从建筑到地形到身边荡漾的气息，都隐隐遗留着老工业区的陈旧和桀骜。

这一段水，位于同富路天基工业园附近，是龙岗河的下游，却又是淡水河的上游。龙岗河发源于深圳市最高的山脉梧桐山，进入惠州市后被称为淡水河，再辗转注入东江。惠州市惠阳区政府所在地名淡水镇，与此有关。

二十世纪八十年代出版的专业书籍上一度称龙岗河为深圳第一大河，最近几年改口称茅洲河为第一大河。一位本土地理研究者给出的理由是，茅洲河以前被当成东莞和深圳的界河（下游名东宝河），估计后来才想明白，这就是纯纯的深圳之河。另一个原因是，河流和人一样，也有生长、衰退和死亡。长度、水量、流域面积等，其数据如肌肤，也会折出皱纹。万物均非从一而终。茅、龙二河此起彼伏，不过是这规律中的一个。

龙岗河上游最漂亮的一段，边上有一处建筑叫作龙园。或因地名中带一“龙”字，建筑都向“龙”靠拢。该园围墙呈黄色，曲曲折折，蜿蜒悠长。凑近看，下面是房屋一连排，圆滚滚黑色屋顶上，片片鳞状装饰，屋脊乃一块接一块的锐角三角形。入口处的屋子，上方是一个含着珠子的巨大龙头。站在远处打量，整个就是一条龙。这条始终一个姿势，只有半夜偷摸动一动，舒展一下龙鳞的家伙，把鬼鬼祟崇的高楼和拥挤的城中村给隔在了外面。

园中一个高约五米的石雕：一位少女侧骑在龙身上。人和龙都望着前方，似迎接风雨雷暴。雕像已斑驳，石头的原色上铺陈大片黑斑。基座上四个红色的小字："仙女神龙"，生硬敷衍之感。

龙岗河穿园而过，泠泠有声，清亮、婉转。水中有步石连接两岸。涨水时，步石大部分被浸，只一小点儿空白可落脚，人行如鹤，双臂伸展摇摆，对面来人，交错时胳膊从不会碰到彼此。上面的桥上，只能走人，不能过车。桥上支起廊柱，覆盖红色顶棚，远望倒像是凌空搭建的阁楼。再往上，一大坨云堆在空中，如两座巨大的白色山峰，上连着天，下接着水，忘了自己要去哪里，就那么愣愣地想一下午。

河中间有一沙洲，浅黄色，边缘清澈，中间沉黑，状类乌龟水中漂。洲头芦苇，被风一吹，便似乌龟抬起头颅，张望不远处的"巨龙"。

岸边并排五六棵大榕树，每一棵都能顶起半边天。小雨时站在树下，可保证不湿身。榕树的根非地下生出，竟萌发于枝头（所谓气根），向下发展，扎进泥土中，定住。地面潮湿，可提供水和能量。根须越长越粗，渐成树干。一根根树干离得太近，粘连在一起，使得树干更粗。其中三棵榕树绕石而长，根须像蛇一样，把两三米高的石柱捆绑起来，成

龙女身后的灯杆，竟似
有人手握钢枪守护着她

为自身树干的一部分。石头因此有了生命。在石头的空隙里，钻出一棵棵嫩绿的植物，一个个小型的郁郁葱葱。石头的背阴处，斑斑驳驳爬着苔藓。一排蚂蚁在苔藓上走过。低微而蓬勃的生命力令大榕树撑起了自己的宏大叙事。

近水处长满青草。茂密，过膝。一股浓烈植物气息覆盖在青草之上，绝不越出草丛，向外蔓延。各处都有自己的气息，坚固而收敛。草丛中踏出了一条潮湿的小路。不敢走进去，夏日万物活跃，谁知会突然蹦出个什么东西来。

跟深圳其他地方比，这里闲坐的人还是比较少的。两三个人等距离排开，各执一根鱼竿在垂钓。对岸亦有三人，和此岸保持了对称。水中鱼逃无可逃。一个小男孩，四五岁的样子，哭咧咧的，眼里并没泪，裤腿全湿，小手沾满了泥。年轻妈妈气急败坏拽着他的胳膊说："你有冇搞错，甘大个人都会跌落河？个眼生系屎忽过度啊？"（**粤语意为：你有没有搞错，这么大的人了还会掉到河里？你的眼睛长在屁股上了吗？**）

遇到两个人，小记如下：

其一，吾坐树下休息，浓荫如盖。一位七八十岁的老爷子，站在旁边，微闭着眼，双手伸出，掌心朝下，喉咙一收一舒，像是站着打坐。他脚下放着一个小录音机，播放着悠扬的佛音。多听一会儿，音符逐渐刻在脑子里，可以跟着旋律哼唱。他一站就是十几分钟，一动不动。我被蚊子叮了好几个包，左拍右拍，时而站起对着空气挥拳。他没被蚊子咬吗？微风吹着我和他。在我概念里原本俗气的佛音，一点儿都不俗了。看着他，此刻忽感天地肃静。

其二，又坐在旁边台阶上玩手机，一位清洁工大叔走近我，指着自己的手腕说："好多屎。"我没明白，疑惑地看着他。他又说："好多屎，好多屎。"我以为他胳膊被蚊子咬了，朝我要驱蚊水，就拿出一瓶"双飞人"。（**吾之脑回路出现问题，擦屎不是该递给他纸吗？**）他一字一句地说："你听不清我说什么吗？"我说："没明白。"他说："好多时间？"（**方言意为：几点了？**）那个"间"字发音很轻。

我赶紧看了看手机，答，四点二十五。

他这是哪里的方言？

这一段龙岗河和下游是割裂的。看不出彼处的狂野与此处的灵秀有何关系。

在深圳，一条河常常是走着走着就看不见了。它们突然无缘无故地断头，突然被铁丝网拦住，突然躲进一个封闭工业区，突然钻入地下又从很远的一个地方钻出来，然后再钻入地下。这些"突然"不是它们的主动选择。它们像善于钻营的动物，亦步亦趋跟着这个城市的节奏行走，随着这个城市的变化而变化，不敢有丝毫僭越。它们在城市里无法全裸出镜。某一段打扮得漂漂亮亮，让你接近、观赏、夸赞它，没有修整或者没法儿修整的，就掩盖起来。你能看到的，都秀色可餐。

由此一条河被切成一个个散漫段落，谁也不挨谁。各有各的风景，各有各的走向。一条共同的水把它们连在一起，彼此唯一的联结就是血缘。但也仅仅是个血缘而已，就像从农村走向五湖四海的兄弟姐妹，各过各的日子，再无一起长大时的依偎和摩擦。

它们注定要不同。影响河流的不仅仅是水，还有土，还有地形，还有周围的草和树。河流走着走着，困了，睡一觉，形成一个段落。再走一段，恋爱了，又形成一个段落。就像一个人读什么书，遇到什么样的朋友，坐了什么样的公交车，每一个小偶然都影响到必然。一条从上到下都直通通的，一眼即使望不到头却能猜到头的大水，不配叫作河流，可称为澡堂子。

倒也不必在意这种割裂。站在河段甲前面的人，和站在河段乙前面的人，心情、想法一定不一样。今天的我站在龙园，和站在下游面对激流，心情又不一样。我之外一个个不同的他们，在不同的龙岗河段，看到不同的自己。龙岗河为他们提供了不同角度的镜子，记录、收藏了一个个影响。

河流因此丰富了。

我踏入的另一段龙岗河，离龙城广场不远。广场中央一

愣怔的那几分钟，龙岗河走远了

个巨大的龙，昂首对天，抬爪向人。不远处有一个钢管焊成的雕塑，似抽象的螃蟹。后者是前者的虾兵蟹将？又想起龙园的沙洲龟和龙形外墙。二者有无关系？

从大桥上沿台阶走近河水。岸边有粉色的兰花草（**没错，是粉色的**），开着喇叭状花朵的五爪金龙。亦有步石连接这头和那头。站在河中央的步石上，感觉风有些凉。酷暑时节，水竟能改变风。桥墩站在水中，仿佛泡肿了，粗大得很。

这一河段，介于精雕细琢和野性之间，似乎没什么特色。也可以说，它既有野性，又被精雕细琢。若无前两个河段的比较，它就是它，傲然独立。我会在此流连，行走，拍照，思索生与死，黑和白。而走过前两个河段的人，谁都忍不住要拿三者相较。这一比较，差别就出来了。本无关系的它们，终究有关系。这已不仅是血缘的牵连，更是旁观者的心性使然。回头再想，若第一个见到的是它，后到下游与上游，则先入为主，放大其特点，它便成为符号。后看到的，被前者劫掠了特征，只好显得无特色……

一度想顺着龙岗河走到源头，看看山间涌出的第一滴水到底什么样子。念头一生出即掐灭。在深圳，找一条河流的源头，多半遭遇尴尬。既已切成多个河段，分身无数，莫不如把每一段都称为源头和终结。连接不连接的，说有就有，说无就无。龙岗河已给予我多种可能，我干吗还要跟人家过不去。

刨根问底可不就是找茬儿！

临水发呆

南方科技大学（简称“南科大”）学术交流中心大楼是座柔软的楼，下雨的时候尤其柔软。唰唰唰，唰唰唰，像走路，像洗脸，像细语交谈，像有声的思考。进入大门，有一个巨大的天井，名内庭井；雨落下来，全部进入水井连廊中，所谓四水归堂。四四方方的连廊，水深约一指，水底的白色碎石都显得干干净净。抬头看不见斜上方的天空，却能感觉到天空就在上面。二楼有稀疏的竹，与连廊中间空地上种着的两棵松树，一苍黄一深绿，遥遥相对。

我似乎看到一个人站在那里发呆。那个人似我非我，似他非他。他也许是另一个姿势：搬一个小凳坐在水边，看雨听雨。雨时疾时徐。骤然变大时，哗啦啦作响。尽可放心，一点儿都淋不到身上。水廊中冒起一个个小气泡。一个接一个。他知道，那雨必须是要断开的。紧密、连续，却没连结成一条绳子。这样，雨中的人才不至于顺着雨绳爬向高处。此前发生过这样的事儿，雨绳没那么结实，爬上去的人，半路摔下来。脑子摔坏了，腿摔瘸了，看人的眼神也不对了。偶尔路过的人，只看到他倒在地上，不知发生了什么。雨界为此震动，经过数次讨论，才有了现在的“断断续续”，将天与地的关系置于模棱之间。

雨是天上的水，带来了上面的信息。我还看到了地上的水。陪我走路的朋友说，南科大整个学校是一个水系。背靠着长岭陂水库，成为大沙河的源头。大沙河穿校而过。另有一汪湖水，暂名新湖。我问，确定是这个名字了吗？答，还不一定。您有什么高见？我说，北大那片水叫未名湖，一辈子都“未名”，此湖可称“待名湖”，永远待名，永不命名。

一条水街，名岭南水街，宽约两三米，稀疏的几座小桥横跨其上。经过一丹图书馆时，看见一棵巨大的榕树。这是以前村民的“神树”。村民搬迁，神树的浓荫还在，那些快被太阳烫熟的水，在这里凉快一下，清清爽爽地往下走。紧挨着，一条小溪沉入地面，潺潺流动。不远处正在施工，令小溪显得局促。溪畔种着好多夹竹桃，粉红的花朵张大了嘴，到傍晚才肯收拢些。

没有死水。所有的水都是活的。天上、地下、树上、人身上、猫身上，想去哪里去哪里，想是谁就是谁，哪个事物里面没有水呢？它才是真正的七十二变，七十二变的平方、三次方、四次方……变化无穷。人在水边发呆的时候，就变成了无数的事物。发呆并非停止思维，是抛开思维之外的所有事，专心思考。“魂飞天外”，多么具有诗意的一个词语！肉身还在地上，思想却已展开翅膀，遨游云间。在南科大，倡导“学生可以质疑一切”，质疑亦非敌视，是接近，是猜测、展望、犹豫、坚定，是奋不顾身地投入和前赴后继的奔跑，概括了所有可能性。若没有这些水带着、托着，它就飞不稳，摇摇晃晃。

我简直对水产生了固执的偏见：一个学习的地方，一定要有水，哪怕只有一条小溪，一个水池，甚至一棵树下的一汪积水。一个年轻人，要有一个地方面对着可以蒸发成气体的液体，发呆。

位于龙岗区的深圳北理莫斯科大学（简称“北理莫”），是中俄两国合作的产物，高年级用俄语教学，据称学业颇繁重。校园面积不大，但建造时每一座楼都经过了深思熟虑，精巧设计，既有俄罗斯的古典哥特风格，又有岭南味道的园林和宝瓶式雕塑、如意灯饰等。行走其中，如在公园中。有点恍惚，大学比拼的应该是软件吧？建这么漂亮，岂非以硬件喧宾夺主？

忽然想起自己小时候，在学校围墙边的一棵树下被一片枯败的桑叶击中，瞬间感到了忧伤。牛顿被一颗苹果击中，发现了万有引力；如果我身边不是桑树，是一块石头，我可能血流满面，由此生发仇恨。可见，周围硬件对人是有巨大影响的，并不独立于人群之外。山川、水流、庄稼、天空等均可反作用到人的身上，让人或沉静或活泼或沉郁。人人向往美与安闲。即如当年西南联大，在穷乡僻壤中培养出各业名宿，绝不能归功于穷乡僻壤。对于优美境界，非不想也，实不能也。

从正门进去，走过主楼，两侧是宿舍区和教学楼，中间的广场上有一喷泉，三匹马扬起前蹄立在水中，后蹄支撑全身。水花被阳光染得五颜六色，不断地淋在它们身上。我们看见的是敦敦实实的马屁股。它们的脸对着远处的一片湖水。

那个湖被命名为天鹅湖。大片大片的白云堆积其上，一动不动，仿佛定格。走近了看，天鹅湖内容极丰富。水面波纹粼粼，两条小船泊在岸边，似乎不为渡人，只是摆设；岸边大块的石头散漫摆布，可以暂坐休憩；零星的芦苇，茵茵的绿草，为湖嘴巴缠了一圈绿胡子；湖畔一圆顶餐厅，似大蚌，张合之间，湖水进进出出；一个木质小亭子，如一个逗号，行人到此需驻足；一个不大的白色石桥，连接着一条小

水和气一样，总能在合适的时机造就一片天空

沟。据说该湖周围无河流，只一低矮小山，湖水全靠收集雨水。好在深圳雨多，尚可维持。旱季时，偶尔补给一点中水。湖中没有任何净化设备，小鱼小虾和水草形成了完备的自净功能，多一分则饶舌。

本校后一池而已，此时抬头，却见高高的主楼、硕大的广场，两侧的教学楼、图书室和湖畔餐厅，全都围绕着它在转，都在它的体内打磨得更亮。湖水清澈、透明。一万平方米的水面，是大是小都已不重要。它囊括了周围所有，并向外蔓延，集纳更多的信息。它们不是湖水的附属品（配角），湖水亦不是它们的引领者。它是一团雾，说不清道不明。湖水中影影绰绰出现一个发呆的人，随着微波向我这边漂来，爬上岸，汇入我的身体。

好黏稠的融合力。我久久站立，走不掉了。

但是，干吗要走呢？就在这里待着吧。

站在深圳中学泥岗校区的二楼，俯视笔架山河，河宽仅四五米，远处林立的高楼和脚手架令其显得更加狭窄。岸边青草下露出些微的红土，河水稍为浑浊。也许是刚刚下完雨，混入了泥汤。

校内建筑借鉴了客家传统风格，屋顶采用斜屋面灰瓦装饰。二层的连廊和连桥将教学区、宿舍区、运动区等全部连接起来。跨越笔架山河的连廊上，外望孔是一个巨型的圆圈，若拍下来，成片中总会有一个圆圆的边缘，平添了一点趣味。

友人说，笔架山河的明渠段比较少，基本都被加了盖儿，流经学校的这一段，是特意外露出来的。这样，两岸得以种满凤凰木。

那美丽的凤凰花啊！每年五月，春夏之交，满校园的红花，天气越晴朗，红得越透亮，伴以浅绿的羽状叶片，在地面印出斑斑驳驳的阴影。临近毕业，少男少女们要冲刺，要走远。离开的是无法重来的少年时代，带着一点点情窦初开，一点点酸甜苦辣。前面有憧憬，也有沟沟坎坎。两岸的凤凰花渲染了他们莫名的情绪，也可以掩盖他们的愁绪。一个少年徜徉在岸边，眼看着落花被水带走，一抖一抖，渐渐变成一个小黑点，进入暗无天日的地下管道，腐烂成泥……

深圳中学的校歌《凤凰花又开》，歌词出自该校一位老师之手。

暖暖的海风轻轻地吹来，凤凰花又盛开
远远地浮起一片片红云，我的梦做了起来
如今我早已在凤凰树下歌唱
难忘记那个夏日校园外徘徊期待

暖暖的海风轻轻地吹来，凤凰花又盛开

我感到时光它过得真快，去年的花影还在
岁月不将人待，花枝在风中摇摆
我的旅程怎么怎么能够懈怠
…………

我在网上先是搜到陈楚生演唱的这首歌，又搜到一个中学生唱的，女声。她那浓浓的童音比陈楚生生涩，却具别样的真诚和亲切的体温。连我这已至中年的人也从音符中感到

高处的水到了低处，开始接受平静

了忧伤。挥不走的，淡淡的忧伤。此时已放假，校园里只有几名教职工在走动。我被这段不长的河水牵引着，又见一个一个人影从树后走出来，从水中走出来，跳跃着，挥舞着手，然后停在岸边，一个个排好，摆出发呆的样子。我尽量躲远一些。他们是他们，我是我。我强力把自己切割出来，做一个旁观者，看着他们独立成一根根凤凰木的枝条，举起一朵朵鲜红的凤凰花，与南科大的雨水旁、北理莫的湖水边发呆的人一样——

陪伴我。

提醒我。

寻仙记

神仙湖三面环山，一面筑坡，衬得圆形水面更小。云堆积在山上，全天都在，高远，流动，时明时晦。若明亮，水俏生生；若灰暗，水沉甸甸。

本名为神仙岭水库，乃若干年前附近村民自发建成，南方多雨，顺势流下，汇集于此。最初用于农田灌溉，现为蓄洪池。水畔立碑曰“神仙湖”，消泯了功利性，比“水库”更好听。

风不大，波纹平和，浅绿色。凑近，侧耳，可听到湖水拍岸的哗哗啦啦声，仿佛小孩子吃什么东西吃美了，在吧唧嘴。沿岸植有美人蕉、小叶紫薇、扶桑花等，不疏不密，参差有层次。远眺，沿岸间或木质栈道，走上去，水在脚下。湖畔等距离三个亭子，形状各异，遥遥相望，可在亭中长椅上暂歇，可避雨。环湖一条绿道，即使节假日，人也不多。年老的女清洁工持硕大扫帚，一下一下将落叶攉在一起，另一年老的男性蹬着三轮车将其拉走。青年男女穿情侣装在慢跑，每人胸前画着一头小猪。再走一段，见一手推车，心有所感，作诗一首：

出门遇见他们
老人推着手推车
以及车内笑着的婴儿

婴儿是我的前世
他认出我来了
伸手拉下帽子遮住脸

大叶榕，凤凰木
铺满大地空隙的人工草坪
渐次凸显出灵魂

我在众声喧哗中走过
前面的道路纷纷打开

后面的道路纷纷关闭

若在深圳见过几个湖水，便觉此处无奇。但“神仙”两个字不会是天上掉下来的。为什么不叫兔子湖呢？因为这里没有兔子。多年以前，土著的祖先们定有人见过神，和他有过来往，甚至在一张桌上吃过饭，碰过杯。当然，他们不知道对面坐着的是神，还以为是偶尔路过的客人。招待一顿饭，与人方便。山中草木茂密，神仙孤孤单单的，没什么意思，有空就帮村民办点小事，比如让一只猛扑过来的老虎突然转向，四足扑空，村民趁机逃跑。让在悬崖上采药的村民扒开草丛，找到何首乌。这时村民才意识到神仙的存在。他们一代代繁衍至今，茅屋变高楼，农田变马路，后人渐忘前人事，神仙却还年轻。

他千变万化，以各种方式隐于神仙湖周边。

这是他的家。

我沿着湖水慢慢地行走，努力寻找和神仙有关的信息。

鸟鸣。世间那么多声音，一只蚂蚁都会轰鸣，一只小虫都会摇滚乐，鸟鸣能从中冒出来，力压群声，肯定不是靠蛮力。叽叽喳喳，喳喳叽叽，乱而有节奏。静下心就可捋清头绪。我的脑子已被湖水清洗，干净得如此刻碧空。鸟在上面飞啊飞，万籁俱寂。我迷醉地听了三分钟，马上就要接通信号了，胳膊上突然奇痒。下意识地挠起来。肉体控制了意

凝固的舞蹈，因湖水而润泽

识，意识回归了笨拙的肉体。胳膊上站起一个“红包”。鸟鸣声消失。再寻而不得。

刚才确有鸟鸣吗？神思恍惚。

神仙湖向四周岔开的小路并不多。它们进入得越幽深，越有可能通向高处，直达天空。我走到一条小路上，眼前突兀地冒出一个迷你拱桥。站在上面，可见桥下无水，潮湿的小河床里长满杂草，蝴蝶纷飞，花花绿绿的翅膀，扇动了芦苇的叶子，扇动了风，似乎在发出某些讯息。那讯息细弱而清晰。正在分辨中，腿又痒了，定睛观瞧，一只乌黑的花脚大蚊子倏忽逃走。赶紧伸手去拍，没拍到。那种感觉，好像是被人骂了，明明有大把的词汇可以还嘴，却因为对方跑得快没来得及还。

还看到了山顶上的高压电塔。它拉住伸向两边的电线，细细的，长长的。若拍照，极煞风景。但细看，那是五线谱，有节奏，有韵律，韵律中有神。神也许会变成音乐传达下来？正思忖，后脖梗子又痒了，使劲挠啊挠啊！看不到痒处，却能感觉到一个小“红包”正在那里渐渐萌发，如同小苗拱出地面。神啊，一下子泄气了。

我还看到一排排歪茎树，不知其名，种得整整齐齐，树干全部歪歪扭扭。但扭得不杂乱，有条理，类凝固的舞蹈。如果我说神就躲在这些舞蹈后面，神也许噗嗤一声笑出来：“哈，被你猜到了。”我盯住那些树，眼神儿呈集束状，可以捆住神仙，将其从树丛里面拽出来。身上又痒了。痒得真是时候。我从兜里掏出一小瓶“双飞人”，滴几滴在手心，往痒处抹。此乃专门用于止痒的药水，岭南人家必备，其主要成分为酒精，抹在痒处凉凉的。是药也，乃事后补救，并不能阻挡蚊子叮咬，蚊子也不惧酒精。我在想这些问题的时候，神消失了。

细雨，细雨。刚才还艳阳高照，这会儿就下起来，落在水面上，竟有些烟雨蒙蒙的意思。空气里有一股潮湿的味道。描述不清，唯鼻子能讲清楚，但鼻子又不会说话。浑身再次痒起来，仿佛每一颗雨滴都是蚊子，无数的蚊子在我身上叮咬。它们嘴上有个吸管，抽一管子就走，绝不恋战，等我皮痒，已无战士，只剩战场。用手挠也不管用，要用意念止痒。我全身心的意念集体去对抗痒，刚要现身的神，消失了。

最终都没弄清楚神是个什么样子。我坚信他在这里。“神仙湖”三字已将其绑定。这些蚊子一定是神的死敌，在人间制造屏障，隔开神和人。它们之间的恩怨情仇且不去管，吸我血，阻我愿，必然有罪。我几乎就要写一篇檄文来痛斥蚊子了，就像韩愈写的《祭鳄鱼文》一样，先礼后兵，限你多长时间内离我远远的，否则后果自负。

这时再看神仙湖，似乎活了，越来越大，随时可以淹没我。天空中影影绰绰出现一个人形，瞬间又隐没。

也就那一刻，灵光大开，难道，难道这些蚊子本身就是神？他不是他，是他们，是一群，一直在水边待着，从未离开湖水。他们试图把密码输送到我的血液里，一直不断地触碰我，触碰我。

抬头打量，四周的山都紧闭着嘴。

二十四桥

石岩湖本一大湖，山间一片浩瀚的水，周围森林环绕，密不透风。其为水源地，游人无法实际接近。站在高处，遥见蓝色翡翠。风吹树摇，翡翠碎裂滚动，渐渐蔓延上岸，不汹涌，却扎实，越过植物，遇坑洼与沟壑，留下深深浅浅的一汪，再挪不走。一个夜晚过后，各类痕迹抹去，草仍绿，树亦高耸。大湖还是大湖，周围多了一个个小湖，阔者几百平方米，窄小不过其三分之一。

此为石岩湖湿地。

不似大湖包罗万象，小湖各有分寸，强调专业性。一湖中矗一小岛，岛上长满蒲棒，如超大绿钎子上穿着超大烤肠，根根射向天空，观感结实，摘下一根来可以当武器揍人。一湖中漂满睡莲，花未开，叶片拥挤叠加，无声胜有声。另一湖，略小，水面亦睡莲，而叶片变小。它们好像精心计算过，多大的湖面配多大的叶片。造物非神奇，是“懂得”。一湖干净无物，倒映着周围的树木，波心繁茂森然，以虚空至全有……

湖与湖间，一条条长廊。廊木上绑着枝条，绿叶与各色花朵抖抖索索。人行其间，触手可及，更可凑近闻香。其中一条长廊，满是禾雀花，乃吾最爱之一。此时是2021年初春，禾雀花尚未开放，眼中仍见一只只豆青色的鲜活小鸟排列其上。我见花，花总在。这些植物绝对没有建筑命长，一年一开，一季一谢。再过些年，若长廊还在，主事者的兴趣可能是炮仗花、簕杜鹃或其他什么，一夜之间便可更换。而游人茫然无知，在他者的个人偏好中游荡，同化为自己的小欢喜。

大湖神秘、淡定，甚至显得遥远，非航拍不见真容。小湖非单一拱卫者，再外围，为一巨大地盘，地盘上有小河一条。是一条还是几条，一直没搞清，彼此交叉，首尾相连，蛇头吞蛇尾。盘桓周遭，演算天理，一直出不来结果。再远处便是铁硬的马路，滚滚都市在另一边昼夜运行，商业、生产、钻研，完全是不同的世界。这地盘，陨石般砸在中间，隔开彼此。并非仅一过渡带，乃孑然独立，自成一派。而将

有桥之水，如同有温情的院落

陨石钉在大地上，全凭二十四桥。

小河宽不过三五米，不足以呈现时光，岸边一簇一簇的狼尾草和白头芦苇被阳光照耀着，为其抹上一点沧桑。水中偶现成片绿藻，具死水特征。风来，绿藻一会儿向左，一会儿向右，并非坡度令其动起来，而是风。水一动，又像是活水。河水的内核是流动吗？不，是桥。偌大空间上，道路恣肆，在一片绿草地上闭着眼走，横七竖八，遇到了水，轻轻一跃，身后拉出小桥一个。路的任性，成就了一座座桥。

红色的木质桥，白色的小石桥，均不长，长则二三十米，短则几米。多数平铺，亦有拱桥。二十四座桥均有名：蓝楹桥、缨丹桥、金葵桥、荔香桥、凤凰桥、半莲桥、落杉桥、风铃桥、琴叶桥、石榕桥、压堤桥、锁澜桥、跨虹桥、映波桥、望山桥、掬溪桥、涵芳桥、蝉鸣桥、青螺桥、白鹭桥、百雀桥、彩蝶桥、梭鱼桥（汀步桥）、汇溢桥。

看对称度、组合度、排列式，这些名字一定是经过了仔细推敲。但放在更大的空间上，又定是随意的。为何称百雀不称千雀，叫跨虹不叫拭虹？弱水三千，只能取其一瓢，略去两千九百九十九瓢，不止。推敲仍是随机。而这随机的命名，对桥产生了影响。它会按照名字的指引，安排自己的生活。恰如一个小名叫秤砣的孩子，长大一定结实。

白鹭桥旁，立着几棵落尽叶片的瘦树，枝条根根独立，一只白鹭站在分枝上。夕阳将沉，用手机逆光拍照，镜头中只有黑白二色，如同动画剪影。盯好久，白鹭也不飞走。偶尔在枝头展翅，河水便荡一荡。起名前，白鹭尚在远方；起名后，白鹭听从了神谕，一个接一个到来。桥名与周边事物不一定实打实字字相扣。可以攻其一点，可以无限外延，可以取其意涵，搭边儿即可。蓝楹桥边一定要种一棵蓝楹树

栏杆消失了，桥就悄悄地变成庸常的路

吗？多蠢！一个叫蓝楹的女孩子在那里坐一会儿，桥便有了名字。荔香桥无须穿越茂密的荔枝林，此前本地有过荔枝林，后来被砍掉，香味仍在。青螺桥下也不一定要摆几个螺壳，有人在这里吹过小螺号，人走了，余音数年不散。那么多的桥，最初的命名，如婴儿命名，冥冥之中被天意点了一下。新兴城市如深圳，一切都在变化中，今是昨非，大拆大建。不要因人而变，再改来改去。这些名字握在一起，坚定地相信世界会更好，游人会给它们祝福，而它们，必将越来越与自己的名字吻合。

清晨的露水在草尖儿上犹豫不定时，有人走过来，踏上桥，露水掉落，仿佛发令枪，桥和桥就开始说话了，彼此传递着信息。

若干高出地面的小丘陵，分布于湿地桥间。中年男子带着一个孩子，站在顶端放风筝。挂在树枝上的一个碎裂了一半的风筝，与天空飘摇的风筝遥遥相望，彼此不说“我就是你”。小女孩儿在丘陵林中奔跑，小裙子一闪一闪，尖叫声不断。一些骑行者戴着统一的白帽子，飞快地在红色车道上掠过，别盯着车轮看，旋转得令人晕眩。老年人光着膀子迎面跑来，衣服搭在胳膊上，汗毛被树叶中间渗透下的晨光照得晶莹发亮。一个小男孩骑着自行车，另一个更小的男孩在后座上抱着他的腰，问，哥哥，你吃过××吗？风把“吃过”后面的字吹得七零八落，无法听清。安在地面上的喷水枪不断转圈，不小心从下面经过，接了一身的水。喷水枪若无其事地转向另一面，这边的人一边整理湿淋淋的头发，一边互相看着对方哈哈笑。

一大一小两个人，坐在望山桥上，大人的腿搭在“山”和“桥”之间，仿佛一个标点符号。小孩儿对着大人不停地说话。那座桥驮着一个家庭，那个家庭给桥注入了血液，令其鲜活。每一个走来的人，每一个三三两两的人群，都会留下一个个身影。他们离开了，身影永久地印在这里，一个一个叠加，就成了一个气场。

空前的疫情，似乎是要把人们全部分开，让每个人都孤独，互相离得远远的，戴上口罩，看不清彼此的眼泪或者皱纹。这些孤独的人现在因桥而连接在一起。

二十四座桥串联在一起，不声不响。即使把所有名字抛给你，你去数吧，数来数去，怎么也数不够二十四座。做个较真的人，从停车场开始，可以依次看到压堤桥、缨丹桥、金葵桥……但总共只有二十二个，它们的名字刻在围板上，一望便知。从同事处得到一张石岩湖湿地二十四桥分布图，一一对照，终于发现，一座名汇溢桥，由旧桥改造而成，与半莲桥相连，未刻名。另有一梭鱼桥，亦未刻名，实为汀步桥。汀步乃步石的一种类型，设置在水上。即在浅水中按一

风铃叮当

定间距布设块石，微露水面，游人跨步而过。园林中多用这种古老渡水设施，质朴自然。在该“桥”上走了个来回，想，应该给当地主事者写一封信，千万不要在附近刻上桥名，亦不要在石上硬加栏杆。留一个小小的悬念，如同作文、音乐留白之美，让人总是忽略它，明明脚下踩着，却找不到。

江南已有著名的二十四桥，深圳这二十四桥不怕人说山寨吗？愚见，今日之桥，皆非昨日之桥，不过敷衍杜牧一千多年前的诗句。大家都在同一起跑线上。“二十四”已成文化符号，界定了桥的数量，情结和情调都自觉不自觉被其牵着走。深圳曾经多少山寨事，最后竟有修成正果者。原创无标准，面世后被人接受即标准。在山寨基础上超越，或需付出比原创更多的心血。接纳、借鉴、提升，文化的一体两面。

桥是水的衣裳，裸露的水看久了会让人不好意思。搭一个桥，犹抱琵琶半遮面，水由此更美。一座桥可以定位一段河。河不再以“条”论，改以“段”论。一段一景，一景一心思。琴叶珊瑚、碧桃、扶桑花、柳叶马鞭草、鼠尾草、金合欢……由近及远，各在其位，各属于自家的桥。桂花最小，香味最浓，弥漫在整个地盘上。

站在不同的地方看过去，一个桥是几种样子。蝉鸣桥，正面可见桥名刻于围板，稍微歪一下，另一个围板上的名字突然跃出。琴叶桥，正面看，一座白色石桥，侧面看，午后河水清澈，倒映出同样的三个字，上下交接，读完上面读下面，读完下面看上面，似乎瞬间体悟了它的哲学。锁澜桥乃一拱桥，孔下可容一微缩小舟驶过，且还形成脸盆大的一个小瀑布。正面走时，登台阶，竟有朝拜之肃穆，迥异侧看。

千万别用“横看成岭侧成峰”之类的诗句概括此种情景，若有心，当笨拙地去打量，去验证，以自身爱恨激活每一座桥的灵魂。

远处的跨河桥上，汽车轰鸣而过。同样是桥，与二十四桥已非同一个体系。一硬一软，一动一静，一走一停。彼端生发出再大的声响，也全被这二十四桥构建的巨大空间消化。地下躺着、树上挂着好多的都市琐事，它们全都睡着了。这里静谧安详，天地旷达，散步的人不由自主地将呼吸调得平稳。

这些桥在半夜的时候，拉起那些水和琐事走向大湖。一个个夜晚啊，它们可真忙碌，大家全部清洗一遍，凌晨时返回。第二天太阳将出时，你来到这里，以为万物上面湿漉漉的是露水，其实那是湖水。

五指耙

急雨刚停，似在酝酿下一场。空气中弥漫着甜甜的气味，潮得用手可以拧出水。大片的草滩上，每个草叶擎着一颗珍珠，亮晶晶，一晃就掉下一个。

大团大团的乌云从山那边滚滚而来。乌云都镶着金边儿，虽细却耀眼。偶有一团停下来，跟山峰混站成一排。山亦黑，辨不清谁是山谁是云。一只鸟飞过，黑灰的云和山成了背景，幕布上的鸟惊慌失措，倏忽逃离。天高云近，隐隐闷响，整个世界都在不安的动荡中。

更远处，水面缥缈，不大也不小。那是“龙”的身子。

近处，四个面积相若的小湖，外加一个大其几倍的湖

天高水远，人树俱静

面。零星的雨点落于湖上，打出一个个小坑。说是湖，其实是五个水洼，小者几十平方米，大者几百平方米。一阵大雨即可将它们填平，彼此连上。但来过此地多次，大雨天未见此场景。干旱季，亦未见小湖露底儿。五个湖，似是整条龙的五个脚趾头，一直各自独立地存在着。吾为之命名，按次序分别为大脚趾、二脚趾、中脚趾、四脚趾、小脚趾。名字将其钉在地上，谁也跑不掉。那条龙到死都不知是我在保佑它。成语曰画龙点睛，钦定眼睛为最贵者。殊不知龙的身体上，每个鳞片都是眼睛，少一片即坍塌。反例如行人，鞋子里多一粒沙即一瘸一拐，难以继续行程。一多一少，均搅扰完整，以点损面。此处明晃晃的五个“脚趾”，紧紧扣住地面，令龙身安稳，气息均匀。波纹层层，轻拍堤岸。

“龙”趴着，似睡着的婴儿。草木深深的羊肠小路上，落满黄白相间的鸡蛋花。风一吹，花朵翻一个身，离水面更近一步。芦苇在湖边摇摆，侧身幅度再大一些就够到了它。

万物自觉不自觉地相互连接之时，乌云还在运动。天空一亮一暗，一明一灭。终于，雨落下来了，啪——啪啪——啪啪啪——先缓后疾，不如刚停的那阵雨猛烈，却更稳健。

雨水弥漫了天地间，龙身轻轻晃动，越摇越烈，越摇越烈。终于，五个“脚趾”松开，我见一条龙摇摇摆摆升腾起来。那眼，那身，那鳞片，分毫毕现。脚趾勾住一团云，龙头枕住一团云。乌云裹着它，从东向西，由西往东，来回游弋。云从龙者，非携其走，而令其动。湖水岂是湖水，瞬间露出活物本色。

一小时后，雨又停，鸟鸣声轰然四起。翅膀们在空中扇作一团。

乌云带它到天空溜达一圈，最终还要落在地上，继续扮演湖水。

五指耙运动公园内，有无边的树林；有一名为“岭南庭院”的建筑，亭台连廊，小桥流水，花叶连绵；有一高处观景台，名松韵楼；有龙舟展览室，有儿童游乐场。中间大水，名五指耙水库，似与天蓬元帅有关。源自何时，有何来历，皆无须考。此时此地，人造的俗物均可被藐视。我眼里，只有一神性毕露的无名大水。若命名，则为五趾龙，和云，和雨，和天地共生共存。

向　北

深圳人嘴里的观澜河，实为观澜河湿地公园。漂亮。一望无际的美人蕉，高及行人颈部，粉红的花朵，抖抖索索，小旗子一样飘在绿色的枝头。高大的美丽异木棉，花亦粉红，颜色比美人蕉略浅。风车草的细叶组成一个一个伞状车轮，几乎淹没了道路，一跺脚，随时可以滚动起来。人行其间，闻着水的气息和各类植物的气息，看着罗非鱼在河心游弋，心中动念：跳下去化作一条鱼，鳞片在波纹里摩擦，亦是乐事一桩。

附近有小区，有商场，人流不断。进入河岸，心魂可暂时安定。倏忽彼，倏忽此。有此一园，不枉一个静谧新世界。

但站在高处看，再高，再高，观澜河就成了一条“蛇”，细而长，前不见头，后不见尾，这个公园只是“蛇肚子”上鼓出的一个花花绿绿的包。河流趴在那里，时隐时现……

珠江并非一条江，而是一个水系。狭义的珠江，乃流经广州的一条96公里长的河流。广义的珠江，则是由西江、北江、东江三条巨大的水系组成，发源地分别在云南和江西。而这三条大江也没有真正交汇成一条大江。西江和北江在佛山三水一带，倒有河水连接，名思贤窖。“窖”者，在南方指很小的河沟。其实思贤窖非但不小，而且很深，河水流向不定，西江涨水，则流向北江，北江水高，则流向西江，乃两条大江的黏合剂，也是调节器。不远处，东江亦有河流与之相连，谁也不是傲然独立，仿佛从三个方向跑来的巨人，拉了拉手，然后各自继续向大海跑去。大家殊途同归。临近大海时，三条大江又分成了若干个小叉，就像干燥的竹竿戳到墙上，劈成若干个小枝，至少有八个支流入海。八个入海口分别为虎门、崖门、磨刀门、蕉门、洪奇沥、横门、虎跳门、鸡啼门。

整个珠江三角洲上，横七竖八，大大小小或有百条河流。某种意义上，都属珠江水系。所谓的珠江口，其实是这些河水入海时的总称。

这些河流有的自行投海，有的串联其他河流，分分合合，若即若离，仿佛没有任何规则和敬畏，也没有理想和哀愁。没头没脑的蜈蚣一般，横冲直撞，无知无畏。但是走近了看，用你的脸贴近它们的水，用脚踩着岸上的泥，侧着耳朵倾听它们的流淌，会发现每一条或长或短或粗或细的河流，都有自己的理由，自己不可言说的心思。

多次在水边听到鸟儿们聚在一起聊天

再仔细看，河流们有的向东走，有的向南走，与这个星球上所有的河流步调一致。只有一条显眼的水，它是向北流去，直奔东江。在潮湿的大荒之地上，挣脱了众多河流的呼叫，长风拽不住它，岸上那么多植物，岭树重遮千里目，伸手拉它，也拉不住。千年百年，万物静下来看它，滚滚向前。

这就是观澜河。

向北走，对于一条河流来说是多么荒唐的事。背道而驰，脱离队伍，与主流为敌。不想往南、往东，为表示自己的不妥协，稍偏一下也不是不可以，别太出格就好。它不，就是直巴愣登向北走。这让其他河流怎么看，尴不尴尬，为不为难？你这么干，置他人于何地？

也许观澜河跟本文作者王国华一样，是迷路了？我在北方时，一直自豪于辨别方位。一伙人一起出去玩，找不到方向，我只需站定，放眼扫一下四周，即可用手点指：那里！但到深圳后，这么多年了，经常南北倒置，不识东西。确信是自己脑回路发生了变化。但看观澜河的样子，似乎一点儿都不迷茫。这条发源于深圳市大脑壳山的河流，一路上接收了大浪河、民治河、樟坑径河、牛湖水、白花河等一条条小水，遇沟则流，逢山则绕，边走边笑。

一友对我说，观澜河是客家人的河流，两岸都是客家人居住。而东江的源头是客家人的故乡。它是奔向自己的故乡。

我根本不信。这明明是一条河啊，你这么说，不是把河流看小看轻了吗？某一个上午，我从观澜河湿地公园出发，顺着河流，出深圳，经过东莞市的塘厦、樟木头、清溪、常平等镇区，抵达其最下游——桥头镇世纪虹桥小学附近，观澜河（下游易名为石马河）在此汇入东江。正是初春，两岸的簕杜鹃和宫粉紫荆亦呈粉色。这个粉色的午后，我躺在尽头的草地上，胸口起起伏伏。一座巨大的建筑，上面写着“石马河河口水闸”，闸那边的水看着这边的水，这边的岸上有人在钓鱼，有人在拿弹弓射鱼。水流声音很小。迷迷糊糊中，闭上眼，有点似睡非睡的状态。风一吹，身体里的血液似乎流动了起来。莫非我变成了一条河？嗯，就是那条观澜河。我小声问自己，为什么一定要往北走？

是的，我是观澜河，其实我根本不知道这世界上还有其他河流，更别提它们的方向。我的世界里，只有我这么“一个”。不是“一条”，是“一个”。我爱往哪里去就往哪里去，爱怎么走怎么走，爱怎么停就怎么停，想渗到地下也没关系，死在路上……我甚至不知道什么叫作死。死是干涸吗？没经历过死后重生，没有沉痛的过往，也没有父母的教育和嘱托，何来恁多惶恐？天地间，只我一身，光不出溜，

若干年后，建筑变了，水也变了。新鲜面对着新鲜

连件衣服都不需要。

我也不知道自己是一条河流，还以为自己是一棵树，一簇草，一条蛇。是的，一条蛇。那些蛇扭来扭去，我也身子一摆一摆。蛇爬走了，身影还留在那里；我的身后，亦有痕迹。我把一路上的事物都变成了自己，印在荒野中。我一会儿绿起来，一会儿枯黄。变幻令我愉悦，见山是山，见林

是林。

还有更多的事物吗？目力所及，既有事物不足以撑起此刻的接收。我一路走，一路新的事物诞生。沙发、板凳、汽车、飞机、U盘、比特币，这些脱离开农耕社会的名词变成了我。我带着它们，丁零当啷，向北。那响声，不是撞击出来的，而是发自我的本身。

……

我也不知道方向。谁说我选择的是北呢？除了东西南北前后左右上下中，一定还有其他的方向，那个方向远远超越了当下智慧生物的视野和理解。无数个指向，嗖嗖嗖，一去不回头，让你目不暇接，又不知所措。其实，我根本就没有选择。我就是走啊走，跟着本能走，不知道自己去哪里。东江是谁，跟我有什么关系？

我不在乎流淌是否河流的唯一价值，也不在乎两岸汇来的是雨水、污水还是地下渗水。我两眼空空，心内空空，谁知道我的心思？造物自有安排。明了我心思的那个事物，远在天边近在眼前。我什么都不在乎，也许有爱有泪吧，但以他人有限的想象力，看不透这爱恨。如果有人自作聪明地说出来，我就会笑，哈哈，我是那样的吗？

我身上只写着三个字：不知道。无欲无求，走啊走啊。我是白纸，我的水消散在空中，和万物连接在一起，融合在一起。我不以为失去，亦不以为得到。“向北还是向南”，其

垂钓者的沉默和鱼的沉默

他河流每时每刻牵挂的这种大事，我全部超脱了。

无就是有，有就是无。还奔向谁，还找什么方向？我在旅途中，在变幻中获得了自我，完善了自我，感觉自己在慢慢丰盈。我没想象过自己将来是个什么样子。也不需要想象。无意当下，何以未来。

……

最终，我和东江交汇了。

河水抱着河水，堤岸接着堤岸。我被紧紧揪住了脖子，又被狠狠摁在地上。我一阵窒息，不知发生了什么，身子下意识地扭动，尾巴猛烈地甩起来，在天地之间一上一下，啪啪作响。我的头部贴着地面，鼻孔塞入了飞溅的泥土，无法动弹。那条比我更大更粗壮的河流，始终不肯松动一点儿。它是要害死我吗？也许吧。但也许只是好奇或者紧张，把见到的每一个异物都死命地摁住。

我每挣扎一次，阔大的地面上就砸出一条深沟。再摆动，换了一个地方，又是一条曲线。飞机、U盘消失了，我又回复到农耕社会的大荒，泥泞的茫茫的地面上，砸出一条条全新的河流。这一折腾，就是几百年，直至我沉重而疲惫地窝在地上，再也无法起身。

珠江水系版图上，百条河流的宿命都在这一刻显现。死板的它们，此刻都活跃起来，流动起来。我侧眼看着它们，听它们渐渐鼓噪，一下子透视了自己的前世今生。那些都是我的分身。最初的大地上，的确只有我一条河流，我是不小心遇到了一条更大的河流（另外的自己），发生了一些事，才有了当下的珠江水系。东流南流者向着大海的方向，多么正确啊，它们与我这条北流者却有着剪不断的关系。有意的顺从者皆由无意的叛逆者所生。

我身边出现的这一条条河流，再没消失，由虚幻而落实。它们离我并不远，我们彼此张望和打量。我仍抬不起头，昏昏沉沉间，身子被风吹冷。

…………

醒来的王国华，注视着缓缓流淌的平庸无奇的石马河，心想，这意味着什么呢？是观澜河造就了珠江水系？简直笑话。观澜河北流，不是“为了”，全由造物安排。它虽然很累，但也是被动的，并未付出计划和努力，世间事物的所谓殚精竭虑，不过是整个过程中因为一点小小的不舒服，做出的一点挣扎，对结果一点影响都没有。

我伸了伸懒腰。心想，还是返回出发点吧，徜徉于花花草草的公园中，低头嗅嗅美人蕉，以之为观澜河的全部。观澜河高兴，我也高兴，就当一切都没发生。

水下的事物

土埋人，水埋魂。

铁岗水库。一片静静的大水中站定一座座青山。山牵着水，水拥着山。

沿着水边道路行走，左边是树。冬至刚过，紫荆树上深粉色的花朵大如拳头。簕杜鹃攀爬到其他树木上，将薄薄的浅粉色花朵举到高处。虽浓绿遮头，仍有枯叶不时落下，发出啪嗒一声响。新叶生发，旧叶落下，生死同时运行着。走快一些，细枯枝和残叶也掉得多一些，连续敲打路面，竟有点像滴滴答答的马蹄声。

右边是水。太阳圆而刺眼。天空亮蓝，与水交接处，因有色差，尚难用“水天一色”来形容。水面之阔，略似海洋之缩影。水中的山，一圈白边缘，有一点儿沙滩的感觉。细碎的鱼鳞波纹，整齐得像刻意画出的。一只黑色的鸟在水面上直线掠过，快似梭子，成为此时此地最引人注目的活物。窃以为，那是一个幌子，以此来转移游人的注意力。至尊者不会轻易露面。这么一片大水怎么能空空如也呢？水下一定有一个叫不出名字，想不出状貌的怪兽。它本一俗物，出身低微，几十年与外隔绝，亦无天敌，有足够的时间长得奇大。日久天长，几十米深的水都掩不住其身形。白天它得老老实实趴在水底，吃几只小鱼小虾，闷头睡觉，半夜的时候悄悄站起，水珠顺着它的毛发或者鳞片哗啦啦淌下来。而周围那些静静的山间密林中，也藏着一只巨大的金刚。见怪兽出水，金刚猛然窜出，也不吼叫，毕竟不远处还有一座座幽静的科技园呢，里面有人昼夜工作。两兽心照不宣，一个出拳打，一个张嘴咬，殊死搏斗的结果却是势均力敌。几个回合后，各自回到原地，静静疗伤。

大水恢复平静，像什么都没发生。

但我知道水的底细。水中的山脚下，曾经有好几个村庄。一曰公爵薮，又名公雀、江雀薮、公爵斗，村民多姓伍。一曰白沙苒。一曰更鼓岭，曾名“讲古岭”。另有下莆村，又名下布村。1956年，此地修建水库，名铁岗水库。村民全部迁出，搬至河东、翻身、沙河农场等处。参与过水库建造的林辉煌老人在回忆录中写道："库区淹没土地6110亩，迁移人口599人，拆迁房屋6810平方米。"近六百人，似乎不多，但在农耕时代，若干个村落，又是战乱，又是荒年，种荔枝、收水稻，日子如走钢丝绳，未遭灭顶之灾，一代代繁衍下来，也不是易事。

万物皆要从无到有，从有到无。旁观者大多只经历其中一个。比如从无到有。此地的祖先们从遥远的地方迁来，于山林中辟出一块平地，盖屋容身，生产饱腹，眼看着子孙成群，离世时，心中还有充足的豪气和满意。此后的千百年间，世世代代皆攀在这无中生出的"有"上，在这里长大和恋爱，喂鸡喂鸭，以为世界永远是这样子，更改不得。再如从有到无。安土重迁的人们，到了中年老年，忽然接到通知，全家连根拔出，进入别人的村子里，重新开始生活。背井离乡，一步一回头时，难免一步一悲凉。

还有比这更令人撕心裂肺的。即全程亲历某某事物的从无到有、从有到无。眼见一事物诞生，在空气中迎风而长，在造物主的安排下，渐渐完美，紧贴着你的皮肤和心灵，亲密无间，乃至成为你身体的一部分，再眼睁睁见其消失，如白发人送黑发人，悲欢皆尽。那种无助，非一言可以描述。

眼前这无边无际的清水，埋没了多少此类物证。遥想当

现个身吧，那些依然藏在水底的事物！

库

年搬走的人们，他们无法淡定从容。心慌慌、意茫茫，手脚忙乱地收拾一下，尽量把能带走的都带走，但有些事物必然要就此别过。房子和房子周围的树木，家里养着的鸡鸭狗羊，都牵绊着村民曾经的悲欢离合。现在，它们全部沉入水下，悲欢离合也就没了着力点。那些离开的人，失去了故乡，再想转回身，已找不到前人的骨骸。但骨骸们携带的灵魂并没离开那个地方，还在水体下面。

和留在水库中的事物发生过关系的人，惦记那些故事的人，早晚会离开人世，直到多年以后，所有的人都以极其旁观的心态，坦然面对这一片汪洋。

人和人必定有从亲密到疏离的过程。时间如流云滚滚而去，亲人变路人。

我并不执着于“不变”。人对万物的移动和改变，本质上同蚂蚁对地形的改变是一样的。河堤溃于蚁穴时，蚂蚁全都葬身滔滔洪水中。人类岂不是也一次次如此？此亦是天意。工蚁按着图纸认真打洞，哪里知道挖的是岌岌可危，随时让全体同类倾覆的大堤呢？在它们的经验里，钻研大堤比钻研水泥更能带来快感，虽然水泥更安全些。事后看，即便水泥地，又岂能万事安然？从一个更长的度量上回望，万物均毁。所有暂定的对错，不过是强行加给当事者的结论。或许，故事才刚刚开始呢。

铁岗水库从建成到后来的四十年间，多次扩建，如今大坝较最初提高3.5米，正常蓄水量9450万立方米，总库容9871万立方米。水库始为农田灌溉，今日功能转变，乃深圳最大的城市生活水源地之一。又因人口剧增，水库原有水源不足，需到域外提引东江水。水库终成大水缸。

路边树荫如盖，看不到一只鸟，却能听到各种鸟鸣。清脆、婉转，种类多，起伏大。如果我懂鸟语，此刻或会得到确切答案：它们不是呼朋唤友找吃食，也不是在讨价还价，而是在歌唱。那是羽毛擦碰到树叶诱发的愉悦，是花开引蝶带来的欣喜。一切都恰如其分，在这个不冷不热、空气清新的上午。

水边一棵歪脖子树上，人走过时，扑棱棱飞出一群受惊的鸟，至少几十只。外形似海鸥，白压压一片，两只大翅膀一扇一扇，水面也跟着一颤一颤。水鸟的叫声迥异于林中鸟，咕咕嘎嘎，咕咕嘎嘎，粗而哑，可当作老母鸡和鸭子的综合体。但是，这种近听似吵架的声音，放大在宽阔的湖面上，被水托举着，洇湿，扩散，空旷缥缈，乃至凄惶，也竟有了点点滴滴的仙气。和林中鸟鸣相比，又别是一番韵味。

一地一物一声音，造物自有安排。

再往深处去，树木越来越密。其中一棵突兀的树，十数米高。部分树皮已剥落，裸露出内里。向右看，不见水，亦不见山，似乎只在密林和草丛之间行走。正所谓一叶障目。

一片几十米宽的树林，就可以掩盖一片明明存在着的浩瀚大水。遥想当年，那些搬走的人和他们的祖先，就生活在密林深处的山脚下。没有柏油路，出来采买油盐酱醋都要踏着泥泞小路走上一天，不小心摔倒，衣服上沾满了泥。看不到远方和未来，他们想到过逃离吗？后来的搬迁，没准儿是他们世代盼望的结果呢。

岸边水极清，不可靠近。万一落水，可能瞬间就是几米十几米的深度，呼救都来不及。而被遗弃的事物，在深不可测的水中，接下来如何呢？

那些土坯垒成的墙头，刚刚淹没时还傲然挺立。很快它就被一点点侵蚀，泡透，成为湖底的一堆泥，上面长出水草，再慢慢冲刷，逐渐抹平，和曾存在多年的村路成为一体了，再也分不出哪一边是大路，哪一边是土坯房。灶台也如此下场，家门口的鸡窝也如此。支撑鸡窝的那几根木棍儿则漂至岸边，被清洁工收走。

但总有被水泡不烂的东西。一只碗，一个镐头，一个笔记本的塑料封面、亲人的照片、孩子的玩具……它们成为另类的土地——小虾在上面筑巢，产卵，死掉。死前再产卵。小鱼躲在里面逃避大鱼的追击。一只刚出生的乌龟，脖子钻进一个被丢弃的顶针里，无法拿下来，它的身体越长越大，脖子上的顶针紧紧扎进肉里。有一天，这只乌龟被打捞上

白头芦苇在闲坐说轻风

来，捕捞者惊异地看到它的脖子上有一圈哑铃状勒痕。顶针闪闪发亮，仍没生锈。

如此，因缘似乎未断。这些事物依然在影响着当下。

一个挨一个的山头，不是突兀立于水中的物体，而是一只只手，兜住了水。它们多年都不动一下，谁也不招惹，人畜无害。不料人类突然来这么一招儿，引来河流，统统放进它的手中，扔又扔不掉。想象，一个人在野外捧一个杯子，几十年不能动，会是个什么状况。这些山，身子本来轻灵，可以和空中飞鸟接吻的，现在被困住，左右为难。时间一长，被强行按在一起的山与水或有三种后果：其一，在平和的假象下，双方暗中较劲，谁都不出声。终有一天，大水泡酥了山体，轰然倒塌。乱土和树木栽倒于水中，将水染浑浊，染绿。其二，山越长越高，越长越粗，像吃了饲料一样。不知营养来自何方。这些水在它那里越变越小，越来越不是一回事。山高坡斜，水库中的水轰隆隆被倾倒出去了。其三，双方的力量都停滞于此，将现状当成常态，懒得角力，如古代木匠手中的榫卯契合。你中有我我中有你，山若水般清澈，水如山般沉重，千年万年，直到天崩地裂，整个水库与万物一起消失了，不仅水库没存在过，山也没存在过，这个一度由普通小镇变为巨无霸的城市，亦恢复到最初的蒙昧状态。

铁岗水库的边上，原来还有一条绿道，游人在绿道上行走，隔着铁丝网可以看到清清的水，由于保护水源，这条绿道如今也被围住了。一个偶然的机会，我得以进入，在水边逡巡。我不敢确认，这么一大片浩瀚的水中，遗留的那些事物现在的具体形状（我好像很关心这个问题）。我甚至不敢确认水下是否存在过房子和故事。或许，什么都没发生过，这里自从开天辟地就有一汪水，没变大也没变小，没有过任何人迹。一切都是我的臆想。而我当下得到的资料，都是有心人为了配合我的臆想特意准备，一点儿一点儿喂给我，直到我形成铁一般的固执印象。他们都在笑我，看我进入圈套。只有我一个人被蒙在鼓里。

路边忽然窜出一只狗，冲我狂吠，宣示着它的地盘。隔着另一层铁丝网，那狗好像在说，真相我全知道，我全知道。我看它干嘎巴嘴，没声音。它的声音哪里去了？

水库附近有一极不起眼的庙宇，名宝莲庵。很多住在附近的人都不知道它。一次在水库附近的路上闲走，见一僧人拿着扫帚在清扫路上的落叶。闲聊了几句，莫名所以。也许我该走进去，找一个真正超然的出家人，跟她探讨一下关于“土埋人，水埋魂”的话题，确认一下我的所想。

待名湖

企龙山下一汪水，未名。但不能称之“未名湖”，未名湖也是个堂皇的名字。无名湖同理。且允许我暂呼其“待名湖”。早晚有一天，一个紧贴当下特征的名字会咣当扣到它的脑袋上。

我曾暗攥拳头要找一个谁也没见过、没听说过的野湖，不管浑浊还是清澈，只要我拍拍它的肩膀，它就听我的安排。妻子说，做梦吧，深圳水这么多，哪个没主？脸盆大的一滩水都有人管。

想想也是。

但这个待名湖介于我和妻子的想法之间。虽未隐身，但知道的人不多；虽然有水积存，而波澜不兴。差强人意吧。

永不命名，它在等待中永不消亡

该湖面积目测不会超过一千平方米。绕湖一周，慢走也就十分钟。农耕时代，村村可见这般水坑，没人管它生死存亡。伊靠天吃饭。雨水多时涨得满满，岸边的动植物皆大欢喜，仿佛在唱“庆丰年”。无雨时则压低腰身，靠往年积蓄，勉强维持一个湖的样子。大大小小一众生物都勒紧肚子苦熬光阴。有这么个洼地，总归是个盼头。

今日深入城市中心的水坑，湖边神奇地葆有一点农田，田塍齐整。几次路过，先后看见里面种着辣椒、茄子、南瓜、丝瓜等蔬果。路边摆着一盆盆尚未长成的花卉，个个懵懵懂懂的样子。偶有几个戴着草帽的人，手持镐头整理土地。浓浓的大粪味随风飘来，鼻孔下意识地收缩一下。

离湖十余米，农田旁边是一个临时搭建的铁皮屋子。墙壁和屋顶上铺满绿色的藤类植物，叶片密密麻麻。门前暗处拴一条大狗，从环湖小路上走过时，大狗猛然扑出，挣得链子哗啦响，吓人一身冷汗。一个四五岁的小男孩，光着脚走在路上，哭咧咧地喊，妈妈，妈妈。湖边草丛中站起一位少妇，喝道，在这里呢，喊什么喊。

这湖水，用她甘甜的乳汁，把两边的蔬菜抚养大，扶它学走路，教它学说话，唱着夜曲伴它入眠，心中还时常把它牵挂。我曾偷偷摘了一个辣椒，放在兜底，准备晚上回家洗洗下饭吃。终归是没放在心上，几天后伸手从兜里掏出一坨辣味，还有嘲笑我的湖水。

湖边常年绿色，有莲雾、田菁、鬼针草、假臭草、翅荚决明、黄槐决明等。暮春时节，粉红的莲雾掉落在草丛里，捡一个来吃，脆生生，飘忽的清甜，感觉春天就该是这个味。

在深圳，簕杜鹃最为常见。该花又名三角梅、九重葛、叶子花等。因为触目皆是，以至熟视无睹。待名湖畔，野生的三五株簕杜鹃，竟突兀地站出来，粉红的有棱角的花朵，带刺的枝条，如大地的骨节，凸显出深圳市市花的特殊身份，令其他植物自觉臣服。风一吹，山呼簕杜鹃“仙福永享，寿与天齐”。

想象中，湖边少了这几株簕杜鹃，还真就丢了灵魂。

水边多再力花。碧绿的长条状叶片，比其他地方的再力花更显水灵。一只蜻蜓呆呆地立在上头。有蜻蜓必有蚊子，虽没看到，但我的脚面和手指头上已绽放了四五个“红包”。好痒。

下至岸边，水清，好几条寸把长的小鱼，近乎透明，亦摇头摆尾，呈悠然自得状，并不因身小而局促和紧张。头、尾均清晰可见。一两只水黾（俗称水蜘蛛）站在平静的水面上，在其纤细的脚下，水面堪比马路。倏忽远走，身后拉出一道波纹。湖水最边缘停着一团黑乎乎的物体，细看，乃一个个豆粒大小的螺，不知是田螺，还是其他什么螺。它们中的一两只偶尔动起来，亦搅动不了水，水面整体仍平静如初。

远处走过的人，谁能知道这小小的一汪湖水中，诸多的生命热闹非凡，锣鼓喧天。

隐身茂密的绿植后面，对岸的人绝对看不到。风吹草不低。凭我直觉，将来这些没过人头顶的草啊花啊，都会被清除掉。

就像近在咫尺的那座企龙山，长满荔枝树，间种香蕉树，承接天地间的野气。忽一日，绕山一周，铺一条崭新的柏油路，路边种些花草，便成一市民休闲公园。方圆几百米，楼群、产业园、高高的电线塔，形成一股整齐划一的气息，排山倒海般扑将过来。所有野生的事物都要纳入一个完备的体系里面，所有的美丽和秩序全由人造，不能由天。在日益庞大的城市，人类自认有这个能力。

待名湖畔陈旧的石板路一定会被凿掉，重新修整。湖边或许围上栏杆。自己从大地上钻出来的无序草木必然被花圃中移来的同类替代。人们的视野里不再嘈杂。红的花、黄的花、蓝的花、绿的叶子，全都消失了野性，如同家养的小猫，乖巧而柔顺。农田也是暂时的，早晚被赶走。那些浓烈的大粪味儿飘落在湖中，沉入水底，和一条侥幸没被捞起的大鱼“闲坐说玄宗”。

赋予待名湖一个名字，只是早晚的事。我并不期待。对于我来讲，当下这些已经足够。它属于我一个人。平时躁动前行的我，这会儿要抱残守缺。无论人们丢给它一个什么名字，我都依然称它“待名湖”，就像这个湖的一百年前一样。

高生水

从家里出门左拐，沿西乡大道辅道步行约一公里，乃一立交桥。桥旁一块三角地，傲立三棵高大的凤凰木。每年五月，凤凰花开，溅得天空红一块蓝一块。三角地对面一块杂草丛生的荒地，看不出多大。夏天，一棵紫薇树抢镜，风一吹，脆弱的花朵纷纷落下，在野草尖儿上颤颤巍巍。冬日稍冷，可见荒地边上有几株朱缨花，花朵呈绒球状，圆润，深红，触手可及。

我曾凑近那块荒地。树下，散布着零星的、干瘪的粪便，不知是出自人，还是出自狗。小心翼翼深入，见一小水沟，尽管是臭水，也孕育出茂密的草和灌木。蚊子闻风而

盘桓于小世界，悠然见大宇宙

来，迅速在我脖子上和胳膊上叮出无数个小“红包”，越搔越痒。妻子远远望着我，说，赶紧回来，小心蛇。

此处真的发现过蛇，而且是一窝。本地媒体曾当作重要新闻报道过。这么深而密的草丛，这么疏松的土地，这么隐秘的一汪水，这么温润的气候，蛇不在这里繁衍生息简直辜负了上天一片心意。但一想到蛇花花绿绿正从四面八方爬来，长短、粗细不等，有的昂着头，有的潜伏在草根，有的爬在树梢，阴森地看着我，不由头皮发麻，迅疾退出。

但对这汪水总是念念不忘。它嵌入我的每一个周末，已成为身体中的一部分。离得那么近，每天看，每天看，也看成大河了，恰如学射箭的纪昌，苦练扩视本领，终于见微知著。怕它发生变化，又坚信它会变化。身体是不可避免地老去，细水却有多种可能，一是消失，一是改头换面，老树新芽。约两年前，我写过一篇名为《我的脚下有条河》的文章，文中提到，附近一条河水从马路下面穿过。少年时在河边捕鱼捉虾的温铭池老人说，这条河叫作咸水涌（“涌”读作“冲”）。而我此处看到的这汪水，就是咸水涌的最上游。

前一段时间，见工人在附近忙碌，知道是奔这条河来的。这些年，眼看一块块野生的土地被涂脂抹粉，穿上西服，打上领带，成为完善市容的一分子。对此并不抵触，甚至有些欣喜。若总没人来管，没准儿还要被投诉呢。人类的想法，应该跟隐藏在野地里的蛇、老鼠、刺猬等想法正相反。我并不认为一定是动物的想法对，也不一定是人类的想法对，这中间应该有一个平衡点。平衡点在何处？问一问死气沉沉的河水，唯它清楚。

一年过去，荒地变了模样。河流修缮一新，两边铺好柏油小路，植上栏杆。虽长不过两三百米，却给城市又添一条景观“河”（我还是大大方方地称其为“河”吧）。栏杆高逾半腰，几于颈齐，厚而结实，试以手推，感觉对面一个人在推自己。从早到晚，已经总是有人在那里散步。河水清澈，浅近乎无。深圳本是四季常绿，竟有枯叶和委顿的花落在河面上，一动不动。水不动，它们不动。灰黑的河泥令周围的空气显得苍老。无论年轻父母还是孩子，都被高过河岸很多的两边的斜坡上伸出的树木遮住，亦显苍老。

沿河走到最里面，一小桥跨于水上。若画出此处的地形图，不太容易。河流十字交叉，伸往三个方向，或者说，河有三个源头。向左的，从广深高速路下面通往岭下山（**该山如今已经整体命名为宝安公园**）；向右的，从公园路下通往企龙山（**如今山上也建了一个公园，以山名之**）；继续向前行进的，从尖岗山大道下面通往一个大型的别墅区。因为都是穿路而过，游人在此必须止步。抬头望，这条窝在低处的小河，牵连着两座山和三条路。

宝安公园和企龙山公园，我上去过多次，不敢说足迹踏遍，但也差不多了。在那儿并没看到汩汩的泉水下来。或许会有零星的水，但这么矮的小山，这样短的距离，无论如何也汇不成一条河的规模。要这条残沟有什么用？

在深圳见过不少类似的半死不活的河水。说是河吧，都没有一个正经的让人信服的源头，河中的水多为东拼西凑，仍以污水处理厂放出来的中水为主。有时暗想，既然是污水，为何不干脆填掉，还能增加土地供应量。一个一线城市，土地面积还不到两千平方公里，太紧张。如此一想，便觉罪过。这些沟，不是天上掉下来的，以前一定有一些水，被命令到地面来做事。它们身轻力弱，不懈地冲啊冲，终于冲出一条沟，仅四五米宽，却耗费了无数的光阴和命数。世上所有的沟都和水有关。一朝功成，河边有了草，有了灌木丛以及乱飞的蝴蝶和蜻蜓，一个个大世界中的小世界开始循环往复。

这天地造化，至今有其世俗功效。山体本身不生产水了，天上还有水。岭南雨水多，落在河里直接成了河水，落在山上的，还是要流下来，进入河中，让河动起来。只要还有逼人仰望的高处，有天空，有山峦，沟壑就可守株待兔，随时成为河流。而我的身边，两座山，三条路，皆高调，又各有低垂，总得有个去处。咸水涌便是它们的情绪垃圾桶。或曰，不就是一条排水渠吗，说得那么高大上。也许吧。但身边有这条河在，就有了一个让人心安的支点，一个既定的逻辑便会继续下去。

而站在山顶和公路边坡上的水，也会继续柔软，而不是变成大大小小的蛇，向我扑来。

王、切割，“宝安”二字坚强地保留下来。一个小区挂如此名头，皆因其为最早的公务员小区。二三十年过去，墙体灰白斑驳，透着一股古旧的沉稳之气。老住户陆续搬走，居民换了一茬又一茬，仍
面，黑白分明。石凳上坐着两个老人，轻声聊天。不远处是富盈门小区，亦曾租住过。楼面刷了白漆，显得单薄，据说质量稍逊。我租住的时候，半夜客厅里的墙皮脱落，发出哗啦一声响，以为闹
就不怕便秘？遂买灭蟑专用粘贴数副，置于厨房灶台旁，颇有斩获，另杀苍蝇数枚。还有触目惊心的一只壁虎，皮肤惨白，像白癜风，已离世，状貌凄然。该壁虎此前见过，嘴里叼着一只蟑螂，敏捷
称21世纪初宝安的“四大豪宅”之一。在一片农田中站起来的电梯房，盖得高，物业好，自然让人羡慕。最早买在这里的，非富即贵。卖我房的那个前业主，花四十多万买来，住了十年，加二百万
他笑道，祝贺。问他，你现在住哪里？答，好几套房呢，想住哪儿住儿哪。怪不得若无其事。人家的财富是真金白银，我和许多只有一套房的人一样，财富仅及纸面。房子是无数深圳人的痒痒肉，饭
均价跟涨。陆续涨，陆续涨，一直到每平方米五六万的时候，开始乱套了。2021年初深圳出台了全球首创的举措：二手房限价（名曰二手房参考价）。似乎致命一击，结果会怎么样尚待观察。为最大化
一是广场舞大妈的地盘。这几年大妈们的伴奏声音明显降低了，据说管理部门对分贝做了明确规定，偶尔抽查。这种扰民事，不能光靠自觉和道德约束，悬一把法律的达摩克利斯之剑，大家都方便。
蹒学步者到十来岁的半大小子，尖叫声不断。吾对此持正面看法：他们长大后要工作、要消费、要创造，人是城市壮大之根本，后继有人，城市便得以存续。小区中间有一露天泳池，每年过了五一，
在小区里散步，突然像意识到了什么，抬头见枝头吊着一个个美妙的芒果，青绿，接近黄，随风荡漾。又过些天，下班回家，门把手上面吊一塑料袋，内装两个圆滚滚的芒果。到业主群里询问，原来
家闻。他们一边躲，一边问，能闻吗？能吃吗？有毒吗？吾答，泰国人是以此做菜的。拿回家简单冲洗，扔进杯子里，冷泡矿泉水。一小时后，水味儿变薄，口感极好。鸡蛋花树旁边摆放着硕大的饮
着。关掉空调，拥被侧卧，心静如水。二、偏僻的巷子里人声鼎沸 深圳无荒芜处，哪怕最偏僻的一个巷子，走进去，也会被忽然迸发的人声淹没。庄边村如是。该村为城中村，房屋低矮、密集，巷子
根黄瓜。五毛钱买两头蒜，暗想，若是按瓣儿买，估计他也卖。在北方，这样买东西怕要起冲突。南方天热，瓜菜都放不住，一两天便腐烂，冰箱亦不是万能。人心换人心，零趸可也。若干菜名有别
为“我爱收租”。有些“二房东”，承包下整栋楼，改造一下，起个文艺范儿的名字，号称“公寓”，加价出租，亦发家致富。一次，帮租住在庄边村的同事搬家，顺便问问房东价格，该秃顶老头傲娇
最近一两年，庄边村里挂了许多标语，都与拆迁有关：“早拆完，早开工，早建设，早回迁”，“地块拆迁有期限，真情服务无止境”，“搬迁是您的奉献，安置是您的享受”……均无落款。散步至此，见
到底能不能拆成，还没准儿呢。伊们此前似乎没少接见此类人。隔着前进路，有一神秘社区，院墙高耸，可见一座座整齐的别墅，已露旧态。细瞧，门口写着“庄边金庄园”，并不显眼。据名判断，
节乘保安不备，还是混进去了。行走其间，座座大门紧闭，二三楼里隐隐人影晃动，我这个早已以深圳人自居者，竟不自信起来。脚步绵软轻飘，踩不踏实。终究是别人的土地。附近另一个城中村，
通过普通话和汉字转来转去，逐渐失去了原意。该村隔着流塘路分为布心一村和布心二村。布心二村里面有两株凤凰木。深圳季节之间无边界，此物乃区分春夏的浮索。五一前后开放，树叶羽状，
木之一种，东湖公园、皇岗公园、洪湖公园、笔架山公园都是赏花好去处。而城中村的凤凰花，是水泥里的跳跃，因少而尤美、扎眼。村中一庞大建筑，名布心大厦，似为本村集体资产，其实就是几
起来，黄底，黑色的宋体字，不美。此风一度全国蔓延，新闻中报道沪上曾有一路，统一招牌，黑底白字，像是灵堂，瘆人。忍不住问同一个理发店主。他说有人因安全故提过建议，倒无强令统一，
夹杂在农民房中，在路上边走边打量，根本分不清谁是谁。下班时如洪流般涌出的人群好像盖了一个章：这个楼，工厂也。路边的布告栏里贴了好多招工启事，基本对学历没要求，年龄要求也很宽松
“要是上白班就不要上夜班，要是上夜班就不要上白班。”吾夫妇刚好路过，妻小声嘀咕：“这是一句废话”，我却仿佛看到彼端有一个想加班多得钱的人，他和此岸的人穿同样的工装，因细微的阶层
廉价的拖鞋、背心、充电器，各种不明来历的小吃。摊主面目模糊。从未买过那些小吃，恐惧“地沟油”。写过一文，名字就叫《路过七十三区夜市》（收录于《街巷志：行走与书写》一书）。宝安曾以
船舶全部停运、入港。体育场馆里铺好被褥，住满临时安置的民工和无家可归者，发放面包和矿泉水等。第一天刮了点小风，下了点小雨，人们开始笑谈台风登陆又失败（此前常有的事）。不意第二
树倒了一半，高大的榕树横在路边，根须带出触目惊心的一大坨新鲜泥土。工人前后左右奔忙，以电锯切割之。流塘村也是城中村。被建安路隔开，西面是流塘新村，东面是流塘旧村。流塘旧村与“
次，看到一美食公众号上介绍一家螺蛳粉店，看地址，就在流塘市场内。此臭物，我之最爱也，兴冲冲带两个朋友去，米粉细，口感不爽，亦不筋道。后来想，也许自己恍惚了，再去印证下。吃完第
早晨和傍晚，不太热的时候，有人坐在楼门口发呆，一发呆就像个老城了。转折，但是，这种老小区尚不能给深圳抹上怀旧基调。目前的深圳，相当比例的人仍在向前看，向高处看，远方还有无限可
方，死在同一个地方。我经常在深圳的蓝天白云下面行走，在花丛中、河岸上行走，那些清晰的线条，明亮的画面已深入我的大脑。我将其视为某种暗示，将来的阴间，可能就是这个样子。”此乃吾之
几个木质花坛，内植粉红的簕杜鹃。隔花看人，人都变得漂亮许多。地面干干净净，再无污水横流，这应该拜城中村综合整治所赐。深圳地少，为了盖房，拆掉城中村矮房，垒起高楼，此所谓城市更
万人，已经很挤了，走掉就走掉。其实深圳真不能自满。高学历是人才，低学历、无学历的人，只要靠自己汗水挣钱，不偷不抢，都是为这个城市做贡献，都是人才。深圳有个口号“来了就是深圳人
平房，里面卖些香烛之类，不知供的什么神，夹杂在高楼大厦之间。能保留至今，且香火不断，可理解为信仰的力量和城市的温情。沿流塘新村同一侧前行二百米，有一规模较大的综合体，原先开了
了，疏离了，就重新开始一轮。深圳依然是年轻人天下，源源不断地涌来，消费自然向他们倾斜。有点残酷，也有点欣慰。如今的城市生活舒适度渐高，烟火气渐少，与外界的勾连越来越多，面目仿
覆地，直接百花齐放。此亦一颠扑不破的规律。三、我伸出手，抓到一把空气 在一个地方，看那些事物萌发、成长、存在又消失，就像看一个人的生生死死。他是他。我是他。世界像一坨黏液，悄悄
以买到哈尔滨红肠。街道像一条滚烫河流，卖菜的、卖花的、卖杂货的，拥挤在一起。有点小疑惑，路边摊位与后面店面卖的生活用品几无差异，店铺老板似乎不是特别反感前面的小贩，或是无奈，
两个车道顿时明显了。在路上摆摊会挡车，退往人行道则碍人。没有了模糊地带，摊贩无立足之地，问题自行解决。人气易散不易聚。重走老路，我无法跟人说，这里有一个市场。人们生活依然方便
里做了记号，此后外地朋友来，都带到这里吃。典型粤式食物，主打的砂锅粥，放几片肉就是瘦肉粥，放半只鸡就是鸡粥，另有鸽子、甲鱼、青虾等种类。所有配料都讲究个“鲜”。判断“青虾”之鲜
点早餐，我们才撤。事后讲起，五人都觉得好笑。2020年春天，疫情蔓延，周围店铺关了好几家，我把该店转让经营的照片发到朋友圈，引来唏嘘一片。虽不是客似云来，但总有生意做。十年老店都
河虾（寸把长，通红，鲜嫩，有时会放几根韭菜在里面，似画蛇添足，适合下酒）。此代彼，可长命乎？拭目以待。庄边路上，一排平房，全是饭店。“河南人家”生意最好，牛大骨很棒，一盘端上来
已全部扒掉，圈起来，准备盖一个巨大的居民小区。土地平整了好几年，还没什么动静。消失的路边摊，首数甘蔗汁。岭南冬日，甘蔗季，一捆捆，一车车，黑皮青叶，滑润坚实，摊主替削皮。即使
说一点甘蔗汁。有图有真相，视之恶心。一夜之间，摊贩销声匿迹，再没出现。或者，榨汁机发明时就没安好心，配备作弊细节。本一好好的生意，贵点又何妨，每瓶卖至十元，保证利润，消费者亦
点，不需要也买，这样他们可以早点回家。消失的店铺更多。商业过剩，早有迹象。十多年前某一天，走进紧靠西乡大道的一家超市，朋友言其将倒闭。零零星星几个店员，目光呆滞，看我们进去，
，有个家具城叫“松宝大”。“松宝大家具城”，常常被人理解为一个叫“松宝”的大家具城）；后者位于锦花路，离我家近。逢年过节一定去逛一下，感受里面红彤彤的节日氛围，二楼入门处，五颜六
儿童游乐场，为安全计，全部由充气垫制成蹦蹦床，滑梯等，一进门就被尖锐的童音覆盖。周围店铺店员没事就津津有味地看孩子们游乐。疫情期间倒闭。空旷的地盘上只有兄弟两人开了个剪头摊位
动时一直以头发乌黑浓密而自豪，到深圳后，曾一人独居一年半，妻子孩子还在东北。那时起，头发陆续变白。人这一辈子会经历很多事，每个事件在身上留一点痕迹，有的显眼，有的浅淡。最后，
篇》。妻子非常满意，每次散步走到门前，都会轻声感慨，多方便啊。约一年后，影院易主，更名为“万豪巨幕影城”，里面的配置没什么变化。暗自疑惑，前业主干不好，后业主就能？包场看过一个
谁又能逃脱这个结果。当事人比我这个旁观者更失落，更能感受到其中的痛和无奈。当然，也可能很超然。子非鱼，焉知鱼之悲喜。而在我一个人的世界里，每一个小事物的结束都有一种时代结束
着的空地，搭着脚手架。而现在，两个商业综合体完整地立在那里。一个叫流塘阳光大厦，一个正常的中等商业综合体，无奇。另一个叫“宝立方”，修成元宝样式，建设时还打了个标语，“北有水立
者来一定有提高效率的办法。只要社会安定，经济稳定，技术就会逐渐改进，此乃大势。另一面，社会并非一定前行，一个突如其来的事件，可能就倒退。无需三十年五十年，只需十年，都受不了。
是“老孙家”。吃过一次，河南风味，客人和服务员说话都是“中不中”“中”，还听到有人笑骂“龟孙”。两个店铺中，其中一家生意特别好，午饭和晚饭，进进出出都是人，翻桌率高。另一家相对悄
职后，里面人头攒动，同样是超市，它和倒闭的超市有什么不同呢？想来，一是地点，相距几百米，人气便不一样。二是商品定位，看着细微，其实天壤。如定价，如品质，低了不行，高了也不行，
卖得很好，几成东北酒的代表。买了几瓶，典型的东北味儿，可稍微抚慰一下已形成多年的口感。想起一件事，在长春时，有一次和二人转演员孙小宝聊天，问他，你录制的碟片在哪里卖得最好？本
处，紧挨盒马鲜生宝安店，文艺装修风格，隔音效果不佳，貌似只有一个放映室，因屋子不大，空气不怎么好。初以为这么个性的影院总该放些特别的电影，看排片，皆大路货。好在选择日多。我和
动凑过去，送货上门。有的改成功了，有的越改越糟。若干商家相信换手如换刀，换名亦如此。前进路上一家饭店，隔一年半载就换一次名，甚至连主打都换了，鄂菜变粤菜，粤菜变东北菜。进去一
优鲜果园。深圳著名水果销售连锁店的山寨版。漂泊的我，每天下班从门口经过。买过一次香蕉再路过时，店主小夫妻同时打招呼：大哥，下班了。或者，大哥，去上班。或者，大哥，吃饭了。下一
必经之路 店主还是打招呼，像朋友一样 这是你家小妹吧，好漂亮。下一次感叹你家小妹长高了。清晨凉风拂面 小夫妻骑电单车进货 人潮之中迎面看见立即停下向我问好。箱子挂在后座上，颤巍巍
城管动粗，拿出了刀子，被拘留几天。按地址和内容核对，猜测主人公即是这个店主。我们都有点吃惊，小伙子文质彬彬，跟客人说话慢声细语的。或许对管理者天生抵触吧。深圳的城管总体还是不
了一个说话比较冲的主儿，言语不和，冲动而为吧。偶见一个长得好看的小女孩在水果店进进出出，问起，乃店主的孩子。听说他们已有三孩。我在东北的一些亲戚和朋友，明明有指标，问起来，都
我一痉挛。猛然抬头，见到“小锅小灶”，想，它怎么还在？为什么总是人头攒动，有什么经营诀窍？对其无爱无恨无感，却多了几眼打量。十多年间，只去吃过一次，点了石锅鱼、腊肉炒野芹菜、雪
人主要分布在广州、佛山、中山以及粤西南。潮汕人主要分布在汕头、潮州、揭阳、揭西等地。饮食上，潮汕人最具个性，他领你去吃饭，几乎一律到潮州菜馆，捧场意识强烈。潮汕人开茶叶店，刚
混杂之中分别自称正宗，无需详细追究。其主打的擂茶饭，直接点说就是汤泡饭。一碗绿色的汁水（擂茶），一碗米饭，冲泡，可稀可稠；煮黄豆拌小虾、几乎切碎的豆角、萝卜干、花生各一小碟，搅
有朋自北方来，必带其来品尝一番。天骄世家小区楼下，有一个“大秦岭老碗面”，专营陕西面。吾去陕西出差两次，打车时，司机都说现在西安那几家游客众多的店并不正宗，可以去小巷子里找。
吃，寻找、品评面食，若发现一处“宝地”，即呼朋唤友前去饕餮。吾对此略持怀疑。两个绝对的判断：其一，深圳的饮食种类最多；其二，全不正宗。因为聚集全国各地外来人口，故无所不有；因为
咸菜，换成酱属于典型的瞎吃，却是降低配料角色，更能衬出油条本味。北方小菜，尤其北京切成细丝的小咸菜，太好吃，无意间喧宾夺主了。另有番茄牛肉面，红彤彤的汤汁里，一大块真诚的牛肉
约是御景国际酒店五楼，离得最近。逢年过节或者周末，从早晨七八点到下午一两点，几十张桌子来来去去食客不断。名为早茶，实乃早饭和午饭的综合体，上百个品种可供选择。主打小吃为虾饺、
好吃”一说，只有品种多少和服务优劣之分。不同厨师现做真的有差别，可我们实际吃的都是流水线机器做的同一种产品。食物的体温越来越少了。以上，提到的饮食居多，一个人和地方的连接，很
所以每次进去都被呛一下。没人大声嚷嚷，也很少互相说话，大家自己玩自己的。我经常从那里买彩票。一买就是十五期，守株待兔。跟我一样的人不少。平均每天两三元，一年七八百块钱，就当买
多少迷茫的人提供一个暂栖地。锦花路的尽头，和新安四路交会处，有一个名为“宝生妇产院”的医院。敞开式，没有气派的大门，不高，也不显眼。一般医院门口都人来人往，这里几乎看不到人。
喜欢把最好的一面展示给所有人，而是只供自己使用。该医院定有其生存诀窍。大家都在路上。一路走一路汗水。这些貌似坚硬的事物，不一定多么坚硬。我的文章写完不久，它们其中一个也许就发
手里拿着牌子 牌子上是个硕大的二维码。女孩快走。他追。女孩回头瞪一眼。他沮丧地转身，脸上写满漂泊。我和他对视一下 他把牌子掩在身后。若无其事擦肩而过 是的，艰难的若无其事。2018年

也算本地高官了，无有子女，经常牵着手在附近散步，很恩爱的样子，成为小区一景。楼不高，无电梯，路阔。刚来时曾在那里租住半年，每天早晨被叽叽喳喳的鸟鸣声吵醒。向窗外看，树木森然
日晨，惊见天花板秃了一大片。屋里蟑螂颇多，会飞，持旧书、鞋底追逐，得手少，失手多。它们饿极了什么都吃。我买的新鲜辣椒，巨辣巨辣的那种红辣椒，居然被这货啃得龇牙露齿。很难想象它
这是益虫，要保护。于是温柔地看它走远。不料今日被我误伤，命运何其乖张。小区院内有几株紫薇花，每年五六月的时候，开得烂漫，映衬着天空的蓝，以至我留下了刻板偏见：富盈门是紫色的。
签订合同。他盖上笔帽开心地说，朋友们都提醒我，房价已见顶，速抛。言外之意，你王国华是接盘侠。我耸耸肩，无所谓，反正自己住。八年后，再见那位广东小老板，对其笑言，老兄，你卖我
来聊去，跟相声里《成语接龙》一样，最后一定落到房价上，满室沸腾。天骄世家的房价一度是深圳房产的均价。2011年，准备在附近买房，深圳均价每平方米一万三千元，此处房价一万三；后此处
却，近半圆形，非四四方方。如此，房间很少正南正北朝向，而是四面开花。天气炎热，正南正北也不见得舒服，稍微倾斜一下，向阳光示个弱，和谐社会。小区广场多袖珍，或无，多把第一层架空
多，除了跳广场舞、带孩子，做义工的也不少，各种大场面的活动中常见其穿着马甲的身影。一些微薄的补贴，让这些义工组织有了可持续性。二是遛娃之地。一早一晚，数不清的孩子在架空层跑跑
武诗咏之：春天的泳池是干燥的 俯视下去像个空盆 这个四季不分的城市啊 空盆周围 每天都盛开着鲜花 小区里长着几株芒果树，和榕树、紫薇混在一起。不开花的时候，长相都差不多。一开花结果，
有一棵鸡蛋花树，每年四月末到八月初，花开不断，黄白相间的鸡蛋花掉下来，还是完整而结实的。我只捡拾落在绿化带上的花，凑在鼻子下面闻，一股清甜之气。身边若有同伴，便情不自禁地拿到
矿泉水，平均每次一两块钱。存了三百元，两年没用完。我穿着拖鞋，大背心，大裤衩，慵懒地迈着步，就像在自己的卧室或客厅里。每一缕风都那么妥帖。这里是我的家。夜深时，窗外有雨，击打
成雍和园和丽景城等几个小区中间。村中店铺林立，理发店、五金店、旧货店、网吧等等，卖菜摊位尤其多。孤身一人时，吃腻单位食堂，就自己买菜做饭。两毛钱一把葱（两根或三根），还用胶带
叫茄瓜；青椒称圆椒。所有城中村的房子都不愁租。野蛮生长阶段，土著们纷纷抢盖，一楼在手，坐吃山不空。深南大道上有一打卡地标，汉京中心大厦，上书巨大的“我SZ”字样，意为“我爱深圳
十年间，眼睁睁看着单房价格从月租三四百元一路涨到两千元。疫情期间，大　　路边热切地看我，甚至追过来问：“老板租房吗？带空
进去瞎问。一男一女，男老女少，貌似接待员。什么时候拆迁？有什么政策？是哪个　　不知道。且想当然地断定我是来炒房找便宜的

相关附录

的“庄边村”只为出租挣钱。与妻子并肩往里走，被保安拦住，　　再者，被识破多尴尬。讪讪退回。与周围各个小区物业比，这
心”，周边城市亦有。布心实为“莆心”，莆即蒲草，长在水边或沼泽地的多年生　　莆心即蒲棒。可知当年此处水域众，水草丰茂。深圳地名
宏大叙事。花开时我去拍照，角度不好找，周围的农民房，窗户上挂着的物品，凌乱停放的单车，常常闯进镜头。我有时歪着脖子，有时候下蹲仰头。身边会有不认识的人同一时间跟我同样的姿势。
每处不会超过三十平方米。关门是自己的世界，开门是一个望不到边的大世界。租价低，住户多。三四友人买房前，皆在此处租房过渡。他们交的房租，成了本地村民的分红。有一段时间，布心二村
了这么整齐的局面？还能改回五彩缤纷的日子吗？村中租住者多为出租车司机和工厂工人。傍晚时分，横七竖八的出租车塞满路途。行人闪转腾挪，穿插而过。行人以女性居多，穿不同的制服，此
窗里。东北一位媒体老总复：“月薪六千，比我多啊。我要去。”复他：“一分一秒都被机器精确控制着，你受不了的。”夜八点，一个戴工帽的中年妇女，高而胖，脸上淌着汗，穿着深黄套服，站在布
。这个城市里，不乏一跃飞天者，更多情况是，一个小小上升空间足够一个人爬行一辈子。对面的布心一村给我的印象总是漆黑，该处有个规模不小的夜市，多次闲逛，常有会被绊倒的担心。黯淡的
。夜市两侧的树也砍掉了很多，或跟2018年名为“山竹”的台风有关。沿海地区常年刮台风，“山竹”是极大的一次。是时，深圳市里给出的指令非常严厉，大致是宁可白白准备，也不能到时措手不
叫。眼看着大树断裂，砸瘪停在下面的汽车。雨水粘在一起，在半空中横过来，整块浇下。台风过后，街道像经历了一场战争。垃圾桶和广告牌东倒西歪。两千多万人的城市，无一人伤亡，也是叹为
全是店铺。烤鱼店、拉面馆、水果店、小超市……店名皆透着浓浓的山寨味。一天到晚人气哄哄，气球飘在脑瓜顶上也掉不下来，状类香港电影中的庙街。楼间距很小，把人们的生活也拉近了，呼吸
网红”，不见得真红。在这种地方做生意，这个打法不灵，还得沉住气，老老实实等待回头客。流塘新村几同旧村，均“握手楼”。楼间距小于一米，打开窗，各自伸手可触碰，故谓握手。阳光渗漏下
暗、土黄色的天地之间，张开的一个大嘴。数不清的孱弱之人，衣衫褴褛，相互推挤着，如蚂蚁一样进入嘴中。不知他们是自愿还是被迫。其实，人死后，哪有什么天堂和地狱，只有阴间。有罪的和
表部分深圳人的心态。凄风苦雨与蓬勃绿色中生成的价值观和世界观，有大不同。巷中行，抬头可见住户晾在窗户上的衣服。这里真是省衣服。晚上洗了，第二天穿，不耽误上班。几件薄衣换着穿，
万富翁。原先租住在里面的人，搬至他处，生活成本骤增。顶不住的，只好打道回乡。城中村乃城市湿地，大量的快递小哥、清洁工、厨师、保安栖身于此。把他们逼走，这个城市的塔基就没了。或
受，但起码起意良善。城市综合整治阶段，相关部门把城中村的水电煤气等基本配套做好，清理垃圾，种上花草，美化墙体，使之焕然一新。设置网格员，维持治安。“湿地”由此得以保留。村旁有
。忽一日，重新包装，全部是当下最流行的消费形式，出租屋改为各式公寓，饭馆改为“木屋烧烤”“豆记匠品”“爱上吹牛的蛙”“椰林印象”“宴遇烤肉”之类。有一个保利万和影城影院、仟悦城超
秩序，属于当下的共同价值，被同化既是整个城市的必然，又是租户的必需。对于这种被称为现代化的东西，倒也用不着特别警惕。大一统之后，一定会渐渐生发“不同”，若天时地利人和，力度大
初到深圳宝安，朋友领我走进一条街道，位于富盈门小区与庄边村之间，拐角处一座建筑，名“宝雅苑”（名为“某某居”“某某苑”的，多为原住民盖的所谓“小产权”），一楼是个市场。肉食、面
生意做，一加一大于二。同行之间无需赤裸裸的仇恨。沉浸其间，以为此场景将天荒地老。不知道哪一年，好像一夜之间，喧嚣沉寂。街道变得跟他处一样，干干净净，整整齐齐。办法也简单，在边
果店、照相馆，一个挨着一个，方圆几百米内可解决基本生活。有时候也会突然冒出个念头：那些卖菜为生的人去哪儿了？“上品砂锅粥”倒闭后，很多人都吃惊。初抵此地时，朋友请我在这里吃的
腰越深越鲜活。若软而直，说明下锅前已死去多时。一周末，我们五个老友抽风一样在“上品砂锅粥”吃宵夜，边吃边“斗地主”，其中两人因为发牌问题差点动手，举起了烟灰缸被拉架的抢下。直
一地点开了一个客家菜连锁店。深圳客家饭馆颇多，特色菜有猪肉汤（瘦肉切块煮汤，放了胡椒粉，口感稍辣，坐定，第一道菜，喝几口发发汗，开胃）、酿豆腐（把猪肉放在豆腐块里面煮熟，有时谈
为“野生鱼”的饭店，去吃过两次，铁锅里现炖着鱼，随点随吃，味道不错，价格高，客人极少。这样的客流量如何保证利润？一友悄悄告诉我，老板是做大生意的，开这个饭店纯粹是玩，主要招待
不买。当年曾有鲜榨甘蔗汁者，一台简单的压榨机，置入整根甘蔗，青色汁水自管中淌出，灌一小瓶，不过五六块钱，饮之清甜。持续数年，生意均不坏。忽一日，新闻爆出压榨机下实为一塑料桶，
客只能笨拙地啃咬，猴子一般。人类千万不要比赛谁更聪明，结果往往是把自己逼得返祖。季节性、一次性的瓜果摊，有榴莲、西瓜、南瓜、大枣、核桃、山药等，偶尔分立锦花路两侧。逢年过节
如此态度，说明心事重，顾不过来。两家“人人乐”也关门了。前者位于建安路与流塘路交会处，改换门庭日久，能记起它的人已经不多。该超市乃深圳本土品牌（不知为何，本土品牌名字多土气，
而不得的童年阴影凸显。摩痂般痒。一楼则租给了一些零售商，上二楼超市需在一楼绕过一个个覆盖着商品的玻璃罩。溜边儿有一卖皮带的，我差不多每年从那里换一条。不贵，年年都系新的。还有
摸、揉肩、敲背等附加服务，全套下来，一两百元。后来头发越来越少，想，简单剪一下得了。兄弟二人手艺好，用喷壶稍微喷点水，咔吃咔嚓，十几块钱，走人。自父亲逝世后，我就开始掉头发，
这个“人人乐”已成往事。还倒闭了一家影院。哦，不是一家，是两家。同一个地方的两家。最先叫“17.5影院”，从我家下楼，步行约三百米，进影院，买票，加上等电梯的时间不会超过五分钟。
忘了。那次票价三十五块钱，又加买了一瓶水，一向反对我在影院里吃喝的老婆都没吱声。这纯属道义支持，担心它挺不住。但后来，它还是没挺住。这样的结果，一定不在那些事物萌发时的计划内
年轻，现在却眼看着一个个离去，无能为力。当初打交道的一些人，强悍、生命力旺盛，感觉他们一辈子都不会死，如今说死就死了。我伸出手，空空抓到一把空气。此消彼生。前进路和新安四路交
运会刚结束，“水立方”三字如日中天。暗笑，这热度蹭的。宝立方里面生意不错，去晚了找不到平面车位，只好停在立体停车位上。有点畏惧立体停车，太窄，把车开上去需小心翼翼，开车下来时
手机支付，没有朋友圈。是什么境况？流塘路上的饭店也是开了关，关了开。就像一闪一闪的镜头，黑白不断播放，最近两年突然定格，凑近一看，两家均为“羊汤烩面”。四个字前面有小小的标识做
时也到那边去点菜。我暗疑两家饭店是否一个老板。貌似给了你选择的机会，但无论选哪个，都是庄家赢。大超市陆续关掉的同时，小超市开起来。七十三区把头处开了个超市，又是俗气的名字——
这个超市里无太贵的东西，很多杂牌啤酒，价格低，还经常搞打折营销。我夹在人流中，找到了货架上的“德惠大曲”。德惠乃吉林省会长春下辖的一个县级市。吾居长春十八载，知道此酒市场份额
斩钉截铁地说，主要在广州和深圳销售。东北人大量南迁，为北方产品创造了南方市场。世间并无绝对的割裂。血筋拉着骨头走，皆不过“此一时也彼一时也”。还有新开张的影院，最近的一家位于
步行十五分钟，现有七家影院，各自定位不同，大小不同，给我提供了足够的选项。深圳这么多人，总是要消费的，一个个在路上飞奔的快递小哥、外卖员，可以理解为售货员的变身。以前在柜台后
子。后来终于彻底消失了。四、貌似坚硬的事物，请再坐一会儿 另一些事物，似乎永远在那里，和我一样长了皱纹，就是不走。它们显得比我年轻些。宝安新村小区门口有一水果店，我专门写过一首
说她爱好文学，向我借书。我拣出《打工文学》合订本赠她。小夫妻要送我水果，我拒绝了。某一天，见女店主坐在塑料凳子上读那本厚厚的书。在附近小区买房以后再没买过他家水果。偶尔全家散
然想去买些水果，却见大门紧闭。黄纸上兴高采烈地写着：“回家过年”无缘无故笑了 脱口说了一句：新年快乐。2017年1月21日 后来，妻子看到一个新闻，说流塘路上一个水果店主把摊位摆到外面
，就在晚饭时把饭店门口非人行道部分的空地划给饭店使用，并用花盆之类的隔开，饭店扩大了临时经营面积，也不影响行人。再严格执法时，请一些女执法队员，站在饭店门口，不说话，相当于
见一斑。还有一个名为“小锅小灶”的常德钵子菜，旁边的店铺前后换了好几茬，它如水中石头，被时间遗忘在那里。其名字和标识实在不显眼，天天从那里过，从没注意到。一天下午，忽然打了个
到底有多好，我是外行，说不出。几年间，它悄悄扩大了规模，兼并了周围店铺。宝安公园西门门口，两棵大榕树下，有一客家擂茶饭，也是看惯身边变换大王旗。广东的汉族人一般分三大民系：广
服务，不要求打折，只要求货真质高。卖方也没有白送的概念，谁来都得付钱，除非“我请客”。潮汕人做生意成功，一半原因是同乡捧起来的。客家人主要分布在梅州、河源、惠州等地。这家客家擂
类蒸饺，米浆做皮，白，近乎透明，素馅为主，可以看到里面的白菜、萝卜、韭菜等。客家人祖上皆在中原，板乃因地制宜之一例。炎热夏日，两人对坐于树下，一份擂茶饭、一份板，一支冰啤酒
馍，一碗凉皮，一罐冰峰汽水。最后一个最不可或缺。口感不错，橘子汁而已。友人晋东南，与我同住一个小区，他发朋友圈称，该店的红豆粥深圳最好，没有之一。晋东南乃山西人，偏执的面食爱
俗调整。比如这家陕西饭馆，刚开始做的肉夹馍，脆、香、筋道，后来居然做成酥皮。屡次见它食客多多少少，摇摇欲坠，却一直挺到今天。“永和豆浆”也是神一样的存在。点早餐，油条配一小碗
也是四四方方厚厚实实一大块。朋友看到我拍的照片，说，我在某某地吃的牛肉面，肉比纸薄，略等于没有。暗想，就凭这实在劲儿，生意也能长久做下去。早茶店也很坚实。周围几家大酒店和商业
椰丝球、豆沙酥等等，至于包子油条豆浆等，更不在话下。假日与友人坐在桌前等着上菜，他感慨地说，当下之早茶，茶点都是半成品配送来，加热上桌，很少店内现做了，去哪个店吃都是同一味道
可产生爱憎，食物亦可产生爱憎。价值观建设中，有它一份。胃对地域的敏感，犹如嘴唇和皮肤。流塘路宝安新村门口有一彩票店。有几个人好像住在那里一样，大宝天天见。只要有一个人抽烟，屋
偶尔中五元十元。以前说中五百万买一套房，现在是交个首付而已。一个小姑娘问我，我们没钱，你比我们强多了，怎么也买？我没回答。我知道每个人都有一颗悬着一颗心。这么多年，彩票店一动
猜测，它的经营模式是什么样的？为何坚持了这么长时间？但我不敢小瞧它。深圳的许多小巷子里藏着家财亿万的人，曾经跟着朋友拐弯抹角进入过一些小胡同，外面平淡无奇，进去后别有洞天，
子”与“坏”论断，一万个方向有一万种情绪。每一个事物上都沾着一片记忆。或许是这个人的，或许是那个人的。我记录的这些事物和我发生过关系，偶尔剐蹭着身边的人。五、他们把城市钉在地上
。深圳的中介遍地走，过来人对其又爱又恨。爱的是，多年前被忽悠买了房的人，都吃到了城市的发展红利。买一套便成千万富翁，有两套三套或者更多的，你去算吧。打车时，出租车司机说，他一

流塘社区

流塘在1949年初属黄田人民联乡，1950年4月属上合乡辖，1956年10月属新西乡辖；1958年3月划归西乡大乡上合大队，同年10月并入翻身管理区，称流塘一、二生产队，属超英人民公社辖；1960年划入西乡公社麻布大队；1983年9月划归上合乡，隶西乡区；1984年划归麻布乡（含径贝），1985年（麻布）改管理区，隶新安镇；1986年11月划分为流塘、径贝2个村；1994年改隶西乡镇。2004年7月改为西乡街道流塘社区（居民委员会）。

2007年总人口近7万，其中户籍人口680户1720人，暂住人口6万余人。

流塘地处繁华的商业中心区域，交通便利，107国道、建安二路、宝民二路、前进二路、流塘路、新安五路、锦花路等多条主要市政道路贯通整个社区，总长约7公里，另有多条公交线路经过社区。电力、供水、排水设施完善，能完全满足居民需求；环境卫生清洁市场化，聘请专业保洁公司管理；公厕、垃圾屋、垃圾桶等垃圾处理设施保证了环境保洁的需要。

社区有外资企业16家，其他企业56家。2007年社会总产值27194万元，其中工业产值25920万元，商饮业产值670万元，运输、邮电、建筑业产值605万元。股份公司可供租赁使用的商铺、厂房及宿舍面积20万平方米，现有股东371人，总股份394股，社区户籍居民创业就业率90%。

社区文化、教育、体育、医疗等配套设施完善。辖区内流塘小学属市一级学校，占地面积15000平方米，校舍面积8000平方米，具备“优质化”学校现代教学配备标准，有30个教学班，教职员工77人，学生1433人，升学率100%。流塘幼儿园有在园儿童数百人。社区居民子女入学、入园率均100%，外来人员子女入学率、入园率均98%。社区健康中心诊室面积500平方米，有医务人员20人，主治医生5名；一楼设门诊室、注射室、配药室等，二楼设妇幼室，三楼设牙科室，有B超、心电图等常规仪器。有营业性新华书店1家；公益性社区图书室1个，藏书15600册；另有居民健身休闲中心、青少年活动中心等。

流塘公园位于前进二路一侧，占地35000平方米，公园内设有溜冰场、卡拉OK室、桌球室、休闲长廊等，已成为社区居民文化、娱乐、休闲活动场所。

农村商业银行西乡支行位于宝民二路58号，开办本外币、定活期一本通，通存通兑、异地汇款、代理扣款等业务；流塘邮政所位于建安二路，开办邮政、电信、汇兑等业务；西乡国税分局位于宝民二路，地税分局位于流塘路，西乡环保所位于宝民二路，西乡国土所位于流塘路。酒店有枫叶酒店、金御景酒店、金都酒店、常临酒店、威龙酒店、狮王峰宾馆、鸿森宾馆等。

2007年人均拥有住宅面积30平方米，固定电话、手机拥有率100%，户均私人汽车拥有率50%。社会养老保险与医疗保险已覆盖社区所有户籍居民，大专以上学历人数比率为10%。

摘自《深圳市西乡街道志》（西乡街道志编辑部编，中国文史出版社，2009年10月版）

附录二

新安经始记

◎明尚书 何维柏

隆庆壬申夏，巡海仁山刘公还自海上，过余，述南头父老吴祚等语曰：“‘吾侪老且死，独子孙世沦郁陷，何由见天日？’号吁伏地，请建县治，以图保障。”予曰：“公何不力任以绥厥蒸民？”公曰：“建置事重，惟议添一丞，少对众望。”予曰：“南头设海防郡贰，与守备弹压兹土，尚不能为小人依附，何有于丞？若建邑，则职专宰牧，责重拊循；约束强悍不得肆其恶，比联良弱有所恃以生。东莞为藩篱，会省为门户，辑近控远，安内攘外，一举而众善得矣。昔与制府刘公、吴公创议首此，今在镇殷公亦言之。备公人以予言探之。”翌日，公以添丞上详，因以予言质殷公。殷公曰：“彼中父老意若何？”公曰：“万口同词，惟愿立县。”殷公曰：“何公素不苟于言，父老且宣之，宜以建县请令更详人。”殷公核下，即疏驰请，奉部复允，名为新安，因旧城以为固，辑军民以为居，肇创邑堂学宫诸所。经营次第就绪，公遇予稽首曰："新安邑治，不佞承迪矩乃有今，兹敢冀名言以记始事。"予拜诺。甲戌秋，公晋贰同乡行，复申请。业挥稿时，新令倥偬未遑。冬，予应召北上。戊寅岁始归，时公已辞世。追夙议，每对新安士友言属视篆辄代，念不及此，竟落莫负公委。丙戌岁冬，林子培过山中，语及慨然。因会吴子国光贻书令尹丘侯。侯即与卢学谕、一松谭司训、一阳遣诸生叶大霖、吴国祯奉书币敦请予。念兹土在汉隶南海郡，历晋而隋，或郡或县，旧名宝安；唐移到涌为东莞县；明洪武间，城旧郡地为守御千户所，南控溟渤东西诸路，悍商番泊翔帆，日千里可至，诚岭海重镇。往昔经略疏阔，漫无防守，大都以渔樵耕种为事。而海盗负险啸聚，为内境患不啻数十年。今日万姓有所利赖，耕凿鱼贩得自食其力，以享室家之乐；岛外小丑，徘徊海堧，莫敢窥伺，海不扬波；境内咸藉康毗，芟彝就坦，化梗为良。曩时骁悍干盾之区，率为诗书弦歌之习。士子嗜学绩文，裒然为举首策，南宫上第诸所，敬业席珍以需清庙之用，盖将埒东邑而上之。是举也，两广制府殷公定其议，侍御杨公藩臬司府协其谟，海防贰守周冕、东莞令尹妖董裕综其务，而决断力成之者则仁山公也。概邑士民，莫不追慕公德。今复得丘侯加意率育，俾予得纪公事绩，以不爽幽明之谊成美贞，教日进无疆。用备记之，以贻来者。

摘自《宝安县志》（宝安县地方志编纂委员会编，广东人民出版社，1997年5月版）

附录三

阜城县的语源简析

“阜城县”一词属于汉语政区地名。

阜城之名历史悠久。据《阜城县志》载，西汉高祖年间置阜成县，县治在今县城东10公里的古城镇，属幽州渤海郡。北齐天保七年（556年），县治西迁于今地。建县2000多年来，置废归属多变，辖区几经变更，直到民国三十五年（1946年）7月方形成今日之境域。据《太平寰宇记》载，阜城县境地势较高，又多土岗沙丘，为求物阜民丰，取《尚书》“阜成兆民”之义，故名“阜成县”。后改“成”为“城”，具体年代无考。

摘自《阜城县志（1986—2010）》（阜城县地方志编纂委员会编，中央文献出版社，2014年7月版）

总策划 / 出版人：
胡洪侠
策划编辑：
郭洪义
责任编辑：
林洁楠
装帧设计：
杨军

图书在版编目（CIP）数据

街巷志. 一朵云来 / 王国华著. -- 深圳 : 深圳报业集团出版社, 2022.11
（我们深圳）
ISBN 978-7-80774-027-8

Ⅰ. ①街… Ⅱ. ①王… Ⅲ. ①随笔—作品集—中国—当代 Ⅳ. ①I267.1

中国版本图书馆CIP数据核字(2022)第194967号

《我们深圳》文丛

街巷志：一朵云来
Jiexiang Zhi Yiduo Yun Lai
王国华 / 著

深圳报业集团出版社出版发行
（深圳市福田区商报路2号　518034）
中华商务联合印刷（广东）有限公司印制
新华书店经销

开本：889mm × 1230mm　1/32
字数：180千字
版次：2022年11月第1版　2022年11月第1次印刷
印张：10.25
ISBN 978-7-80774-027-8
定价：50.00元